A COR DA VINGANÇA

Também de Cornelia Funke:

SÉRIE MUNDO DE TINTA
Coração de tinta
Sangue de tinta
Morte de tinta

O senhor dos ladrões
O cavaleiro do dragão
O cavaleiro fantasma

CORNELIA FUNKE

A COR DA VINGANÇA

Ilustrações
Cornelia Funke

Tradução do alemão
Julia Bussius

Copyright © 2023 by Cornelia Funke
© 2023 by Dressler Verlag GmbH
Copyright da imagem da capa e das ilustrações © 2023 by Cornelia Funke

O selo Seguinte pertence à Editora Schwarcz S.A.

Grafia atualizada segundo o Acordo Ortográfico da Língua Portuguesa de 1990, que entrou em vigor no Brasil em 2009.

Título original
Die Farbe der Rache

Capa
Cornelia Funke

Ilustrações de miolo
Cornelia Funke

Preparação
Renato Ritto

Revisão
Bonie Santos
Adriana Bairrada

Dados Internacionais de Catalogação na Publicação (CIP)
(Câmara Brasileira do Livro, SP, Brasil)

Funke, Cornelia
　　A cor da vingança / Cornelia Funke ; [ilustrações da autora] ; tradução do alemão Julia Bussius. — 1ª ed. — São Paulo : Seguinte, 2025. — (Série Mundo de Tinta ; 4).

　　Título original : Die Farbe der Rache.
　　ISBN 978-85-5534-398-8

　　1. Literatura infantojuvenil I. Título. II. Série.

25-264085　　　　　　　　　　　　　　　　CDD-028.5

Índices para catálogo sistemático:
1. Literatura infantojuvenil 028.5
2. Literatura juvenil 028.5

Cibele Maria Dias – Bibliotecária – CRB-8/9427

Todos os direitos desta edição reservados à
EDITORA SCHWARCZ S.A.
Rua Bandeira Paulista, 702, cj. 32
04532-002 — São Paulo — SP
Telefone: (11) 3707-3500
www.seguinte.com.br
contato@seguinte.com.br

Para Ben,
que me explicou que sempre
existiu apenas uma arte.

E para Anna,
que me ajudou a contar
direito esta história.

☙ · ❧

Um resumo dos acontecimentos que precederam
este livro pode ser encontrado nas páginas 261-5.
Mas atenção: ele provém da pena de Orfeu,
portanto deve ser apreciado com cautela.

☙ · ❧

Sumário

1. Sombras de fogo, 11
2. Outras palavras, 17
3. Novos caminhos, 28
4. Um companheiro desagradável, 34
5. Segredos demais, 39
6. Um encontro noturno, 42
7. Um por um, 50
8. A morte tem muitas cores, 57
9. Apenas um livrinho, 64
10. A dor e o amor são vermelhos, 70
11. Como se fossem borboletas, 73
12. Cinza, 78
13. A garota com flores na testa, 79
14. O amor é uma faca afiada, 84
15. Prometo, 88
16. A pena, 91
17. O caminho mais rápido, 98
18. Pelo, penas, couro de rã, 101
19. Versos venenosos, 106
20. A maldade compensa, 109
21. A vida é dura para os homens de vidro, 115
22. Fogo devora livros, 118

23. A espada de um ourives, 124
24. Uma nova casa, um velho inimigo, 130
25. O livro, 136
26. A história errada, 138
27. Pinceladas, 146
28. Palavras viram pedra, 153
29. Tão frio, 157
30. Não era o planejado, 158
31. Um ferreiro para Orfeu, 161
32. Uma barganha, 168
33. Pele e penas, 172
34. Uma figura inofensiva, 175
35. Com cordas, 180
36. Jovem demais, 188
37. Roxane, 194
38. Traição, 195
39. Um caminho escuro, 200
40. Adentrando a casa da Leitora de Sombras, 204
41. Lilia, 210
42. Duplo, 214
43. Juntos, 220
44. Nós, 223
45. Prontos, 230
46. Vinte vezes mais maligno, 233
47. Perdas e ganhos, 241
48. Era uma vez, 246
49. Uma canção conhecida, 250
50. Como um sonho, 255
51. Imagens novas, palavras novas, 257

O que aconteceu antes, 261
Quem é quem, 267
Entrevista com a autora, 271
Referências bibliográficas, 275

1. Sombras de fogo

*Ai seja alegre quem seja:
de amanhã nada se sabe.*

Lorenzo de Medici

Negro era o mundo. Em Ombra, era noite. Apenas as paredes do castelo tinham a cor vermelha, como se o sol poente houvesse se escondido entre elas. Nas torres, havia guardas produzidos pelo fogo em meio a soldados de carne e osso. Estavam entre os arcos e também no pátio, onde os vivos se aglomeravam, as chamas formando silhuetas de mulheres, homens e crianças. A paz reinava em Ombra havia mais de cinco anos. Mas naquela noite fria de setembro, a cidade se lembrava de todos que tinham morrido por essa paz. E como acontecia todos os anos, um homem dava forma aos corpos perdidos por meio das chamas.

Dançarino do Fogo. Dedo Empoeirado ouvia a multidão murmurar, cheia de gratidão, o nome que lhe havia dado. No entanto, o fogo que produzia não se limitava apenas a conjurar os mortos de Ombra no castelo uma vez por ano; iluminava também as ruas à noite, aquecia os lares no inverno e, quando Dedo Empoeirado resolvia brincar com ele, trazia alegria. O fogo entregava a gratidão dele por toda a felicidade que a cidade havia lhe proporcionado naqueles anos.

Violante, a princesa que vinha mantendo a paz em Ombra, estava na varanda do castelo, de onde já anunciara notícias boas e más nos anos de seu reinado. Não era mais chamada por seus súditos de "a Feia", mas sim de "a Valente", às vezes até de "a Bondosa". Violante costumava se vestir de preto, mas naquela noite usava um vestido branco, pois era essa a cor do luto em Ombra.

A filha de Dedo Empoeirado estava ao lado dela, como sempre.

Brianna agora se parecia muito com a mãe, Roxane, apesar de ter herdado o cabelo ruivo do pai. Ela sorriu para a mãe quando esta se afastou da multidão à espera e fez uma reverência para Violante com a cabeça. O cabelo longo de Roxane agora estava grisalho e, em vez de usá-lo solto como antes, ela costumava trançá-lo. Os anos, no entanto, só a tinham deixado mais bela aos olhos de Dedo Empoeirado. A multidão ficou silenciosa quando Roxane começou a cantar, tão silenciosa quanto da primeira vez em que ele ouvira a voz dela: em um outro castelo, diante de príncipes e comerciantes ricos que, por seu canto, distraíam-se até da beleza que ela ostentava.

O fogo desenhava a sombra de Roxane nas paredes enquanto ela cantava por aqueles que Ombra havia perdido. A voz dela encheu o pátio com a saudade que sentiam deles, com lembranças de seu riso e de seu pranto, e, por uma noite apenas, assim como fizera o fogo de Dedo Empoeirado, Roxane lhes devolveu a vida.

Perdidos e encontrados...

Dedo Empoeirado percorreu a multidão com o olhar.

Tantos rostos. Tantas histórias.

Nem todos estavam diretamente ligados a ele, mas alguns haviam mudado sua vida para sempre. Ali estava Fenoglio, cujas palavras lhe haviam trazido tanta desgraça, com seu homem de vidro, Quartzo Rosa, no ombro. Pela mão levava Dante, o jovem filho de Mortimer e Resa Folchart, que tinha a mesma idade da paz em Ombra. Resa sorriu para Dedo Empoeirado ao notar seu olhar. Compartilhavam memórias mais sombrias do que o céu que tinham sobre a cabeça, histórias que muitas vezes se sobrepunham neste mundo e num outro. O marido de Resa era o melhor encadernador de Ombra, mas ninguém havia se esquecido de que Mortimer costumava usar a máscara de Gaio, o lendário Afanador. Ou que ele uma vez sacrificara a própria liberdade pela vida das crianças de Ombra.

Mortimer olhou para Dedo Empoeirado como se tivesse escutado seus pensamentos. *Língua Encantada*. A voz de Mortimer tinha um poder diferente da voz de Roxane, mas, felizmente, ele não a usava havia muito tempo. Claro que ninguém em Ombra sabia que ele e Resa, assim como Fenoglio, vinham de outro mundo. Ninguém exceto Dedo Empoeirado.

Não. Ele não queria se lembrar de nada disso naquela noite: todos aqueles anos no mundo errado, a saudade que o consumia... *Você está aqui, Dedo Empoeirado*, ele lembrou a si mesmo enquanto deslocava o olhar de Roxane para Brianna mais uma vez. *Você tem o que sempre desejou: sua esposa, sua filha e o mundo que ama.* Por que, então, ele ainda sentia a antiga inquietação que o havia atormentado na juventude? "Você quer fugir de novo, não é?", Roxane tinha lhe perguntado no dia anterior mesmo, meio de brincadeira. *Cante, cante, Roxane!*, pensou Dedo Empoeirado. *Apenas cante para espantar a inquietação deste meu coração tolo.*

As canções dela enchiam o pátio do castelo à noite com a dor da perda de quem se amava, mas também com a certeza de que o amor sempre fazia o sofrimento valer a pena. A filha de Mortimer, Meggie, certamente acreditava nisso naquele momento. A garota, que um dia olhara para Dedo Empoeirado com tanta hostilidade, havia se tornado uma jovem mulher, e toda a Ombra amava Doria, a quem ela tinha entregado seu coração. Não era de se admirar. Como alguém poderia resistir a um garoto que construía asas de madeira e linho e as fazia voar por sobre as muralhas da cidade? Meggie o beijou com ternura enquanto a voz de Roxane se desvaneceu e as figuras flamejantes de Dedo Empoeirado se tornaram um pólen ardente que o vento levava para o céu escuro.

— A voz de sua esposa fica mais bela a cada ano, mas seu fogo também não faz feio.

Uma mão cálida pousou em seu ombro. O manto que o Príncipe Negro usava era tão azul que fazia Dedo Empoeirado pensar em um lago profundo ou em um céu escuro de verão. Nyame adorava o azul. Azul e dourado sempre haviam sido suas cores, muito antes de as pessoas começarem a chamá-lo de Príncipe Negro.

Violante acenou para a multidão uma última vez antes de desaparecer para seus aposentos, e o pátio do castelo começou a esvaziar. A noite ficava fria sem o fogo.

— Onde está sua marta? Gwin está ficando entediado com a vida sedentária que anda levando? — Nyame lhe sorriu em cumplicidade. Eram amigos havia tanto tempo que ele sabia o quanto a marta simbolizava o desassossego de Dedo Empoeirado. Para o Príncipe Negro, os últimos anos tinham trazido pouca paz. Sempre existia um líder que tratava mal seus súditos e, quando Nyame se permitia passar alguns dias tranquilos no acampamento dos menestréis, uma delegação de camponeses desesperados logo aparecia para pedir ajuda.

— Ali! Está cego? Bem ali, atrás do portão! — A voz estridente do homem de vidro de Fenoglio cortou a noite.

Quartzo Rosa afiava as penas de escrita do Tecelão de Tinta havia muitos anos, e quase caiu do ombro de Fenoglio de tão agitado que estava, apontando o dedo vermelho-pálido para onde as pessoas seguiam para casa, passando pelos guardas.

— Besteira! — Fenoglio o repreendeu. — Devia ser só outro homem de vidro. Agora se acalme. Um dia desses você vai acabar explodindo se continuar se irritando dessa maneira por qualquer coisinha!

— Qualquer coisinha? — gritou a voz fina de Quartzo Rosa. — Era aquele canalha do Brilho de Ferro! E você esqueceu a quem ele servia? Orfeu!

Dedo Empoeirado sentiu o coração congelar.

Orfeu.

Não. Ele estava morto ou muito, muito longe dali.

— Chega! — gritou Fenoglio, exasperado. — Orfeu estava com ele? Não. Faça-me o favor!

— E daí? — resmungou Quartzo Rosa. — Isso não prova nada. E ele estava sentado no ombro de um cara que não parecia nem um pouco confiável!

— Eu disse chega! — Fenoglio voltou a reprimi-lo. — Estou com frio e Minerva já deve ter esquentado a deliciosa sopa que preparou hoje de manhã.

Então desapareceu em meio à multidão que passava pelo portão do castelo. Dedo Empoeirado, no entanto, ficou ali parado e procurou entre as pessoas alguém que tivesse um homem de vidro cinzento empoleirado no ombro. O coração dele batia dolorosamente depressa. Depressa demais por conta do antigo medo que a menção a um nome trazia de volta.

Orfeu.

E se Quartzo Rosa tivesse razão? E se não apenas o homem de vidro de Orfeu, mas o próprio, estivesse em Ombra? Será que já estava em algum quarto, escrevendo palavras que mais uma vez roubariam de Dedo Empoeirado tudo que o fazia feliz?

— O que foi? — Nyame passou o braço por cima de seu ombro. — Não fique tão preocupado! Ainda que fosse o homem de vidro de Orfeu, você ouviu o que Quartzo Rosa disse: faz tempo que ele tem um outro senhor! Acha mesmo que não teríamos ouvido falar de Orfeu por todos esses anos se ele ainda estivesse vivo?

O amigo parecia mesmo despreocupado.

Mas as lembranças tinham voltado com força para Dedo Empoeirado, quisesse ele ou não. Um rosto vermelho de raiva como o de um garoto ofendido, olhos azuis pálidos atrás de óculos redondos, astutos, apesar da inocência aparente. E então a voz, tão encorpada e bela, que o trouxe de volta do mundo errado para o atual: *Você ficou do lado do encadernador, Dançarino do Fogo. Isso foi cruel, muito cruel.*

Os guardas de Violante trancaram o portão do castelo para a noite, e as pessoas que tinham se reunido para homenagear os mortos se perderam nas ruelas da cidade. Será que um deles carregava no ombro o homem de vidro que poderia ter dito a Dedo Empoeirado se seu mestre continuava vivo?

Vá, Dedo Empoeirado. Procure por ele!

Roxane havia se juntado às outras menestréis. Os dois tinham combinado de se reunir no acampamento próximo às margens do rio. No entanto, Dedo Empoeirado estava com a voz aveludada que ouvira pela primeira vez em outro mundo na cabeça: *Meu cão negro está vigiando sua filha, Dançarino do Fogo. Ordenei, porém, que ele não se refestelasse com sua carne doce e sua alma... por enquanto.* Os horrores do passado eram muito mais poderosos que as sombras ardentes que ele havia conjurado naquela noite.

— Nardo! Você vem? — Nyame o olhou com ar indagador.

Na juventude, ambos consideravam o fato de seus primeiros nomes começarem com a mesma letra uma prova de que a amizade dos dois estava predestinada. Por que ele nunca tinha contado a verdade a Nyame, nem a Roxane? Sobre o livro e o outro mundo, sobre todos os anos terríveis perdidos e o homem cuja voz o havia trazido de volta? Será que a vida não lhe tinha ensinado vezes o suficiente como os segredos podem deixar alguém solitário?

Você não entende, ele queria gritar para Nyame. *Há um livro que conta nossa história. E ele é a única razão pela qual Orfeu veio a este mundo.*

Mas Dedo Empoeirado continuou em silêncio, como havia feito por todos aqueles anos desde que retornara. O homem de vidro devia ter se enganado. Orfeu estava morto. Ou de volta a seu mundo, onde o Dançarino do Fogo e o Príncipe Negro eram apenas heróis de uma história inventada.

2. Outras palavras

❦

*Por a vida ser como é, sonhamos
com a vingança.*

Paul Gauguin

❦

Chuva! Chuva todos os dias. E frio! Orfeu jogou outra tora de madeira na lareira quase extinta, que mal aquecia metade de seu quarto decrépito. Era bem verdade que estavam no final de setembro, mas fazia frio havia semanas!

Grunico... o nome do lugar tinha soado tão promissor quando ele passara, quase congelado, pelo portão da cidade. Toda aquela prata nas portas, as lojas bem abastecidas, as golas de pele nos casacos dos cidadãos mais abastados: tudo prometera prosperidade e oportunidades infinitas. Uma decepção. A cidade pagava impostos a algum duque que nunca tinha pisado nela, e as famílias nobres e os comerciantes ricos que a governavam eram sovinas e tacanhos. Os moradores achavam as palavras de Orfeu muito floreadas e a voz dele aveludada demais. Ninguém dava bola para seus talentos. Nesse meio-tempo, havia passado cinco anos deprimentes ensinando as regras mais simples da arte da escrita para os filhos sem talento da elite local. Pérolas aos porcos, dia após dia... Tinha sido para isso que ele havia mudado de mundo? Tinha sido por isso que ele havia renunciado ao mundo moderno e aos aquecedores que podiam ser ativados com um toque? *Que pergunta mais sem sentido, Orfeu; essa porta já se fechou!* Ele já havia perdido as contas de quantas vezes tentara, mas sua língua o tinha traído, assim como todo aquele mundo maldito em que se encontrava. E agora, como de costume, Brilho de Ferro, o homem de vidro, também dava notícias do esplendor e da prosperidade de Ombra!

O homem de vidro abominava viagens. Reclamava sem parar do trabalho que dava para manter seu mestre informado sobre o destino de seus inimigos, e Orfeu detestava as notícias que recebia por meio dele. Apesar disso, não conseguia evitar. Continuava enviando Brilho de Ferro para o lugar de seus triunfos do passado, e se fazia sempre a mesma pergunta cansativa toda vez que o homem de vidro relatava como seus inimigos estavam bem: *Como teria sido a sua vida, Orfeu, se sua mãe não tivesse retirado o livro de Fenoglio da prateleira daquela sórdida biblioteca, para onde ela preferia fugir das explosões de raiva de seu pai?* Pois é, como teria sido? Ele nunca teria ouvido falar de Dedo Empoeirado e nunca teria tido a ideia estúpida de segui-lo para aquele mundo. Sim, ele só estava ali por causa do Dançarino do Fogo. E como o imprestável de fuligem lhe agradecera? Unindo forças com o encadernador e todos os seus outros inimigos.

Pare com isso, Orfeu!

Nesse meio-tempo, tinha enviado o homem de vidro com um acompanhante, pois, devido ao seu tamanho ridículo, Brilho de Ferro levava meses para retornar. Tratava-se de Baldassare Rinaldi, que se autodenominava trovador. Orfeu desprezava qualquer tipo de música desde a infância, mas as canções de Rinaldi feriam seus ouvidos mais do que qualquer outra coisa que já os tivesse penetrado. No entanto, Orfeu o notara não apenas por suas músicas ruins, mas, acima de tudo, pela astúcia com que roubava os clientes da taverna de vinhos onde o conhecera. Depois de uma jarra, que ele esvaziou como um bebedor experiente, Rinaldi havia se gabado não apenas de escrever músicas ruins, mas também de ser um assassino talentoso, que poderia se livrar de qualquer inimigo por um preço razoável. Qualquer inimigo... É claro que Orfeu pensara imediatamente em Dedo Empoeirado. Mas como matar um homem que as Damas Brancas tinham deixado partir e que era considerado imortal desde então? Sem mencionar que uma garganta cortada ou um punhal nas costas dificilmente compensaria toda a humilhação que o Dançarino do Fogo havia lhe causado.

Brilho de Ferro ainda vibrava com toda a felicidade e a prosperidade que tomavam as ruas dos aliados de Ombra. Blá-blá-blá! A governante deles agora era chamada de "Violante, a Valente". Rá! Como ela o olhara com desprezo quando ele lhe oferecera a chance de comandarem Ombra juntos. Agora ela vendia as próprias joias para alimentar os pobres. Claramente havia passado tempo demais com o nobre tolo Mortimer. Ah, sim, é claro que ele também gostaria de vê-lo morto, assim como a esposa e a filha, sem falar em Fenoglio. Mas o ódio que sentia por todos eles não passava de um fósforo aceso se comparado ao que sentia pelo Dançarino do Fogo. Se ao menos ele pudesse transmitir isso em palavras poderosas, palavras que queimariam Dedo Empoeirado nas próprias chamas! Mas não. Fazia tempo que o homem não era mais o herói trágico que um dia Orfeu teria adorado em um livro. Ombra o celebrava, e até seu aprendiz cuspidor de fogo agora era famoso em lugares tão distantes quanto a Lorena.

Orfeu ficou tão enjoado que vomitou num balde.

Maldição! Por que não tinha enviado todos para a morte na época em que as palavras ainda o obedeciam? *Eram as palavras de Fenoglio, Orfeu!*, sussurrara uma voz dentro de sua cabeça. Mas e daí? Tinha sido a língua dele que inspirara vida nelas. Antes que tivessem se tornado um troço inútil em sua própria boca. Orfeu havia roubado de Violante três livros cheios de palavras do Tecelão de Tinta, mas todas as fantasias de vingança que ele escrevera a partir deles tinham permanecido sem vida. Não importava quantas vezes as tivesse lido.

— Ele constrói asas e com elas voa mais de duzentos metros, senhor! — Brilho de Ferro não escondeu o quanto estava impressionado com a invenção de Doria, o rapaz que cortejava a filha de Mortimer, Meggie.

Orfeu tinha esperança de que ele partisse o coração dela, que então se atiraria da muralha da cidade sem as asas que o amado havia construído.

— Agora cale essa boca! Já ouvi mais do que o suficiente. Afie algumas penas e empacote a tinta! — disparou Orfeu para o homem de vidro. — Precisamos tomar nosso rumo. Tenho uma aluna nova!

— Mas preciso me recuperar da viagem! — resmungou Brilho de Ferro.

— Ah, é mesmo? — falou Orfeu, enquanto enfiava os dedos dos pés nas botas gastas que já havia levado muitas vezes ao sapateiro. — Não vá pensando que sou assim tão estúpido a ponto de acreditar que seu cansaço é resultado das viagens! Anda passando tempo em tavernas com Rinaldi. Por qual outro motivo voltaria sempre apenas com essas fofocas oficiais? Já chega! Nem mais uma palavra!

Se ao menos ele mesmo pudesse ir a Ombra. Mas o fogo de Dedo Empoeirado seguia nítido demais em sua memória. E havia também as Damas Brancas, que gostavam muito de bancar o anjo da guarda de Mortimer. Isso para não falar na habilidade do homem com a espada... Não! Nenhum de seus inimigos podia descobrir onde ele estava se escondendo ainda. Não enquanto estivesse tão impotente e sem recursos.

A chuva caiu sobre o colarinho de Orfeu quando ele saiu para a viela, e, já na esquina seguinte, estava tão molhado quanto um vira-lata. O casaco que vestia tinha sido costurado pelo alfaiate da corte do Cabeça de Víbora, mas nem a mulher de vidro mais habilidosa conseguiria cerzi-lo mais sem que os remendos aparecessem. A riqueza era uma droga que Orfeu só havia experimentado quando chegara àquele mundo, e a privação dela era dolorosa. Mas não adiantava nada ficar se lamentando! Brilho de Ferro também tinha muitos motivos para reclamar. Em seu ombro, queixava-se da chuva com toda a seriedade. Como se ela incomodasse sua pele feita de vidro! Orfeu gritou para que ele ficasse quieto — e pisou em uma poça que encheu sua bota de esterco de cabra aguado. Não! Três vezes não, inferno! Ele havia lido unicórnios para este mundo, fadas coloridas, homens-folha... Tinha sido o único capaz de ensinar o Gaio a ter medo!

Uma carruagem sacolejava pelos paralelepípedos, encharcando com água suja as roupas de todos os que passavam a pé. O rico comerciante que olhava pela janela do veículo lançou um olhar enfadado para a figura ensopada de Orfeu. Um zé-ninguém, sim, era isso que ele voltara a ser. Sem poder, sem dinheiro e sem palavras, com uma voz que não assustava nem os ratos que comiam seu pão.

Orfeu parou diante do pórtico prateado. Atrás dele residia seu novo cliente, Alessio Cavole, em uma das casas mais esplêndidas da cidade, pois pagava tão mal a seus tecelões que toda Grunico os chamava de "tecelões da fome".

O empregado que abriu a porta olhou para ele com tamanho desdém que, em vez do homem de vidro, Orfeu desejou ter um corvo no ombro para bicar os olhos castanhos daquele limpa-botas arrogante. O servo acenou para ele impacientemente através do saguão de entrada, que tinha paredes cheias de caretas esculpidas que podiam ser vistas em qualquer lugar de Grunico. Elas supostamente afastavam os maus espíritos da montanha, mas só causavam pesadelos horríveis a Orfeu. Em todos os anos em que estivera ali, a única satisfação que sentia era que as palavras de Fenoglio pareciam ter tão pouco a dizer sobre os arredores de Grunico quanto as suas próprias. O velho nunca havia mencionado, em *Coração de tinta*, as criaturas que assombravam as florestas e ravinas dali. Orfeu saberia. Afinal de contas, sabia de cor as palavras do livro. Mandl, Muggestutze e Nörgele, duendes peludos cujos nomes ninguém ousava dizer, aranhas devoradoras de homens e bodes... Não havia sequer menção a nada disso. O que era mais uma prova de que Fenoglio descrevera apenas um trecho insignificante desse mundo e não o tinha inventado de forma alguma.

A sala espaçosa à qual o empregado conduziu Orfeu tinha o pé-direito quase tão alto quanto os quartos do castelo em que ele havia residido como protegido do Cabeça de Víbora. Móveis talhados de Venetia, tapetes da Parsia, tapeçarias que aqueciam as paredes frias... Para os ricos da cidade, Grunico era um lugar agradável. Havia teatro para eles, pequenos concertos, recepções e banquetes que duravam dias. *Mas não para você, Orfeu.*

A nova aluna dele estava no centro da sala esboçando uma carranca no rosto. Serafina Cavole era a filha mais nova do comerciante de tecidos. Tinha o cabelo loiro-acinzentado preso em tranças apertadas, como era o costume para sua idade em Grunico, mas o vestido que usava, bordado com fios de prata, já era o de uma jovem mulher. As aulas dele certamente a ajudariam a se casar bem.

— Sente-se. — Com o mau tempo, a voz de Orfeu logo ficava rouca, ainda que mesmo assim soasse como veludo. Um veludo inútil, gasto...

O livro usado nas aulas vinha da biblioteca de um banqueiro, cujo filho, com dificuldade de aprendizado, ele ensinava. O roubo passara desapercebido, como era de se esperar. Os ricos de Grunico consideravam livros um símbolo de status e ficavam pouco tentados a abri-los. A verdade é que isso não era diferente em seu velho mundo.

A aluna sentou-se, calada, à escrivaninha, que um criado havia trazido especialmente para a aula, e tomou a pena que Brilho de Ferro empurrou para ela. O homem de vidro reclamava cada vez mais que seus talentos eram desperdiçados nesses exercícios de escrita. Orfeu até o flagrara tentando fazer capitulares e rostos ricamente ornamentados, mas o homenzinho demonstrava pouco talento e se perdia com facilidade nos detalhes, devido às mãos diminutas que tinha.

— Meu método funciona assim. — Orfeu abriu o livro enquanto Brilho de Ferro destampava o tinteiro. — Se você errar uma palavra, meu homem de vidro passará pela tinta molhada. Caso demore demais ou pule palavras inteiras, ele a derramará sobre o papel.

Brilho de Ferro deu um sorriso malvado ao se posicionar ao lado do tinteiro. A perspectiva de aplicar uma punição lhe trazia certo conforto diante do fato de que era pouco mais que um porta-pena durante as horas de lição.

Serafina Cavole cometia erros com frequência. Era um pesadelo: a falta de jeito da garota superava até a da filha do joalheiro, que apertava a língua entre os dentes a cada palavra com mais de três letras. Usando a pena de maneira desastrada, as duas asseguravam que o desprezo de Orfeu pelas palavras se tornasse ainda mais profundo. Um dia haviam abrigado mundos dentro de si, cantado a riqueza e o poder. As palavras tinham sido o começo e o fim de todas as coisas para ele. Hoje em dia eram apenas uma coleção de letras escritas de forma desajeitada.

— *O agricultor lavra a terra, protegido pela espada do príncipe a quem ele serve.* Está esperando o quê? Escreva!

Serafina Cavole colocou a pena sobre o papel rústico e lhe lançou um olhar hostil.

Orfeu encontrou o pedaço de pergaminho duas semanas depois enquanto engolia seu magro jantar com uma jarra de vinho barato. Estava sentado na mesma mesa em que havia tentado, em vão, por tantos anos, dar vida às palavras de Fenoglio. O tampo da mesa estava chamuscado desde que ele tinha queimado os livros do Gaio na esperança de que Mortimer sentisse, se não as palavras, pelo menos o fogo. Mas não, Mortimer estava ocupado encadernando livros em Ombra, e pelo que parecia metade do Mundo de Tinta recorria a seus serviços. Maldito! Quando chegaria enfim o dia da vingança? Nunca! Ele não passava de um personagem secundário sem qualquer influência sobre o transcorrer daquela história. Orfeu encheu a própria taça de vinho com tamanha impetuosidade que a derramou sobre o livro do qual ditava para seus alunos. Xingando, tentava descolar as páginas encharcadas umas das outras quando descobriu o pedaço de pergaminho. As minúsculas letras que o cobriam eram perfeitas demais para terem sido escritas por uma de suas alunas. E as palavras...

Uma mistura de sangue e suco de urtiga
Dá ao seu desejo um poder mágico
Que o homem de vidro se contorça em dor de barriga
Como um verme com fim trágico.

Orfeu levantou a cabeça e escutou. Um suspiro vítreo veio de trás da jarra de vinho vazia. Brilho de Ferro pressionava as mãos sobre a barriga, gemendo. Ele se contorcia tanto que suas botas arranharam a mesa.
Inacreditável!
Que o homem de vidro se contorça em dor de barriga... Ah, aquilo era fantástico! Mas quem havia colocado aquele pedaço de pergaminho no livro? Orfeu olhou para as palavras bem escritas. Serafina Cavole... Ela tinha sido sua última aluna. Sim, só podia ter sido ela. Ele a deixara sozinha por alguns minutos para dizer à mãe dela que a filha precisaria de muito mais aulas do que o planejado. E a menina aceitara isso com tanta indiferença que Brilho de Ferro deixara pegadas em sua tinta uma dúzia de vezes. Ela sabia que teria sua vingança!
Mas quem teria escrito as palavras para Serafina?
Brilho de Ferro ainda estava se retorcendo, o rosto crispado de dor, quando Orfeu pediu que seu empregado lhe trouxesse o casaco. Na verdade, não podia pagar por uma ajuda remunerada, mas Rudolf cozinhava e limpava por uma ninharia e, pelo menos, mantinha um pouco da ilusão de que Orfeu ainda pertencia aos mais privilegiados.
Do lado de fora, o céu, para variar, estava límpido enquanto Orfeu retornava à casa dos Cavole. A luz de uma lua pálida riscava o pavimento das arcadas cobertas que protegiam os cidadãos de Grunico da chuva constante ao longo das ruas mais abastadas. Uma velha pedinte que dormia por ali agarrou a mão de Orfeu quando ele passou apressado, tentando ler sua sorte. Ele a empurrou com tanta força que a mulher caiu. O futuro de Orfeu ainda não estava escrito, ah, não, e talvez, no fim, nem fosse tão sombrio quanto lhe parecera apenas uma hora antes.
O mesmo empregado ranzinza que liberara sua entrada durante o

dia abriu a porta. Ele não disfarçou na expressão o quanto achava inapropriada aquela visita noturna, mas Orfeu conseguiu convencê-lo de que estava apenas trazendo tarefas de casa para a aluna e que, sim, sabia que era muito tarde.

Serafina Cavole não era tão bobinha a ponto de acreditar no motivo da visita dele. Orfeu viu em seu rosto que ela sabia por que ele tinha vindo.

— Faça isso parar! — ele a repreendeu. — Agora mesmo. — Para quê perder tempo com gentilezas? — Ainda preciso do homem de vidro, mas quero saber quem escreveu as palavras para você.

Serafina olhou para a porta que o empregado havia fechado ao sair. Orfeu não tinha certeza se o ato tinha sido feito na esperança ou no temor de avistar os pais ali. Aquele rosto estoico era difícil de ler.

Por fim, ela lhe estendeu a mão, à espera.

Orfeu hesitou, mas tirou o pedaço de pergaminho do bolso e o entregou. Serafina cuspiu três vezes nas palavras escritas e lhe devolveu o papel.

— É só isso?

A menina assentiu com a cabeça.

— Então, quem escreveu as palavras? O que mais ele consegue fazer?

— Ela. — Serafina o encarou, desafiadora. — Ela fez um garoto se apaixonar por mim.

Pelo inferno, Grunico era um lugar mais perigoso do que ele imaginara! E muito mais interessante.

— E quem é ela? Você a ouviu lendo as palavras em voz alta? É preciso ler em voz alta para que elas se tornem verdade, certo?

A filha do comerciante de tecidos franziu a testa.

— Ler em voz alta? — respondeu ela numa voz provocadora e condescendente. — Por que alguém as leria em voz alta? A ideia é que ninguém as escute. Na verdade, as palavras não importam. Às vezes a magia está num suco. Ou numa fatia de bolo.

Suco? Bolo? Será que sua aluna estava zombando dele? Não, ela parecia bem convencida do que dizia. Mas o que significava aquilo: *na verdade, as palavras não importam*? Não existia outro tipo de magia no mundo em que estavam. Bom, talvez o feitiço do fogo de Dedo Empoeirado. Mas fora isso?

24

Uma mistura de sangue e suco de urtiga... As palavras no pergaminho haviam se dissipado por completo. Apenas uma névoa cinza revelava onde tinham estado.

— Essa *ela...* Onde posso encontrá-la?

Dessa vez, Serafina balançou a cabeça com muita convicção.

— Ninguém sabe onde ela está. A pessoa morre se chegar perto demais dela. Só é possível encontrar a aprendiz. Uma amiga conseguiu o feitiço para mim. Eu paguei com um anel da minha mãe.

Orfeu ameaçou mostrar o pedaço de pergaminho aos pais da garota, para obter mais informações dela, mas Serafina apertou os lábios e se calou. O medo que ela sentia era real. Será que o nome dele próprio ou o de Fenoglio já teriam inspirado tamanho pavor? Um arrepio percorreu a pele gélida de Orfeu.

Quando ele agarrou aquela criatura tola pelas tranças, para ao menos lhe arrancar o nome da amiga, a menina gritou tão alto que a mãe entrou correndo no aposento. O empregado da casa não disfarçou o quanto ficou satisfeito em pegar Orfeu pelo colarinho surrado e jogá-lo na rua escura. Palavras que se dissolviam com cuspe. Sangue e veneno de urtiga. Sucos e bolo. A mente de Orfeu estava a mil enquanto ele limpava a sujeira das roupas e corria para casa pela calçada molhada de chuva.

A pessoa morre se chegar perto demais dela.

Brilho de Ferro continuava vivo quando Orfeu retornou ao quarto cheio de correntes de ar. O homem de vidro roncava, exausto, na gaveta em que havia feito para si uma cama de trapos e penas de pássaro. Bem... as palavras no pergaminho não diziam nada sobre matar, de fato.

Na verdade, as palavras não importam...

Rudolf estava na cozinha precária que compartilhavam com os outros moradores da casa e preparava uma de suas sopas insossas.

— Quem devemos procurar nesta cidade se quisermos encomendar um feitiço para prejudicar alguém? E não venha me dizer que isso não existe por aqui.

Rudolf abaixou a cabeça como uma galinha que é ameaçada por um machado. Mas ele precisava daquele trabalho: tinha quatro filhos para alimentar. O mais novo fizera dele um viúvo.

— Você pode tentar o amieiro encantado — murmurou Rudolf. —

No entanto, a magia que ele confere costuma deixar as pessoas doentes. Fora o amieiro, existe apenas a Mulher da Floresta.

Amieiro encantado? E quem era essa Mulher da Floresta? Definitivamente nenhuma das duas coisas aparecia nos livros de Fenoglio. Orfeu agora tinha bastante certeza de que *Coração de tinta*, assim como um guia de viagens, falava apenas de um país do mundo em que estavam e ignorava todos os outros que ficavam escondidos atrás de mares e montanhas.

— Me fale dessa Mulher da Floresta! Vai, rápido!

Rudolf colocou algumas raízes na sopa turva que preparava.

— Não se fala sobre ela. É uma Leitora de Sombras.

— Uma o quê?

— Há Mulheres da Floresta boas e más. As más aprendem magia com as sombras; as boas, com a luz.

Ah, a coisa estava ficando interessante.

— Mas e aí? Onde posso encontrar essa Leitora de Sombras? Pense nas suas crianças famintas!

Rudolf se curvou ainda mais sobre a panela que estava mexendo.

— A pessoa precisa deixar uma mensagem no cemitério antigo — disse ele, por fim. — Então a aprendiz dela vai até o amieiro encantado no alto da floresta e recebe o desejo. O desejo e depois o pagamento.

Ele pronunciou a última palavra como se ela lhe tivesse queimado a boca.

Pagamento. Bem, poderiam falar sobre aquilo depois.

Uma mulher que falava com as sombras. Pela primeira vez em muitos anos, Orfeu sentiu algo próximo da esperança brotando dentro de si. Ele a ouvia sussurrando. Não: grasnando como os corvos nos telhados úmidos lá fora, uivando como os lobos que caçavam à noite nas montanhas ao redor. Como podia ter pensado tão mal de Grunico até aquele momento? A cidade realizaria sua vingança por meio de um feitiço com sabor de suco de urtiga e sangue, sujo e sombrio, e sem dúvida muito mais poderoso que as palavras de Fenoglio.

Rudolf o encarou com olhos de quem a vida havia ensinado a temer o mundo.

— Não mexa com ela, senhor! Procure as boas. A magia delas é cheia de luz. Parece que tem uma dessas a uns sessenta quilômetros daqui. A outra só traz escuridão. E desespero.

O coração de Orfeu batia como se quisesse anunciar com tambores a sua vingança. Era perfeito. Era exatamente do que ele precisava.
— Esqueça a luz! — disse Orfeu. — Eu quero as sombras! As mais sombrias de todas!

3. Novos caminhos

☙ ❧

Existem apenas dois modos de ver o mundo: ou se acredita que nada no mundo é um milagre, ou que tudo nele são milagres.

Albert Einstein

☙ ❧

Quando o Príncipe Negro voltou a Ombra, já fazia um mês que as chamas de Dedo Empoeirado haviam trazido os mortos de volta. Os agricultores já tinham arado os campos e colhido as azeitonas. O aroma das trufas e dos cogumelos se espalhava pelas feiras, e na casa dos Folchart acontecia uma festa de despedida para Meggie, que pela primeira vez faria uma viagem com Doria. Algo que não agradava nem um pouco o pai dela.

As ruas de Ombra tinham sido tomadas pelo silêncio da noite, mas o zum-zum de uma colmeia tomou conta da casa dos Folchart quando Nyame entrou pela porta estreita. Metade da cidade havia comparecido, contudo Mortimer não parecia nada feliz.

— Querem ir para Andaluz... é uma viagem de pelo menos três semanas — ele sussurrou para Nyame enquanto o chamava para entrar em sua oficina. — Não acha isso meio imprudente? Já estamos em outubro! As tempestades de inverno estão chegando e pode aparecer um monstro marinho na rota do navio.

Nyame conhecera poucos guerreiros mais destemidos que o Gaio, mas quando o assunto era seus filhos, qualquer coisa do mundo assustava Mortimer.

— Ah, sim, já ouvi falar desse monstro. — Nyame teve que segurar o riso. — Mas ele nem deve ser tão grande assim. Acredite em mim, Meggie já sobreviveu ilesa a ameaças bem piores.

Mortimer o abraçou, mas Nyame se virou de costas para o amigo antes que ele percebesse que isso o havia machucado. Nyame estava se recuperando de um ferimento no ombro causado por uma lança. Jacopo, o filho de Violante, seguia cada vez mais os passos do avô sinistro. Ele e os amigos agora tinham resolvido aterrorizar os vilarejos que ficavam à sombra do Castelo da Noite. A lança atingira Nyame quando ele derrubara um deles do cavalo, e ele não queria que Mortimer soubesse de nada disso. Afinal, sabia que Meggie e Resa temiam que a amizade dos dois pudesse, um dia, trazer o Gaio de volta. Nyame, no entanto, não tinha a menor intenção de transformar o melhor encadernador de livros do país em ladrão mais uma vez.

Um dos livros recém-encadernados na mesa de Mortimer continha os desenhos feitos por Resa das Fadas da Grama, dos Homens de Vidro e das Ninfas do Rio. As imagens eram magníficas, ainda que muito diferentes das que Balbulus, o famoso ilustrador de Violante, fazia para os livros do castelo. Nyame preferia os desenhos de Resa. Ela amava o que desenhava, enquanto Balbulus queria ter controle sobre cada linha.

— Mas esses dois ainda são tão jovens! — Mortimer tocou o próprio braço distraidamente no lugar em que tinha uma cicatriz de quando haviam protegido juntos uma aldeia nos arredores do Castelo da Noite. O encadernador podia ter mandado o Gaio embora, mas as cicatrizes em sua pele ainda contavam a história dele.

— Jovens? Doria se vira sozinho desde os dez anos. O irmão dele já te contou o tipo de infância que os dois tiveram? Eu garanto que um monstro marinho não é nada se comparado a isso.

Lázaro, o irmão mais velho de Doria, era conhecido como Homem Forte por conta de seu tamanho; por sorte, chegara um momento em que conseguira proteger Doria e a mãe do pai bêbado.

— Sabe por que eles querem ir justamente para Andaluz?

Havia rumores de que a rainha de lá comia pérolas para ficar com a pele branca como a neve e de que cobrava o dobro de impostos dos súditos de pele escura.

— Um comerciante disse a Doria que existe um espelho através do qual se pode entrar em outro mundo.

Nyame não conseguiu interpretar o olhar que Mortimer lhe dirigiu. Outro mundo? O mundo em que estavam já bastava para ele, pensou Nyame; ainda que vivesse cem anos, só conheceria um pedacinho dele.

— Eles são jovens — falou. — E querem encontrar o próprio lugar. Um que pertença somente a eles, e não aos pais. Você ainda deve se lembrar dessa sensação, não é?

Mortimer ficou em silêncio, não parecendo ter muita certeza do que se lembrava.

— Bem, tanto faz — respondeu, por fim. — Para o bem de Doria, espero que ele traga minha filha de volta inteira.

Meggie já provara várias vezes que conseguia cuidar de si mesma muito bem, mas Nyame não disse isso em voz alta. Ela e Dante eram os bens mais preciosos de Mortimer. Ele nunca deixaria Meggie partir sem se preocupar, ainda que cem homens se dispusessem a proteger sua filha.

Nyame abriu o outro livro em que o amigo estava trabalhando. De novo os desenhos eram de Resa. Ela havia ilustrado alguns dos contos de fadas que Fenoglio tinha escrito para as crianças de Ombra.

— Violante deveria ter pedido a Resa para ilustrar o livro que escreveu sobre o Gaio. Balbulus não estava presente quando você encadernou o livro vazio para o Cabeça de Víbora. — Nyame amaldiçoou as palavras que acabara de proferir no mesmo instante. Viu imediatamente o Gaio no rosto de Mortimer. Não havia prometido nunca o lembrar dele?

— É estranho, não é? — murmurou Mortimer. — Que as piores lembranças rendam as melhores histórias.

— Nem sempre. Algumas são sombrias demais. — Nyame fechou o livro e passou a mão pela capa. Mortimer havia gravado borboletas douradas nela. Ninguém fazia livros tão belos quanto Mortimer Folchart, e tais livros continuariam contando histórias quando todos já estivessem mortos e esquecidos havia muito tempo. Era bom que o Gaio, agora, fosse um encadernador de livros.

— Vamos nos juntar aos outros — disse Nyame e abriu a porta da oficina, permitindo que o barulho da casa cheia adentrasse. — Trouxe algo para Meggie que poderá ajudá-la a escapar dos monstros marinhos.

Demorou um pouco para que encontrassem a filha de Mortimer, de tão lotada de amigos e vizinhos que estava a casa em que os Folchart viviam havia cinco anos. Assim como Dedo Empoeirado, Nyame crescera entre os menestréis, sem uma casa como aquela, mudando de um lugar para o outro. Ainda gostava de viver desse modo. Não sentia falta de paredes sólidas, embora elas às vezes tornassem a vida mais segura. E embora, também, já tivesse perdido muita coisa em suas andanças. *Agora não, Nyame*, pensou consigo mesmo enquanto seguia Mortimer pelos cômodos cheios de gente. Ele não queria trazer sombras para uma casa que estava tão plena de alegria.

Até Brianna, a filha de Dedo Empoeirado, tinha vindo, apesar de ser muito raro que saísse do castelo. Ela estava ao lado de Lázaro e do irmão mais novo, Jehan, que era conhecido em Ombra como "o menino das mãos de ouro", pois até o ferreiro mais experiente empalidecia de inveja ao contemplar o que era produzido na oficina de Jehan. Todos os convidados haviam trazido presentes. Lázaro fizera alforjes; as amigas de Meggie, roupas para a viagem, estendidas ao lado dela; e do pai, a jovem recebera, claro, um caderno, cujas páginas em branco Meggie folheava, perdida em pensamentos. Ela se parecia muito com a mãe, mas Nyame sempre enxergava Mortimer em suas feições. O abraço dela foi tão caloroso quanto o do pai, porém Nyame não conseguiu esconder de Meggie a careta de dor que fez por um momento.

— É só um arranhão — sussurrou para ela. — Seu pai não precisa ficar sabendo.

Ela lhe agradeceu com um sorriso. Meggie já precisara se preocupar com o pai muitas vezes, e talvez não fosse uma coincidência que tivesse se apaixonado por um jovem que, apesar de saber lutar, não dava muita importância para aquilo. Doria tinha crescido com um pai violento demais e desde muito jovem preferira se valer mais da própria inteligência do que da força ou das armas de que dispendia.

Nyame havia pedido ao seu melhor batedor que desenhasse um mapa para a viagem dos dois. O monstro marinho que preocupava Mortimer aparecia no mapa, assim como um cavalo alado que supostamente vivia perto da costa, ainda que a existência de tais coisas fosse bastante discutível.

Meggie observou o mapa com grande entusiasmo.

— Resa está feliz por nossa viagem, mas Mo está muito preocupado — sussurrou ela para Nyame. Sempre chamara o pai de Mo, mesmo que ele fosse conhecido por todo mundo apenas como Gaio. — Já faz bastante tempo que estamos aqui em Ombra. Acho que Mo não está interessado em saber o tamanho do nosso mundo! Mas eu quero ver as sereias que vivem no Lago sem Fundo, as pradarias onde as mulheres de vidro tecem fios dourados com a luz do sol. E você já ouviu falar do Homem de Ferro que um ferreiro forjou a partir das espadas dos mortos? Jehan contou a Doria sobre ele!

Nyame ainda não tinha ouvido falar dessa história. Era como ele havia dito a Mortimer: o mundo em que viviam abrigava tantas maravilhas que era impossível conhecer todas em uma vida só.

Meggie tinha soltado o caderno. Nyame soube quem estava na porta assim que viu o rosto dela corar.

Farid também havia crescido. Agora tinha quase a altura do próprio Nyame. Será que a filha do Gaio ainda era apaixonada por ele? Existia um certo tipo de amor que gerava novas sementes toda vez que as pessoas se encontravam. Nyame mesmo experimentara aquilo, e não queria que Doria se machucasse: considerava-o quase como um filho. Porém, por mais que a visão de Farid ainda a fizesse corar, Meggie se limitou a abraçá-lo como uma boa amiga, e os olhos de Farid logo procuraram seu antigo mestre pela sala. Mas Dedo Empoeirado ainda não tinha chegado.

Farid estava prestes a avisar Doria e Meggie sobre um enorme touro que vinha causando estragos em Andaluz quando Baptista de repente surgiu na porta ao lado do Dançarino do Fogo. Ao vê-lo, Nyame percebeu na hora que havia algo de errado. O homem cumprimentou Farid com um aceno de cabeça e chamou o rapaz, Nyame e Mortimer para o canto mais afastado da sala.

— Seu urso encontrou isso aqui — murmurou Baptista, tirando algo da pochete que levava na cintura. Era um pedacinho de madeira pouco maior que o dedo anelar de Nyame, finamente entalhado. O terço superior formava ombros e uma cabeça com um rosto tão realista que Farid passou o dedo pelos traços esculpidos, incrédulo. Era o rosto do Príncipe Negro. — O urso encontrou isso aqui debaixo da pele em que você dorme — continuou. — Ele estava lá cheirando para ver se era comestível.

— Parece um desses amuletos da sorte que vendem na feira — comentou Farid. — Alguns são figuras esculpidas de Violante ou do Gaio. Tem minhas e de Dedo Empoeirado também — acrescentou, sem esconder o orgulho.

Mas Baptista balançou a cabeça.

— Nenhum humano consegue esculpir um rosto assim. Não se vê qualquer sinal de ferramenta. É como se o rosto tivesse brotado da madeira!

Baptista sabia do que estava falando. Ele costumava esconder a face, desfigurada pela varíola, atrás de máscaras que esculpia em madeira ou costurava em couro. Alegria, raiva, dor... As máscaras dele muitas vezes expressavam tudo isso de forma mais eloquente que um rosto vivo.

Mortimer pegou o pedacinho de madeira da mão dele e o observou por todos os ângulos com uma preocupação evidente.

— Vi um troço parecido com esse pela primeira vez hoje de manhã! Dante me mostrou um com o rosto de Meggie. Eu disse a ele para colocá-lo de volta no lugar onde havia encontrado, porque pensei que fosse um presente de Doria.

Dante estava sentado com outras quatro crianças ao redor de Fenoglio e ouvia boquiaberto a história que o Tecelão de Tinta contava. Quando o pai lhe pediu que mostrasse onde tinha encontrado o pedacinho de madeira que trouxera naquela manhã, o garoto correu para a escada que levava ao andar de cima, onde ficavam os quartos dele e de Meggie.

Ao abrir a porta de Meggie, Dante viu um homem de vidro com membros cinzentos sair de debaixo da cama. Dedo Empoeirado disparou um laço de fogo contra ele, mas o homenzinho se esquivou rapidamente e saiu pela janela antes que o alcançassem. Farid e o Dançarino do Fogo o seguiram pelos telhados, mas a noite logo engoliu o intruso. Nyame ficou surpreso com a intensidade do medo que viu no rosto de Dedo Empoeirado quando ele e Farid cruzaram a janela mais uma vez. Medo, repulsa, raiva.

— Você não está entendendo! — grunhiu o amigo quando Nyame tentou acalmá-lo. — Aquele era sem dúvida o homem de vidro de Orfeu. Quartzo Rosa não estava enganado antes. Precisamos encontrá-lo! Ele e Orfeu! Tem algo diabólico acontecendo.

Eles procuraram a noite toda. Nyame chamou os menestréis para ajudar, e Meggie e Doria mobilizaram todos os amigos. Mas o homem de vidro continuou desaparecido. E com ele o pedacinho de madeira que Dante havia posto de volta sob a cama de Meggie a pedido do pai.

4. Um companheiro desagradável

A crença numa origem sobrenatural do mal é desnecessária; os próprios homens são capazes de todo tipo de maldade.

Joseph Conrad, *Under Western Eyes*

O Dançarino do Fogo de fato quase tinha conseguido capturá-lo! Brilho de Ferro ainda sentia em seu pescoço de vidro a quentura do laço flamejante, mas tinha sido ligeiro. Ah, sim, mais rápido que todos eles, com seus membros desengonçados e cheios de carne. E o pedacinho de madeira esculpido sob a cama da filha do Língua Encantada havia sido a última coisa que ele precisara recolher. Brilho de Ferro não tinha como negar que morria de medo de objetos enfeitiçados. Quando Orfeu os entregara a ele, eram apenas uma dúzia de gravetos sem adornos, mas agora possuíam rostos.

— Isso não é da sua conta! — Orfeu havia respondido quando o homem de vidro perguntara qual era o propósito dos gravetos. — Esconda-os onde eles dormem. Assim os pedaços de madeira ficarão perto deles por pelo menos algumas horas. Depois de três dias você os recolherá. Mas não antes disso.

Havia onze nomes na lista que Orfeu lhe entregara. Brilho de Ferro e Rinaldi tinham dividido os nomes entre si, mas é claro que Rinaldi só pegara três dos onze, usando o argumento de que o Príncipe Negro e o jovem Demônio do Fogo representavam tarefas muito mais perigosas do que a Devoradora de Livros ou o Tecelão de Tinta. Ridículo. Por acaso Brilho de Ferro também não teria que esconder os gravetos debaixo da cama do Gaio e da filha dele? E o de Dedo Empoeirado! Mas Rinaldi apenas sorrira com tristeza, entregara oito pedaços de madeira a ele e dissera: "Vamos lá, Ferroso, você chama bem menos atenção do que eu!".

Ferroso. Cabeça de Cacos. Brilhinho... Baldassare Rinaldi tinha muitos nomes para Brilho de Ferro, que não gostava de nenhum deles. Mas o homem de vidro também tinha alguns apelidos pouco lisonjeiros para o assassino: Encantador de Sapos, Língua de Banha, Torturador de Ouvidos... Pensava em um apelido novo todos os dias, mas, é claro, tinha o cuidado de não o dizer em voz alta. Rinaldi possuía um temperamento ruim. Maldito o dia em que Orfeu o escolhera como seu companheiro de viagem! Por sorte, ao menos ele havia deixado claro para Rinaldi que queria seu homem de vidro de volta ileso. Caso contrário, o canalha provavelmente o teria vendido muito tempo antes para os homens que alimentavam seus cães de briga com seres da sua espécie, a fim de afiar os dentes deles.

Como sempre, tinham se hospedado na estalagem mais decadente de Ombra, pois assim sobrava mais dinheiro para o assassino poder beber com fartura nas tavernas da cidade. Os quartos cheiravam a mofo e a rato, e os odores acres do curtume próximo atravessavam as janelas sem vidro. Rinaldi roncava alto em cima da pele de urso que havia roubado quando Brilho de Ferro voltou com o pedacinho de madeira que agora assumira o aspecto da filha do Gaio.

O assassino era um homem grande e forte que exibia traços da beleza do passado no rosto inchado. O cabelo na altura do pescoço era preto demais (ele o tingia com vinho e suco de sabugueiro), e os dedos, como sempre, estavam brancos do pó de fada com o qual gostava de se intoxicar, assim como com vinho barato. Baldassare Rinaldi se gabava de ser um ladrão talentoso desde seu quinto aniversário e um assassino bem-sucedido desde o décimo primeiro. Alegava ter despachado mais de cem homens e mulheres para o outro mundo (um lugar que Baldassare acreditava se assemelhar a uma enorme taverna, portanto, na verdade, estaria fazendo apenas um favor às suas vítimas), e gostava de falar por horas a fio sobre como matar era um trabalho difícil. Ele também adorava dar uma boa surra e cantar versos tão sentimentais, acompanhando as melodias dissonantes que tocava em seu alaúde, que Brilho de Ferro muitas vezes enfiava secretamente chumaços de lã nos ouvidos.

O homem de vidro baixou o olhar para o graveto entalhado pelo qual quase tinha sido queimado com o fogo de Dedo Empoeirado e o virou para que o rosto não ficasse visível. Apesar da pele de vidro, estremeceu com a visão. Rinaldi mantinha o saco com os outros pedaços de madeira no estojo do seu alaúde, mas quando Brilho de Ferro quisera contá-los no dia anterior, ele o rechaçara.

— O quê? Não confia em mim, Cabeça de Cacos? — provocara ele.

E se ainda faltassem alguns gravetos? Brilho de Ferro havia feito sua parte, mas não tinha certeza quanto a Rinaldi, e Orfeu sem dúvida descarregaria sua raiva nos dois caso não seguissem exatamente as instruções que lhes haviam sido dadas. Ele olhou para o estojo do alaúde. Estava bem ao lado do assassino. Se o homem acordasse e o pegasse no flagra, Brilho de Ferro poderia se desculpar alegando que tinha precisado guardar o último pedaço de madeira.

Sim, era isso que ele faria. Mas não havia comido nada decente o dia inteiro, e Rinaldi também guardava todo o dinheiro que Orfeu lhes dera numa bolsa em seu cinto. Orfeu com certeza não teria gostado de saber que a maior parte do dinheiro tinha sido gasta em pó de fada e que seu devoto homem de vidro tinha sido obrigado a se contentar com pão, queijo duro e vinho azedo. Não.

Por sorte, a pele de urso sobre a qual Rinaldi roncava tornava muito fácil se aproximar dele sem fazer barulho, e uma das bolsas presas em seu cinto gorduroso ainda estava abarrotada. Ele certamente não daria falta de uma moeda ou duas. Além disso, as habilidades matemáticas de Rinaldi eram tão ruins quanto sua ortografia.

Brilho de Ferro enfiou a mãozinha na bolsa, retirou bem, bem devagar duas moedas e as guardou na mochila. Rinaldi soltou um grunhido sonolento, mas seus olhos permaneceram bem fechados enquanto o homem de vidro se arrastava até o estojo de alaúde que o assassino sempre deixava ao lado quando dormia. Às vezes, ele até passava o braço em volta do estojo como se o objeto fosse sua amante de madeira.

A tampa era pesada, mas os homens de vidro são surpreendentemente fortes para o tamanho que têm, e Brilho de Ferro estava prestes a escalar o estojo quando dedos cheios de pó de fada o agarraram.

— E o que você acha que está fazendo, Brilhinho? — rosnou Rinaldi enquanto segurava Brilho de Ferro diante dos olhos injetados. Até a voz do homem era oleosa. Um óleo velho e rançoso. — Acho que eu deveria te vender a um desses caixeiros-viajantes que fazem tipinhos da sua laia lutarem contra escorpiões nas feiras. Eles estão sempre precisando de um substituto, porque é raro sobrar mais do que uns caquinhos de vocês.

Ah, sim. Baldassare Rinaldi tinha um coração perverso.

— Me deixa em paz! Eu só queria guardar o último graveto entalhado!

Rinaldi tirou o pedaço de madeira da mochila do homem de vidro e examinou o rostinho.

— Ah, veja — ele grunhiu. — A filha do Gaio. Excelente.

Então guardou o graveto na bolsa com os outros e fechou o estojo do alaúde com tanto vigor que fez tremer o corpo vítreo de Brilho de Ferro.

— E aí? — perguntou o homenzinho quando Rinaldi enfim o pôs de novo no chão e ele recuperou a capacidade de se proteger com alguns movimentos rápidos, se necessário. — Eu completei minha parte da lista. O mesmo vale pra você? Toda vez que volto pra cá te encontro deitado e roncando sobre essa pele de urso.

— Está tudo sob controle, não esquente sua cabeça de vidro com isso — retorquiu Rinaldi enquanto calçava as botas por cima das meias esburacadas. — Mas hoje à noite tenho outras coisas a fazer. O Príncipe Negro está organizando uma audiência para todos aqueles que desejam se juntar aos menestréis e vou apresentar minhas canções a ele.

— Suas canções? Mas e o graveto entalhado do Príncipe? Ele é o melhor amigo de Dedo Empoeirado.

— Relaxa. Já dei um jeito nisso. Hoje é dia de prestar homenagem ao rei dos menestréis por conta própria! — Rinaldi tirou do bolso o pequeno espelho de prata que sempre carregava consigo. — Baldassare — murmurou para si enquanto cuspia na mão e depois a passava pelo cabelo tingido. — Você continua um homem bonito pra caramba!

A prata polida devia produzir uma imagem mais benevolente e glorificada, e o pó de fada sem dúvida fazia o resto. Não havia outra maneira de explicar aquela autoestima. Brilho de Ferro sempre se surpreendia com o tamanho da vaidade que se escondia por trás da fachada maltrapilha de Rinaldi. Ele possuía até um pente (feito de marfim) e uma escova de dentes.

— Ah, não, não! — disse o assassino enquanto o homenzinho tentava se acomodar na pele de urso. — Você vem comigo, Brilhinho. Tenho certeza de que será bom ter meu próprio homem de vidro comigo.

Era só o que faltava. Brilho de Ferro estava podre de cansado depois de fugir pelos telhados.

— Não me parece uma boa ideia — suspirou com um lamento fingido. — O Príncipe Negro não gosta nem um pouco de mim. Não vai nem querer ouvir suas canções se me avistar por perto, entende? Está disposto a sacrificar sua futura fama por causa das antigas rixas de Orfeu?

Rinaldi costumava ser um homem desconfiado, mas quando o assunto era suas rimas, acreditava até em argumentos absurdos como aquele.

— Isso seria mesmo muito chato — murmurou o assassino. — *Va bene*, então fique aqui, cara de vidro. Mas não se atreva a ficar só deitado, na preguiça. Preciso de cordas novas para o meu alaúde!

Mas é claro. Não bastava torturar os ouvidos do homem de vidro com versos ruins. Qualquer gato que tivesse o rabo pisado produzia sons mais melódicos que Rinaldi tocando seu alaúde.

— Então vou precisar de dinheiro. — Brilho de Ferro estendeu a mão.

— Dinheiro? Bobagem! Nunca pago pelas minhas cordas. Roube-as! — Rinaldi pegou o estojo do instrumento. — Hoje à noite entregaremos os gravetos ao grande Balbulus. Mas não alimente muitas esperanças. Vamos encontrá-lo do lado de fora do castelo, então não vai conseguir ver a oficina dele.

Ele piscou para Brilho de Ferro com um sorrisinho zombeteiro.

Desgraçado! Que tolice da parte dele ter confessado a Rinaldi que estava farto de apenas afiar penas e escrever letras bonitas. Todo homem de vidro que trabalhava dia após dia em escritórios ou bibliotecas sonhava ter no futuro, também, uma carreira de ilustrador. Nenhum havia conseguido até então, mas ah, se Brilho de Ferro pudesse ver a oficina do Grande Balbulus! Quanto poderia aprender com ele!

Rinaldi saiu e fechou a porta com força. Que ótimo. Isso significava que Brilho de Ferro teria que se espremer mais uma vez pela fenda na pele de carneiro que fazia as vezes de vidro para bloquear a janela.

Roube-as. A rua onde os fabricantes de instrumentos de Ombra exerciam seu ofício ficava ao sul do bairro dos curtumes. Lá trabalhavam também as costureiras que faziam roupas para os habitantes mais abastados, com a ajuda de inúmeras mulheres de vidro. De vez em quando uma delas se deixava envolver num pequeno flerte. Brilho de Ferro suspirou. Ainda tinha saudades de casa, de sua gaveta bem acolchoada e da vida sem Baldassare Rinaldi. A maldade de Orfeu era muito mais agradável.

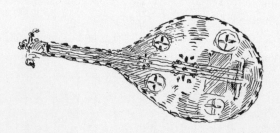

5. Segredos demais

*Pelo comichar
do meu polegar
Sei que deste lado
vem vindo um malvado.*

William Shakespeare, Macbeth

Dedo Empoeirado e Farid procuraram até tarde da noite e durante todo o dia seguinte pelo homem de vidro que haviam flagrado embaixo da cama de Meggie. Até Nyame e Mortimer acabaram desistindo, mas o Dançarino do Fogo ainda se lembrava muito bem do ódio que vira no rosto de Orfeu quando se encontraram pela última vez. Suas chamas haviam ajudado a privar o homem de tudo que antes possuía: poder, influência, fortuna. Contudo, o mais grave era que tinha rejeitado a amizade de Orfeu e demonstrado desprezo por ele ao se unir a seus inimigos. Não, a aparição do homem de vidro e os pedaços de madeira não podiam significar nada de bom. Orfeu estava vivo, disso Dedo Empoeirado não tinha mais dúvidas, e empenhado em se vingar. Se ao menos ele soubesse o que o homem pretendia!

Eu quis escrever um papel muito melhor para você, mas você não quis nem saber! Fazia muito tempo que Orfeu o tinha repreendido daquela forma, mas Dedo Empoeirado não se esquecera de como a voz dele soara ofendida. Por que as pessoas queriam tanto escrever sobre a vida dele? Primeiro Fenoglio, depois Orfeu. *Cumpra o papel que lhe foi designado, Dançarino do Fogo.* Ele não queria papel nenhum. Sempre tinha vivido um dia de cada vez, sem objetivo, preferindo pensar de minuto a minuto em vez de ano a ano. Talvez por isso gostassem tanto de escrever histórias justo sobre ele — porque havia permanecido como uma página em branco, sem um plano próprio, sempre seguindo a maré. *Mas e aí, Dedo Empoeirado? Isso é assim tão ruim?*

Farid desapareceu e foi se encontrar com alguma moça assim que o Dançarino do Fogo lhe disse que desistiria, por enquanto, da busca pelo homem de vidro. Orfeu também havia sido cruel com o jovem, mas ele se esquecia das coisas com muita facilidade. Até quando Dedo Empoeirado o lembrou do porão em que Orfeu quase o matara, ele apenas rira.

— E daí? Nós enganamos direitinho o Olho Duplo naquela época. E faremos isso de novo se ele estiver planejando alguma malvadeza!

Será que fariam mesmo?

Roxane não escondeu a raiva que sentia quando Dedo Empoeirado, mais uma vez, voltou tarde da noite para a fazenda onde viviam. Ela tinha apenas o filho e o marido para ajudá-la na colheita de azeitonas. Jehan deu um beijo de despedida na mãe e voltou para a oficina que tinha em Ombra, sem nem olhar direito para o padrasto.

A culpa é sua, Dedo Empoeirado! A raiva de Roxane e Jehan, os olhares incompreensivos que trocaram quando ele tentou lembrar aos dois de como Orfeu era perigoso... A culpa era dele por ter se mantido em silêncio. Até Nyame parecia questionar por que ele estava tão preocupado com um homem de vidro. Mas Dedo Empoeirado não soubera de que forma contar a verdade inteira a eles durante todos aqueles anos! E agora as próprias mentiras se colocavam entre ele e as pessoas que amava.

Eu estava em outro mundo. Orfeu também vem de lá. A voz dele me trouxe de volta. O homem que vocês chamam de Tecelão de Tinta escreveu um livro que conta histórias sobre todos nós. Orfeu gosta tanto desse livro que o prefere a seu próprio mundo e leu a si mesmo para dentro dele.

O que achariam se ele dissesse isso? Que o Dançarino do Fogo tinha perdido o juízo. Era bem verdade que ele podia pedir a Mortimer, Meggie ou Elinor que confirmassem sua história, talvez até Fenoglio, mesmo que ainda não confiasse no homem. Mas nenhum deles estivera presente quando Orfeu lhe confessara, numa estrada deserta, com os olhos cheios de lágrimas, que Dedo Empoeirado era o herói de sua infância infeliz.

O que Orfeu estaria tramando?

Na manhã seguinte, Dedo Empoeirado e Roxane levaram as azeitonas colhidas para a prensa. *Converse com ela! Conte logo tudo!*, ele encorajava a si mesmo enquanto o óleo dourado escorria para as garrafas. *Explique o que é esse medo que ela vê em seus olhos.*

Mas o Dançarino do Fogo continuou em silêncio. Assim como fizera por todos os anos anteriores. Ainda era um covarde. Nem mesmo a morte fora capaz de mudar isso. As Damas Brancas só o haviam feito perder o medo do mundo, não o medo da própria fraqueza.

6. Um encontro noturno

◈

*Se uma coisa pode ser dita com palavras,
não há razão para pintá-la.*

Edward Hopper

◈

O lugar de Ombra que o Grande Balbulus havia sugerido como ponto de encontro provavelmente lhe trazia memórias da infância. Graças a um homem de vidro que trabalhara por um tempo para o ilustrador mais famoso de Violante, Brilho de Ferro tinha descoberto algumas coisas surpreendentes sobre o passado do homem. Balbulus de Cipressa não era, nem de longe, filho de um respeitado escultor de alabastro, como afirmava ser, mas o bastardo de um príncipe que havia estuprado sua mãe e mandado a criança para um orfanato.

Ele já os esperava, com o olhar vacilante de um homem que sabia estar fazendo algo que não deveria, e, ainda assim, não conseguia parar. Os tanques dos velhos tintureiros da cor azul, que ficavam logo atrás do muro diante do qual Balbulus estava, exalavam um mau cheiro, e havia rumores de que abrigavam ali uma salamandra gigante que fedia a urina, usada antigamente pelos tintureiros na mistura com folhas dentro dos tanques. Apenas os mais pobres dos pobres viviam ali, e Rinaldi observou os arredores com atenção enquanto caminhava com passos levemente oscilantes em direção a Balbulus.

— Você está bêbado de novo! — sussurrou Brilho de Ferro no ouvido dele. — Não se atreva a me deixar cair nessa sujeira fedorenta!

Rinaldi estivera bebendo durante horas. O Príncipe Negro não gostara nem de suas canções, nem de sua performance no alaúde. E será mesmo que ele tinha trazido de volta o graveto que deixara no quarto do príncipe?

— Vou guardá-lo com os outros, Cabeça de Vidro — berrou ele para Brilho de Ferro quando o homenzinho perguntou sobre o assunto pela segunda vez. — Cuidado! Estou a fim de torcer um pescocinho fino igual ao seu hoje.

O olhar injetado não deixava dúvidas de que ele ficaria felicíssimo em cumprir a ameaça, e Brilho de Ferro resolveu que levaria a irascibilidade de Baldassare Rinaldi um pouco mais a sério no futuro.

Balbulus também percebeu o hálito de vinho do assassino, claro. Franziu a testa e apertou os lábios finos em sinal de desaprovação. As maçãs do rosto pronunciadas, os olhos castanhos ligeiramente oblíquos — o Grande Balbulus parecia um gato humano.

— Estão atrasados. — A voz dele era bem menos imponente que sua aparência.

O fedor que vinha dos tanques abandonados empesteava o ar noturno, e a refinada capa preta que Balbulus vestia ficaria cheirando muito mal quando ele retornasse ao castelo. Brilho de Ferro avistou uma manga roxa por baixo. Os caracóis púrpura eram animaizinhos caros, e era preciso esmagar uns vinte mil deles para uma única peça de roupa. Mas isso com certeza não era nada se comparado ao preço que Violante pagara pela mão de ouro que mandou fazer em substituição àquela que os capangas de seu pai haviam cortado de Balbulus. Os dedos dourados eram supostamente tão flexíveis quanto os da mão de carne e osso do ilustrador tinham sido. O enteado de Dedo Empoeirado os havia feito em sua já lendária oficina. Brilho de Ferro quase recomendou que Orfeu também colocasse o garoto em sua lista de vingança. Mas era consenso em Ombra que o Dançarino do Fogo não tinha pelo filho de Roxane nem metade do amor que dedicava a seu antigo aprendiz, Farid, e de fato a lista já era longa o suficiente.

— É realmente uma honra para mim, Grande Balbulus! — O homem de vidro fez uma reverência profunda, ainda que não fosse simples se curvar sobre o ombro de Rinaldi. — Há muito que sou um admirador da sua arte.

Balbulus lhe devolveu um sorriso fugaz e um pouco incomodado. O ilustrador de Violante provavelmente não dava a mínima para a admiração dos homens de vidro, e Brilho de Ferro decidiu elogiar apenas os concorrentes dele dali em diante.

— É melhor irmos direto ao assunto. Minha senhora encomendou um livro que precisa ficar pronto a tempo do aniversário dela, mostrando todos os besouros e flores selvagens de Ombra e seus arredores.

Balbulus soltou um suspiro exasperado. Conseguia mesmo imitar o sotaque de alguém que havia, de fato, crescido na casa de um respeitado mestre do alabastro, e não em um orfanato, mas não enganava os ouvidos apurados de Brilho de Ferro. Não era difícil notar que o distinto Grande Ilustrador havia sido tomado pela ambição e pela inveja de qualquer concorrente que tivesse até metade de seu talento. Os boatos eram de que agora Balbulus usava as duas mãos, tamanha era a demanda por seu trabalho: a mão de ouro para as linhas, a outra para as cores. O ilustrador, no entanto, piscava com uma frequência suspeita. Era provável que seus olhos estivessem se deteriorando devido a tantas horas de trabalho à luz de velas. E, pelo que parecia, olhos novos estavam muito além até mesmo das habilidades do jovem ourives. Brilho de Ferro conteve um sorriso.

— Besouros e flores selvagens? Que desperdício de talento. — Rinaldi conhecia a arte do elogio apenas quando ela o favorecia. — Bom, isso não é surpresa para ninguém numa cidade onde ladrões com cara de noite podem se considerar príncipes sem que haja qualquer punição.

Ah, a dor da audiência malsucedida com o Príncipe Negro ficara profundamente enraizada em sua carne vaidosa.

Ele tirou o saco de gravetos do bolso do casaco e o entregou à mão de carne e osso de Balbulus. Ao contrário das unhas imundas de Rinaldi, as cinco que restavam ao ilustrador eram imaculadamente bem cuidadas.

— Isso deve ser tudo de que você precisa para terminar o trabalho depressa. Certo? — Brilho de Ferro sacou a própria adaga e cortou ao meio uma mosca que zumbia ao seu redor. Graças ao fedor que vinha dos tanques, elas estavam por toda parte.

Balbulus o encarou com clara surpresa. Muita gente achava que as pessoas de vidro eram fofas e pacíficas; no entanto, algumas delas tinham bastante sucesso trabalhando como ladrões, espiões ou envenenadores. Brilho de Ferro inclusive havia considerado seguir essa carreira na juventude.

— Em que pé está o livro? — Ele limpou a adaga no ombro de Rinaldi. — Espero que o trabalho esteja progredindo rápido.

Balbulus enfiou a mão de ouro na bolsa e tirou um dos gravetos de lá. Era o que tinha o rosto do Gaio.

— As páginas já estão todas ilustradas — murmurou ele. — Tirando as capitulares, que devo fazer de acordo com cada personagem. Entrego minhas encomendas dentro do prazo.

Então aproximou o pedaço de madeira dos olhos.

— Inacreditável! Quem esculpiu isso? Nunca vi tamanha habilidade!

— Bem, esperamos que suas imagens façam jus aos modelos. — disse Brilho de Ferro, então guardou a adaga no cinto ao sentir o olhar de advertência de Rinaldi. Ele já havia atingido duas vezes o pescoço do assassino enquanto caçava moscas (não totalmente por acidente, tinha que admitir).

— Meu senhor exige uma similaridade perfeita! — continuou. — Caso contrário, pedirá o pagamento de volta. Assim como as cores que lhe fornecemos.

Balbulus pareceu considerar, por um instante, se um questionamento tão descarado a sua arte mereceria resposta. Mas era convencido demais para não comentar tal sacrilégio.

— Você parece estar se esquecendo de com quem está lidando, homem de vidro! — sibilou ele. — Eu sou Balbulus, o maior ilustrador que este mundo já viu.

— Se o senhor tivesse tanta certeza disso, dificilmente teria aceitado a encomenda do meu mestre — retrucou Brilho de Ferro com firmeza. — Qual foi mesmo o preço negociado? Pigmentos que garantem imortalidade?

O rosto de Balbulus ficou pálido como a lua.

— A imortalidade do meu trabalho!

Rinaldi soltou um grunhido e cuspiu na lama azulada diante das botas.

— Já está tarde e o fedor aqui está me deixando enjoado. Vou repetir mais uma vez pelo que estamos pagando: o senhor começa a compor as capitulares que faltam ao nascer do sol, exatamente na ordem apresentada na lista de nomes do nosso cliente. Para isso deverá usar apenas os pigmentos cinza que fornecemos para esse propósito. Nosso cliente enfatizou sobretudo essa orientação. Por último, pinte Dedo Empoeirado, mas para ele pode usar as tintas com as quais costuma trabalhar. O senhor deve entregar o livro pronto aqui dentro de dois dias, quando os sinos baterem às dez horas da noite.

Balbulus balançava a cabeça com impaciência a cada instrução como se a estivesse ouvindo pela centésima vez.

— Você não está lidando com qualquer estudantezinho esquecido.

Mas... — ele pegou a bolsa que Rinaldi havia lhe dado — tem dez gravetos aqui. Se bem me lembro, o acordo era que eu desenhasse onze capitulares.

Brilho de Ferro cravou os dedos de vidro tão profundamente nas orelhas de Rinaldi que elas ficaram vermelhas de sangue.

— Dez? — sussurrou para o assassino. — Eu cumpri os meus oito. Você só tinha que entregar três. Nem esses conseguiu?

— O graveto do príncipe não estava mais lá quando fui buscar! — rosnou Rinaldi em resposta. — Provavelmente foi devorado pelo urso fedorento dele!

Balbulus não estava interessado naquela discussão, claro. Foi tirando um pedaço de madeira depois do outro da bolsa e examinou todos com cuidado.

— Este livro... — perguntou, sem levantar os olhos. — Qual é o propósito do seu senhor com ele? É óbvio que ele não gosta do Dançarino do Fogo. Mas por que nele não haverá menção a nomes? Minhas ilustrações mostrarão claramente quem é quem. E por que só devo usar tinta cinza?

— Como vou saber? E por que não? — replicou Rinaldi, esfregando a orelha dolorida e analisando Brilho de Ferro com indisfarçado desejo assassino. — A resposta seria irrelevante para o seu trabalho, não?

— Bem, cinza é uma escolha incomum. Esse pedido vai prejudicar um pouco o esplendor do meu trabalho. — Balbulus deu uma última olhada no graveto que segurava antes de guardá-lo de volta na bolsa. — Só um aviso.

— O cinza não é negociável. — Brilho de Ferro ainda tentava digerir o fato de que o pedaço de madeira com o rosto do Príncipe Negro estava faltando. O melhor e mais antigo amigo de Dedo Empoeirado! O príncipe era tão crucial para a vingança de Orfeu quanto a esposa e a filha do Dançarino do Fogo! Ah, ele realmente teria adorado sacar a adaga e fazer um pequeno corte que fosse na nuca de Rinaldi.

— O senhor seria capaz de pintar o Príncipe Negro sem um modelo? — perguntou Brilho de Ferro. — A presença dele neste livro é essencial.

— Por quê? — Balbulus franziu o nariz com desdém. — O título de príncipe foi dado a ele por salteadores e menestréis, e nem Violante conseguiu me convencer a pintá-lo ainda. Já é bem ruim que eu seja obrigado a eternizar o Gaio. "A senhora quer que eu entre para a história como Balbulus, o pintor de ladrões?", perguntei a ela. Mas enfim, que seja, este livro não vai para a biblioteca do castelo, então vou pintar o suposto príncipe. Contanto que me seja permitida alguma liberdade artística. Violante se vale muito dos conselhos dele, e existem até rumores de que tiveram um caso, por isso o encontrei algumas vezes no castelo. Mas preciso admitir que me lembro melhor do urso dele do que de seu rosto.

— Bem, não dá pra diferenciar gente com uma cara daquelas, não é mesmo? — Rinaldi deu um sorrisinho conspiratório para o ilustrador.

— De fato. — Balbulus lhe devolveu uma risada nervosa, embora estivesse visivelmente constrangido por concordar com um homem como Baldassare. Orfeu também se orgulhava muito de sua pele pálida, algo que parecia bastante espantoso para Brilho de Ferro, a quem a mão do mestre parecia ter cor de mofo e queijo.

— Quanto às outras cores — continuou Balbulus, lançando um olhar de cobiça para a mochila de Rinaldi —, já usei muitos dos pigmentos que você me trouxe da última vez. Prometeu que eu receberia mais à medida que o trabalho avançasse.

Rinaldi enfiou a mão na mochila com uma expressão condescendente e retirou alguns pacotinhos.

Balbulus os recebeu quase com reverência.

— Ah, sim! — sussurrou. — Terra verde, essencial para representar a carne humana, azurita e siena, amarelo-sol, púrpura... — Ele manuseou com ternura o papel que continha os pós coloridos, embora estivesse tão sujo quanto tudo o mais que vinha dos bolsos de Rinaldi.

Havia muitos deuses nas ruas de Ombra. No entanto, o deus que Balbulus venerava, e disso Brilho de Ferro não tinha dúvidas, possuía membros feitos de lápis-lazúli triturado e sangue de cochonilha.

O ilustrador guardou os pacotinhos no bolso da capa com o mesmo cuidado que se tem com coisas que são, ao mesmo tempo, caras e perigosas.

— Esses pigmentos são muito mais luminosos do que qualquer outro que já usei. E acredite em mim, Violante não poupa gastos quando compra dos comerciantes de cores. Será que posso perguntar quem os produz? — Balbulus se esforçou para que a própria voz soasse descontraída, mas era inevitável notar o quanto a resposta lhe interessava.

— O senhor quer mesmo saber? — perguntou Brilho de Ferro com um sorriso cruel. Orfeu tinha passado muitas noites em claro depois de voltar da floresta com aqueles pigmentos.

— Não. Não, você tem razão, homem de vidro. — Balbulus balançou a cabeça. — Provavelmente não quero saber.

Ele lançou um olhar rápido para o muro atrás de si, como se os odores que vinham dos tanques o lembrassem de toda a escuridão do mundo em que estavam. Às vezes o ilustrador deixava isso transparecer em suas belas pinturas. A grande arte tinha que mostrar a luz e as sombras, e Balbulus era um grande artista, mesmo que Brilho de Ferro não gostasse muito dele.

Tocou mais uma vez, com os dedos de ouro, o bolso no qual havia enfiado os pigmentos, e se virou para partir. Mas logo em seguida voltou a olhar para eles.

— O homem que encomendou este livro... — Balbulus baixou a voz, em tom de confidência. — Foi Orfeu, certo? O Olho Duplo, era assim que o chamávamos em segredo quando ele era um dos favoritos do Cabeça de Víbora. Já naquela época era muito vingativo. E um homem que quer roubar do Dançarino do Fogo tudo que ele ama... essa descrição estranhamente me faz lembrar de Orfeu. Se eu estiver certo, talvez ele também queira ser desenhado no livro? Muitos dos meus clientes pedem isso. Um retrato em algum lugar da margem... Não precisa ser nem uma capitular...

— Mas é claro — concordou Rinaldi, dando de ombros. — Por que não? É um sujeito vaidoso, temos que admitir. Nem todos estão livres desse vício como eu.

Ele tinha perdido o juízo? Orfeu os havia proibido de fazer qualquer menção ao seu nome!

Brilho de Ferro deixou a cautela de lado e cravou de novo os dedos na orelha de Rinaldi, que dessa vez o agarrou com tanta força em resposta que o homem de vidro achou ter ouvido as próprias costelas se estilhaçando.

— Por outro lado... — ele ouviu Rinaldi dizer ao enfiá-lo com tamanha brutalidade no bolso do casaco que Brilho de Ferro bateu o queixo nos joelhos —, talvez seja melhor que nosso cliente permaneça anônimo. Mas o senhor pode me desenhar no livro?

Brilho de Ferro não conseguiu ouvir a resposta de Balbulus.

A noite já engolira o ilustrador havia tempos quando a mão suja de Rinaldi o tirou de novo do bolso, não menos imundo.

Ele largou Brilho de Ferro na lama fedorenta como se fosse uma fruta podre e o encarou como olharia para um inseto que poderia esmagar sem esforço.

— Não é para Orfeu saber do pedaço de madeira que falta, entendeu, Cabeça de Vidro?

Brilho de Ferro se esforçou para levantar e limpou a lama das mãos.

— Claro... claro que não — ele gemeu.

— Ótimo. — Rinaldi lhe lançou um sorriso encardido. — Só queria deixar isso claro.

Então se afastou, ainda cambaleando um pouco.

Brilho de Ferro ficou ali parado e achou ter escutado a salamandra arfando nos tanques. Um companheiro de viagem que o fazia temer pela própria vida e pelos próprios membros de vidro? Era essa a recompensa que recebia pela lealdade que tinha demonstrado a Orfeu e pela devoção com que sempre apoiara os planos mais sombrios de seu mestre?

Ele levou horas para voltar à hospedaria, onde Rinaldi havia muito roncava sobre a pele de urso. Por alguns longos momentos, o homem de vidro ficou tentado a pegar suas coisas e voltar sozinho para Grunico. Mas isso significaria que o assassino levaria o livro para Orfeu.

Não. Rinaldi não se livraria de Brilho de Ferro assim tão fácil. Mas o homem de vidro confiscou a faca do outro antes de rastejar para dentro da meia em que dormia.

7. Um por um

> *Desbotaram o rubor das suas faces e dos seus lábios, que também ficaram acinzentados.*
>
> L. Frank Baum, *O Mágico de Oz*

A hora tinha chegado. No dia seguinte Meggie e Doria dariam início à viagem. Havia dias Meggie mal dormia, tamanha era sua empolgação, e Mo se envergonhava muito da própria relutância em permitir que a filha partisse. Resa estava no processo de relembrá-lo de que os dois jovens ficariam apenas alguns meses fora e que ela mesma passara muitos anos longe dele e de Meggie quando alguém bateu à porta com urgência. Era Minerva, que parecia preocupada. Perguntou se Fenoglio por acaso estava com eles. Ele não tinha aparecido para o café da manhã como de costume e não estava no quarto que alugava de Minerva havia anos. Na noite anterior, visitara Elinor e Darius, como fazia todos os sábados, mas Elinor poderia jurar que ele tinha ido embora pouco depois da meia-noite.

Dante pareceu muito preocupado quando ficou sabendo que o Tecelão de Tinta estava desaparecido. Então Resa o tomou pela mão e foram com Minerva a todas as lojas em que Fenoglio costumava fazer compras. No entanto, nem o vendedor de vinho, nem o padeiro, nem o sapateiro que consertava as botas do encadernador o tinham visto, e Minerva misturou algumas lágrimas de angústia à massa do pão que sovava enquanto os filhos procuravam pelas ruas de Ombra o velho homem que era como um avô para eles.

Sim. Foi assim que tudo começou.

Claro que Fenoglio estava no topo da lista de Orfeu. Mesmo que agora só escrevesse contos de fadas para crianças, quem poderia saber quanto poder suas palavras ainda possuíam?

Um pouco mais tarde naquela mesma manhã, Nyame partiu em direção à oficina de Mortimer, pois havia decidido cavalgar de novo para o Castelo da Noite: as notícias que vinham de lá estavam cada vez piores, e ele queria se despedir do amigo porque não sabia quando retornaria. Mas tudo que encontrou na oficina foi um miolo de livro recém-colado e Jaspis, o homem de vidro de Mortimer, que soluçava ajoelhado ao lado do objeto.

— Desapareceu! — lamentou Jaspis enquanto Nyame tentava arrancar mais informações do homenzinho. — Sumiu!

A algumas ruas dali, Meggie e Doria estavam no sótão, usado como apartamento e oficina de Doria, empacotando as últimas coisas na mala para a viagem. Lázaro os ajudava com o semblante abatido. O Homem Forte não estava acostumado a passar muito tempo separado do irmão mais novo. Doria havia acabado de sugerir que ele os acompanhasse até o litoral quando Meggie sentiu algo inexplicável. As cores ao seu redor começaram a desbotar: o verde opaco do vestido que usava, o dourado com que o sol pintava as vigas do telhado sobre sua cabeça, até sua pele de repente ganhou a cor da fumaça que saía das chaminés do lado de fora.

Doria testemunhou, horrorizado, a figura dela se esvair cada vez mais diante de seus olhos. No desespero, abraçou-a com todo o amor que sentia, e o cinza também tomou conta dele quando encostou o rosto no cabelo de Meggie.

Desapareceram. Sumiram.

Lázaro olhava espantado para o lugar onde Meggie e seu irmão haviam estado um instante antes. Tentou alcançá-los com as mãos, na esperança de que seus olhos o estivessem enganando. Mas Doria tinha sumido e o Homem Forte caiu de joelhos, gritando o nome do irmão mais novo com o mesmo desespero do passado, como quando Doria, para se esconder da ira do pai, costumava se esconder na floresta.

A lista de Orfeu era por ordem de periculosidade. Primeiro, sumir com Fenoglio, que podia escrever palavras que impediriam sua vingança. Depois, sumir com o Gaio e sua filha de Língua Encantada, que com o mero poder das próprias vozes podiam transformar palavras em realidade, assim como Orfeu também fora capaz de fazer.

Livrar-se deles. E quem se importava se o amor também tivesse roubado a cor de Doria?

Resa voltava do mercado com Dante quando seu vestido e sua pele foram ganhando a cor das cinzas. O nome dela estava na lista porque havia defendido Mortimer de Orfeu em um castelo distante. Resa, aterrorizada, tentou alcançar o filho ao ver os próprios membros se desvanecerem, e o cinza também envolveu Dante por conta do amor da mãe, embora seu nome, como o de Doria, não estivesse na lista de Orfeu. A vingança sempre pune o amor.

Elinor Loredan estava pendurando o retrato de uma fada da grama, o qual tinha encomendado a Resa, quando o cinza veio buscá-la também. Darius desapareceu perto do rio, onde estava com o dançarino de corda bamba a quem havia dado seu tímido coração. Não tinha sido necessária muita cor para pintar Darius. Um pouco de terra queimada, um toque de branco, um pouco de âmbar. Naquele dia, seria necessário também o vermelho para seu coração cheio de amor, mas o cinza consumiu tudo da mesma forma.

Fenoglio
Mortimer
Meggie
Resa
Elinor
Darius

No alto do castelo, Balbulus pôs de lado o pincel de pelos de marta. A luz minguada da tarde que atravessava as janelas do quarto dele na torre tornava ainda mais difícil a pintura das letras artisticamente entrelaçadas e os personagens que as rodeavam usando apenas tons de cinza. Mas o trabalho estava quase pronto. Faltavam apenas cinco nomes.

Nas colinas que cercavam Ombra, Roxane retornou da floresta, onde saíra para colher cogumelos. Ainda estava zangada com Dedo Empoeirado. Tão zangada que ele lhe prometera por fim contar toda a verdade ainda naquela noite. Não na seguinte, nem depois. Não. Naquela noite. Ele já havia esperado tempo demais para falar.

Dedo Empoeirado estava esperando por Roxane na frente da casa em que tinham sido tão felizes nos últimos anos quando Nyame entrou cavalgando pelo jardim. As notícias que trazia de Ombra eram horrendas. Fenoglio, Mortimer, Meggie e Doria, Resa e Dante, Elinor e Darius, todos tinham desaparecido sem deixar rastros como se nunca tivessem existido.

Aquilo soava terrivelmente familiar, e sem querer Dedo Empoeirado buscou uma voz no vento, falando palavras que o tomariam de novo e o levariam embora. Mas tudo o que ouviu foram os barulhos já conhecidos da noite chegando e os passos de Roxane quando se deteve ao lado deles.

— Desapareceram? — perguntou ela sem entender, enquanto Nyame repetia o que havia relatado ao amigo. — Mas como?

Ah, eu sei como, pensou Dedo Empoeirado. Ele queria segurá-la firme para que as palavras de Orfeu não pudessem roubá-la dele, o mais firme possível. Pois que outra explicação existiria para o que estava acontecendo? Mas Roxane se afastou quando ele tentou abraçá-la.

— Brianna está em Ombra! Precisamos avisá-la.

É uma pena mesmo não pintar a bela Roxane com vermelho, branco e preto, pensou Balbulus lá no alto do castelo, ao mergulhar o pincel na mistura cinza que preparara para a esposa do Dançarino do Fogo.

Ah, sim, ela era linda.

Roxane foi se tornando cinza enquanto Nyame os ajudava a selar os cavalos. Desapareceu antes que Dedo Empoeirado pudesse alcançá-la, tão depressa e silenciosamente quanto na vez em que Mortimer o havia trazido para aquele mundo ao ler para a filha o livro de Fenoglio.

Dedo Empoeirado gritou o nome da esposa. Várias e várias vezes. Como se fosse fazer alguma diferença. Nyame ficou ao lado dele com a fisionomia apavorada. Mas já era tarde, tarde demais para contar a verdade aos dois. Seria o Príncipe Negro o próximo a desaparecer? Não sabiam de nada porque Dedo Empoeirado nunca contara nada a eles. Durante todos aqueles anos, poderia tê-los avisado. O Dançarino do Fogo começou a bater a cabeça contra o muro da casa na qual havia sido tão feliz até a testa começar a sangrar. De novo não. Ah, Deus, de novo não! O que era a morte comparada àquilo? Brincadeira de criança!

Nyame o puxou para perto e o abraçou. Mas Dedo Empoeirado afastou o amigo. Brianna! Talvez ainda pudessem avisá-la. E também tinha mais uma pessoa.

— Cavalgue até o castelo, Nyame. Por favor! Ache Brianna — grunhiu ele. — Vou atrás de Farid.

Jehan estava com a irmã quando Balbulus mergulhou seu pincel no cinza que havia misturado para Brianna. Era um cinza prateado que captava a luz, apropriado para o rosto jovem da moça.

Jehan tinha forjado um pequeno amuleto para a irmã a fim de afastar a tristeza que ela carregava como um manto cada vez mais escuro. Ele não acreditava de verdade em tais feitiços, mas sua amiga Lilia, que conhecia desde a mais tenra infância, havia lhe trazido um óleo especial para ser misturado ao ouro derretido. Valia a pena tentar. Cosme, o Belo, estava morto fazia muitos anos, e mesmo assim Brianna visitava seu túmulo todos os dias. Em algum momento Violante poderia se ressentir dela, não?

Jehan estava a ponto de pendurar o amuleto no pescoço da irmã quando ela começou a ficar cinza, como se alguém a estivesse limpando do mundo com um pano sujo. Mais tarde ele se culparia por ter recuado, aterrorizado, em vez de tentar segurá-la. Jehan ainda estava no quarto vazio de Brianna com o amuleto inútil na mão quando os guardas deixaram o Príncipe Negro entrar. Os passos apressados do homem ecoaram tão alto pelos corredores do castelo que Violante saiu de sua biblioteca.

No alto do castelo, em seu quarto na torre, Balbulus olhou satisfeito para a figura com uma expressão triste em pé ao lado de um B ornamentado e sinuoso. Sim, ele era o melhor. Sem dúvida. Como tinha sequer chegado a pensar que precisava de cores mágicas para provar isso ao mundo? Lavou o cinza prateado do pelo sedoso de marta do pincel e examinou a lista de Orfeu. Faltavam apenas o jovem Demônio do Fogo, o Príncipe Negro e Dedo Empoeirado.

Balbulus então pegou o penúltimo pedaço de madeira esculpido, que tinha a forma do ex-aprendiz do Dançarino do Fogo.

Dedo Empoeirado procurou Farid na casa de todas as moças que o jovem havia cortejado em Ombra. A filha mais nova do padeiro, de quem Roxane comprava pão, por fim o direcionou até a clareira onde, no passado, ele costumava invocar o fogo com o ex-aprendiz. Quando deixou seu cavalo entre duas árvores, passarinhos com penas de fogo e bicos dourados voaram em sua direção. Farid parecia tão despreocupado no meio da clareira que a visão dele fez com que Dedo Empoeirado respirasse um pouco mais aliviado. Mesmo assim, ficou de ouvidos atentos para qualquer coisa que ressoasse no cair da noite, com receio de ouvir a voz de Orfeu na escuridão. Tinha sido ele quem ameaçara escrever uma história para ele, não? Uma história tão atroz que deixaria todos desesperados.

— Farid!

Os pássaros viraram chuvas de faíscas quando Dedo Empoeirado chamou seu nome, e Farid se virou.

— Tape os ouvidos! Faça perguntas mais tarde! Rápido! — *Será que isso vai mesmo protegê-lo, Dedo Empoeirado?*, ouviu a zombaria dentro de si.

O ex-aprendiz sabia tão bem quanto ele o que as palavras podiam fazer e como era fácil sair de sua própria história. Mas nem esse conhecimento o salvou. Ele começou a desbotar da mesma forma que Roxane enquanto Dedo Empoeirado corria em sua direção, e desapareceu antes que ele o alcançasse — como se Mortimer ou Meggie o tivessem lido de volta para a história à qual pertencia. Mas eles também tinham sumido, assim como Darius, que podia abrir a porta entre as palavras com sua voz suave. Não havia mais Línguas Encantadas naquele mundo. Exceto Orfeu.

Dedo Empoeirado se ajoelhou no lugar em que Farid tinha desaparecido. Brianna. Será que Nyame a encontrara a tempo?

E agora, Dedo Empoeirado? As faíscas dos pássaros do ex-aprendiz pousaram em sua roupa, e seu coração se partiu como um velho jarro.

Balbulus examinou o D através do qual o jovem Demônio do Fogo espiava. Perfeito. Sim, não dava para descrever de outro jeito.

O próximo da lista era o Príncipe Negro. Era mesmo uma pena que logo a escultura dele estivesse faltando. Balbulus até tinha encontrado alguns retratos do homem na biblioteca de Violante, mas eram tão amadores que era penoso sequer olhar para eles.

Encarou com desdém o P e o N que havia urdido com tanta habilidade.

Não, não queria pintá-lo. Mesmo nos livros sobre o Gaio, simplesmente deixara o príncipe de fora, para grande desgosto de Violante. *Pois ele não passa de um bandoleiro!*, pensou Balbulus, enquanto encarava as capitulares, à espera da décima figura que deveria retratar. Havia muito que o Gaio substituíra a espada pelo estilete de encadernação. Mas o Príncipe Negro... Não, ele ainda não tinha qualquer respeito pelos regentes ou pela posição que ocupavam no mundo!

Balbulus pegou seu pincel com relutância.

Bem, era melhor acabar logo com isso. Se o príncipe não estivesse no livro, ele precisaria devolver os pigmentos coloridos, o que estava fora de questão. Algumas semanas antes, havia pintado um comerciante mouro para um dos relatos de viagens que Violante tanto apreciava. Devia servir como modelo aceitável para o príncipe, não? Sim. Balbulus misturou um pouco de marrom-âmbar ao cinza que tinha usado para Roxane e afilou o pincel.

Nyame estava parado sob o portão do castelo, junto a Jehan, esperando por Dedo Empoeirado, quando o ilustrador de Violante começou a pintá-lo com as roupas de um rico comerciante e o rosto de um estranho. E o príncipe continuou ali, ao lado de Jehan, quando Balbulus colocou o pincel de lado.

Dedo Empoeirado sentiu alívio ao ver pelo menos a figura familiar de Nyame ao cavalgar rumo ao castelo com o coração partido. Mas procurou em vão pela filha. Ao lado do amigo estava apenas seu enteado.

Jehan o encarou sem disfarçar a hostilidade, e Dedo Empoeirado ouviu a voz de Orfeu com tamanha clareza que era como se tivesse lhe dito aquelas palavras no dia anterior: *Na realidade o meu único plano era te mandar de volta para os mortos, sem a alma, oco como a casca de um inseto, mas esta vingança é muito melhor.*

Em sua torre, Balbulus se dedicava ao último personagem. Sentia-se aliviado por não precisar usar o cinza ao menos para essa figura, e pintou Dedo Empoeirado como já o retratara muitas vezes antes: com as roupas vermelhas e pretas do Dançarino do Fogo.

8. A morte tem muitas cores

☙ ❧

Por que Deus me deu um talento assim tão grande?
É tanto uma maldição como uma bênção enorme.

Albrecht Dürer

☙ ❧

O último livro no qual o Grande Balbulus estivera trabalhando fora encomendado por Violante por ocasião de seu aniversário. A ideia havia sido celebrar as maravilhas naturais de Ombra em palavras e imagens: não só ninfas e elfos de fogo, mas também sapos e peixes, javalis, lobos e raposas-vermelhas, libélulas, borboletas, as flores silvestres nos prados e às margens do rio, todas as riquezas de seu reino que não tinham sido criadas pelos humanos. Balbulus não ficara muito entusiasmado com a encomenda. Ele preferia retratar o mundo humano. Todo o resto era apenas uma decoração mais ou menos interessante. Os escribas haviam lhe entregado as páginas na noite anterior. Como sempre, ele ficara insatisfeito com a qualidade da tinta e da caligrafia, mas já tinha desistido havia muito de insistir com Violante para que encontrasse outros escribas. A resposta era sempre a mesma: *Balbulus, esses homens têm famílias para sustentar.* E daí? Isso justificava que atrapalhassem a fama póstuma dele com letras mal-ajambradas e tintas pálidas demais? A arte não deveria levar em conta algumas crianças famintas; a grandiosidade demanda sacrifício! E o livro no qual ele trabalhava naquele momento seria uma grande obra, apesar de conter os peixes mais comuns e — que coisa mais ridícula! — moscas e vespas. Só lhe restava usar os pigmentos mágicos para que mesmo aquele trabalho pífio despertasse a inveja de seus adversários.

Balbulus lançou um olhar nervoso para o baú em que guardava o livro que o havia permitido comprar tais pigmentos. Admitia que estava feliz porque logo iria entregá-lo ao trovador de sorriso malicioso e ao não menos irritante homem de vidro. Desde que pintara as capitulares cinza, Ombra se enchera de lágrimas e de rumores sombrios. O Gaio tinha sumido, assim como sua família, e não apenas eles. Onde estariam o Tecelão de Tinta e Elinor Loredan, a amiga dos saltimbancos? Onde estariam a bela Roxane e sua filha Brianna, que Violante amava mais do que aos próprios livros? Havia até boatos de que o Dançarino do Fogo tinha ido perguntar às Damas Brancas o que acontecera com eles.

Mas provavelmente não os encontraria por lá.

Balbulus retirou depressa o pincel do pergaminho antes de estragar o retrato do guarda-rios, que havia captado com maestria numa moldura de lírios do pântano e folhas de ruibarbo. Seus dedos tremiam de novo! Isso vinha acontecendo com muita frequência nos últimos tempos, não apenas com a mão de verdade dele, mas também com a de ouro. Nos últimos tempos? Balbulus sabia determinar muito bem quando o tremor tinha começado. Desde que o novo encadernador, que não era de fato um substituto de Mortimer Folchart, lhe trouxera o livro cinza. Sim, fora assim que o batizara, embora todas as páginas, com exceção das dez com capitulares específicas, trouxessem exuberantes ilustrações coloridas. Todos os encadernadores traziam os livros que Balbulus ilustrava primeiro para ele, antes que Violante os visse, para que pudesse fazer as correções finais. Mas aquele livro, aquele livrinho traiçoeiro engolidor de pessoas... Balbulus não queria tocá-lo, nem vê-lo! Pois assim que o abrira numa página que ostentava uma das capitulares, seus dedos haviam começado a tremer, e ele sentiu como se o cinza o estivesse fazendo se esquecer de todas as outras cores. O ilustrador costumava exibir, com orgulho, o trabalho realizado em sua oficina. Aquele livro, no entanto, tinha sido guardado no baú onde normalmente deixava apenas pergaminhos usados e óleo de linhaça, como se fosse um objeto roubado por um ladrão. A tampa era tão pesada que Balbulus mal conseguia levantá-la e, ainda assim, via-se o tempo todo olhando para ela, como se o cinza fosse escorrer e engoli-lo, assim como acontecera com todos que haviam desaparecido. Eles deviam estar dentro do livro, certo? Capturados nas páginas por sua arte. Sim, Balbulus sabia que aqueles pensamentos chegavam a ser insanos, mas não conseguia contê-los, embora tentasse se convencer do contrário alegando que o Príncipe Negro ainda estava no mundo deles, afinal de contas, e Dedo Empoeirado também! Bem, ele não tinha usado o cinza para este último, e quanto ao Príncipe Negro...

Pare com isso, Balbulus! Você apenas exerceu a sua arte.

Ele cerrou o punho dourado para que os dedos perfeitos que o enteado do Dançarino do Fogo tinha forjado parassem de tremer. Agora havia clientes até mesmo de terras distantes para ver o jovem ourives, embora ele tivesse apenas quinze anos de idade. A oficina dele já fora vandalizada duas vezes, pois fazia todos os outros ferreiros parecerem amadores. Quer se tratasse de um anel ou de um busto, de uma tigela de ouro ou de uma urna, Balbulus precisava admitir que, apesar da pouca idade, o garoto já adquirira o mesmo nível de maestria com o metal que ele mesmo tinha com a tinta e o pincel. Com certeza poderia lhe fazer outra mão, uma que não tremesse?

Ora, é mesmo, Balbulus? E se o garoto descobrir que foi a sua arte que fez a mãe e a irmã dele desaparecerem? Chega! Precisava mesmo parar de alimentar tais pensamentos. Sua arte preservava o rosto das pessoas muito depois de morrerem. Ela dava vida, em vez de tirá-la! Balbulus baixou o pincel e encarou o azul absoluto que usara para pintar as penas do guarda-rios. Como resplandecia! Ele realmente nunca tinha visto uma cor assim antes...

Lá fora começava a escurecer. Logo entregaria o livro cinza nos tanques de tingimento. Será que havia permitido que o usassem como ferramenta? E sobretudo de um homem que ele desprezava na época em que ainda fazia todo tipo de maldade em Ombra?

Balbulus ficou de orelha em pé enquanto a noite se aproximava.

O castelo estava silencioso como um túmulo. Violante havia se enclausurado em sua biblioteca desde que a filha do Dançarino do Fogo desaparecera. Às vezes podiam ouvir o pranto dela. E se ele confessasse o que tinha feito e lhe mostrasse o livro? Talvez todos pudessem ser trazidos de volta de algum jeito? Poderia pintar por cima do cinza. Ou rasgar os desenhos perfeitos que fizera...

Balbulus deixou o pincel de lado e foi até a janela. A noite escurecia os telhados e os muros de Ombra. O fogo pintava o céu de vermelho apenas na direção da fazenda onde Dedo Empoeirado vivia com Roxane. Todos em Ombra amavam o Dançarino do Fogo, e até os elfos e as ninfas falavam com ele. Se descobrisse o que o ilustrador havia feito, viria queimá-lo? Em algum momento Dedo Empoeirado ficaria sabendo sobre os desenhos pintados de cinza. Ao menos era isso que o livro previa.

Que coisinha mais traiçoeira!

Balbulus evitou olhar para o baú ao voltar para sua mesa de trabalho.

O bico. Pinte o bico! Ah, aquele amarelo! Até o ocre envergonhava tudo o que antes havia chamado de ocre. Talvez tivesse valido a pena vender a alma por aqueles pigmentos, afinal de contas. *Ninguém mistura cores como o Grande Balbulus!* Isso seria sussurrado até em Constantinopla, onde aves-do-paraíso e lagartos dourados eclodiam dos manuscritos do incomparável Bihzad. O resultado? Logo todos desejariam se perder nas paisagens de Ombra pintadas por ele.

Balbulus pegou o melhor pincel que tinha com a mão de ouro para pintar o olho do guarda-rios quando um farfalhar o fez recuar. Praguejando, levantou o pincel do pergaminho. Quantas vezes teria que dizer aos criados que ninguém tinha permissão para entrar em sua oficina sem antes ser anunciado? E o que podiam querer com ele àquela hora da noite?

— Vou providenciar que Violante não pague o seu salá... — As palavras morreram em seus lábios.

Baldassare Rinaldi estava na porta. Ele a fechou atrás de si e arreganhou um sorriso a Balbulus que era mais oleoso do que os trapos que o ilustrador usava para limpar os próprios pincéis.

— O que faz aqui? — Balbulus o repreendeu. — Não quero ser visto com você! Combinamos que a entrega...

— Eu sei, eu sei — interrompeu o trovador.

Balbulus sempre enxergava um verde-morte quando estava diante daquele homem. Uma lembrança inquietante. Um verde pálido e pútrido: sim, essas eram as cores com as quais ele teria pintado a alma de Baldassare Rinaldi.

— Uma das aias de Violante não resiste às minhas canções e aos meus beijos — ronronou ele. — Ela me deixa entrar no castelo a qualquer hora do dia e da noite. Então pensei com meus botões: "Baldassare, poupe a viagem de Balbulus e pegue o livro com ele! Deve estar seguro em sua oficina".

Os olhos nebulosos do homem perscrutavam a oficina como se avaliassem quais daquelas posses renderiam mais dinheiro com os traficantes de Ombra. Eram olhos permanentemente nebulosos. Se a culpa era do vinho ou do pó de fada, Balbulus não sabia dizer. Quanto a ele mesmo, a própria arte era a única droga que consumia.

Precisou dar as costas a seu visitante inesperado para abrir o baú onde escondera o livro. Foi por isso que não percebeu que Rinaldi fechava delicadamente o ferrolho da porta de sua oficina.

— O modo como seu patrão usou minha arte para propósitos sinistros é ultrajante — atestou Balbulus ao colocar o livrinho na bolsa que havia preparado, de novo com os dedos trêmulos. — Diga a Orfeu que nunca gostei dele e que me eximo de qualquer responsabilidade.

— Com certeza. — O tom zombeteiro na voz de Rinaldi escapou ao ilustrador.

Baldassare nunca se eximiu de responsabilidade alguma. Na verdade, gostava mesmo era de ser culpado. Aquilo lhe transmitia uma sensação de liberdade ao quebrar as regras, e ele não tinha qualquer problema em admitir, de livre e espontânea vontade, que não sentia a menor ponta de remorso quando ceifava a vida de alguém. Não se interessava nem um pouco pelo que qualquer outra pessoa além de si mesmo pensava ou sentia. Claro que não percebia que era essa exata indiferença que contribuía para que suas músicas fossem tão ruins.

— Pronto, toma aqui. Nunca mais quero ver isso! — Balbulus entregou a bolsa com tanta pressa que era como se ela estivesse lhe queimando os dedos.

Rinaldi tirou o livro lá de dentro e acariciou a capa cinza. Uma coisinha tão bonita. E, no entanto, tão maligna.

— Ah, pode ter certeza de que esta é a última vez que você verá isso aqui — disse ele, enquanto folheava as páginas.

Lá estavam todos, os rostos tão cinzentos e, ainda assim, tão realistas. Incrível!

Rinaldi devolveu o livro à bolsa e abriu um sorriso de aprovação ao ilustrador.

— Orfeu ficará muito satisfeito.

Rápido e certeiro, cravou o punhal no coração de Balbulus. Foi tão fundo que ele logo parou de bater e impediu que o sangue fluísse em abundância. Ah, sim, Baldassare Rinaldi também era um mestre, apesar de não ser na arte de rimar, como ele mesmo pensava. Sabia muito mais sobre assassinar. A destruição é uma arte muito mais fácil de dominar que a criação da beleza.

Balbulus tombou com uma expressão de espanto no rosto: chocado, horrorizado e indignado com a extinção precoce de seu talento.

Rinaldi limpou o punhal com um dos panos que o ilustrador usava para seus pincéis. A bolsa de brocado reluzente que guardava o livro devia valer muito, sem falar no livro em si. O valor daquilo tudo decerto havia acabado de aumentar imensamente, pois agora nunca mais haveria outra obra ilustrada pelo Grande Balbulus. Um pensamento muito tentador, mas o qual Rinaldi decidiu evitar. Orfeu tinha se aliado a uma leitora de sombras. E se fizesse com que ela o transformasse em um sapo ou, pior, em um rato? Os boatos eram de que às vezes elas faziam aquilo com seus inimigos. Rinaldi estremeceu e tirou os anéis da mão esquerda de Balbulus. Não. Nenhum livro valia esse risco. Ele detestava ratos, e Orfeu provara que era muito vingativo.

Rinaldi olhou para sua vítima. Ah, a mão de ouro! Claro! Ele precisou usar a faca para cortá-la. Que peça maravilhosa e certamente única. Sem dúvida renderia uma bela soma em Grunico.

Colocou-a em sua sacola e procurou por mais itens. Pegou uma caixinha de prata, mas quando a abriu, os pedacinhos de madeira que garantiram que Balbulus tivesse feito imagens tão realistas dos inimigos de Orfeu o encararam. Não, obrigado. Devolveu-a ao lugar onde encontrara. Aquelas coisas horríveis já tinham cumprido seu propósito e decerto trariam má sorte. Em vez disso, surrupiou os talheres de prata e o pomposo colar com o qual o ilustrador se enfeitava em ocasiões oficiais para dentro da sacola. Aquele trabalho tinha mesmo valido a pena, ainda que o pagamento de Orfeu não fosse dos mais generosos.

As páginas do livro em que Balbulus estivera trabalhando estavam sobre a mesa. Rinaldi as avaliou antes de se afastar. Nada mal. Nada mal mesmo. Era uma pena que não houvessem sido finalizadas, senão ele com certeza conseguiria vendê-las por uma boa quantia. Bom, não se pode ter tudo.

Inclinou-se sobre o corpo caído de Balbulus e deu uma última olhada na vítima. O sangue do ilustrador tinha pintado uma flor vermelha em seu peito.

É, o homem era mesmo um artista. Rinaldi cantarolou alegremente ao fechar a porta da oficina atrás de si. Agora faltava fazer apenas uma coisa.

A chave para a biblioteca de Violante estava pendurada bem onde Donatella, a aia que seus versos e beijos tanto haviam seduzido, tinha descrito. O quadro que escondia a chave retratava Balbulus trabalhando. Comovente.

A porta do santuário de Violante era coberta de entalhes que ilustravam cenas de seus livros favoritos, mas é claro que não significavam nada para o assassino. A biblioteca ocupava a inteireza da torre, e ele não tinha dúvidas de que a vista das janelas mais altas era fantástica durante o dia.

Mas todos aqueles livros! E alguns deles eram muito grossos. Só de olhar, já lhe causavam dor de cabeça. Por isso gostava mais dos versos e das canções: eram curtos. Rinaldi colocou o livrinho com os retratos dos inimigos de Orfeu sobre uma mesa de leitura próxima à janela, de modo que a primeira luz da manhã incidisse sobre ele.

— Não se preocupe, coisinha maléfica! — murmurou. — Baldassare logo levará você ao seu verdadeiro senhor, mas antes... — ele deu um tapinha cheio de significado na capa cinza —, vamos enfiar o anzol de Orfeu bem fundo na boca do Dançarino do Fogo, que tal?

Rinaldi deu um passo para trás e examinou as prateleiras que iam até o teto ornamentado. Por que não roubar uns versos, já que estava ali? Afinal, os bobalhões que o ouviam nas tavernas não saberiam de quem eram e criar novos às vezes podia ser muito cansativo.

Ele se aproximou de uma prateleira com livros promissoramente finos e retirou um deles. Ah! Os versos eram muito piores que os dele! Lá estava a prova de novo. Então empurrou o exemplar de volta ao lugar com um grunhido de desprezo. Ainda que o Príncipe Negro não apreciasse sua arte, ninguém escrevia e cantava tão bem quanto Baldassare Rinaldi! E ninguém matava melhor, tampouco.

Ele pendurou a chave atrás do quadro que retratava sua última vítima e deixou o castelo pelo mesmo caminho através do qual havia chegado: os corredores escondidos usados pelos serviçais, criadas e aias. Os guardas que encontrou apenas acenaram com a cabeça para ele. Baldassare Rinaldi os tinha entretido com suas canções durante muitas noites — e em muitas outras lhes fornecera pó de fada de primeiríssima qualidade.

9. Apenas um livrinho

༄ · ༄

Você acha que a dor que está sentindo e a forma como seu coração foi partido não têm precedentes na história da humanidade, mas aí lê um livro.

James Baldwin

༄ · ༄

A Feia. Na própria cabeça, Violante ainda se chamava assim, embora seus súditos agora lhe dessem epítetos mais lisonjeiros. Feia, o que aquilo significava? Não ser bonita tornava a pessoa invisível, e Violante gostava de ser invisível, mesmo que se fizesse passar por outra pessoa de forma igualmente convincente: Violante, a Valente, a Protetora de Ombra, a Amiga dos Mais Fracos. Ela era a prova viva de que era possível se moldar ao personagem que se queria interpretar. Nos últimos dias, porém, estava interpretando papéis que não havia escolhido para si mesma: Violante, a Reclamona, a Solitária. Violante, a Derrotada.

Na noite anterior, Nyame enfim conseguira fazê-la dormir por algumas horas depois de ficar sentado ao lado dela por um bom tempo e enxugar as lágrimas de seu rosto. Ele sabia o que significava perder alguém que se amava muito. Ainda trazia no pescoço um medalhão com o nome da irmã. Será que em breve Violante teria que mandar fazer um com o nome de Brianna? Feito pelo irmão dela, o melhor ferreiro de Ombra? *Brianna.* Bastava pensar em seu nome para que as lágrimas voltassem a cair. Ainda estava escuro quando Nyame voltou para o acampamento dos menestréis.

— Nós a encontraremos — disse ele ao se despedir. — Descobriremos a verdade sobre o que está acontecendo aqui.

Sobre o que está acontecendo aqui... As pessoas mais próximas do coração de Violante haviam desaparecido como se tivessem sido apenas fruto de um sonho. Do mesmo jeito como acontecera tantos anos antes, quando ela era uma garota solitária, sem amigos, e sua mãe desaparecera de repente. *Ela está morta, Violante.* Será que todos eles também estavam mortos? Ela tinha certeza de que Nyame também não queria acreditar nisso.

Claro que ela foi para a biblioteca quando ele partiu. Para onde mais iria? Violante odiava o castelo em que vivia, cheio de correntes de ar, e naquela manhã ele lhe parecia ainda mais frio e escuro que o normal. O comecinho do dia costumava ser o momento mais precioso para ela, pois aquelas primeiras horas eram as únicas que eram só suas, e ficava muito mais fácil enfrentar o mundo quando ela começava o dia lendo.

Lendo, Violante? Você não vai conseguir ler hoje de manhã.

Ela tinha que tentar. Para encontrar alguma clareza, alguma força para o dia, para tomar as decisões do que faria em seguida... Até mesmo Nyame, tão cheio de luz onde ela era só escuridão, parecia estar perdido; logo ele, que sempre costumava saber o que fazer.

Como fazia todas as manhãs, Taddeo, seu antigo bibliotecário, havia colocado o livro que ela estava lendo em uma das mesas. "Um silêncio pleno de vozes sábias"... era assim que Taddeo descrevia a paz que encontrava entre os exemplares. Violante convocara o bibliotecário, que sempre lhe trouxera os livros certos desde quando era criança, do Castelo da Noite para Ombra havia três anos. Taddeo agora precisava fazer um esforço para subir as escadas íngremes das prateleiras, mas de que importava? Ele tinha conhecido a mãe dela, e Violante amava quando o bibliotecário lhe trazia um dos livros que a mãe adorava.

A obra que Violante estava lendo no momento trazia os relatos de um comerciante que havia viajado milhares de quilômetros para o Oriente e retornado com histórias de terras distantes e maravilhas nunca antes vistas. As descrições que fazia eram bastante secas, mas as ilustrações eram estranhas e maravilhosas. Violante gostava ainda mais delas do que das de Balbulus, embora nunca tivesse confessado isso a ele, é claro.

Estava abrindo o livro quando notou um outro em uma mesa próxima à janela. Será que Taddeo estava tão esquecido que não tinha certeza de qual deles ela estivera lendo?

Violante decidiu que o relato do comerciante podia esperar e se aproximou da outra mesa. O livro ali não era maior que sua mão e tinha uma capa de couro acinzentada. Que coisa mais estranha. Mortimer não usava couro. Encadernava seus livros com linho vermelho-escuro. Será que tinha tido a intenção de surpreendê-la com aquele exemplar, ou será que pintara a capa de forma tão sinistra para alertá-la quanto ao conteúdo sombrio? Ela não tinha como lhe perguntar.

O coração de Violante ficou gélido mais uma vez quando ela se lembrou disso.

Tinha ouvido todos os relatos de Jehan, do Homem Forte, de Nyame... Todos disseram a mesma coisa: *eles se desfizeram no ar*. De todo modo, ela fizera questão de enviar batedores para procurar por eles, afinal a impotência era o pior dos sentimentos. Era como estar presa em um sonho terrível do qual não conseguia acordar.

Violante acariciou o couro cinza e sem adornos. Não havia folhas, flores ou estrelas em alto relevo, como Mortimer costumava fazer. As guardas do livro também eram cinza, mas as páginas seguintes sem dúvida tinham sido ilustradas por Balbulus. *O fim da história*. O frontispício não possuía mais nenhuma informação além dessa; nem o autor era mencionado. A primeira dupla de páginas também era muito estranha. A página da esquerda havia sido preenchida por um F rebuscado, apesar de o texto da página direita começar com um E. Balbulus nunca cometeria um erro desses. Além do mais, o F estava todo pintado de cinza, assim como a figura que olhava através dele. Era Fenoglio, o Tecelão de Tinta.

Os olhos de Violante se voltaram rápido para o texto na página da direita. As imagens que o emolduravam eram coloridas, e ela ficou paralisada ao ler as primeiras palavras. Era óbvio que não haviam sido escritas por Fenoglio. As palavras dele tinham musicalidade e logo evocavam imagens, mas aquelas eram estranhamente sem ritmo. Era quase como se o autor não quisesse que fossem lidas com facilidade.

Era uma vez um homem que todos chamavam de Dançarino do Fogo, pois as chamas o amavam e obedeciam a qualquer ordem sua. Um dia ele se perdeu em outro mundo graças às palavras de um velho e à voz de um encadernador de livros. Por muitos anos, vagou pela história errada, até que conheceu um homem cuja voz era tão bela que o trouxe de volta para casa. O Dançarino do Fogo pôde abraçar sua linda esposa e sua filha mais uma vez. Ele encontrou a felicidade, ganhou fama e amigos poderosos. Mas será que agradeceu àquele que havia lhe devolvido tudo isso? Ah, não. Ele traiu a pessoa que o ajudara. Aliou-se aos inimigos dela e lançou-a ao infortúnio. Então essa pessoa jurou que se vingaria.

A última frase ressoou no coração de Violante quando ela virou a página.

A capitular na página seguinte era um M. Balbulus também a havia pintado apenas em tons de cinza, e era Mortimer quem estava atrás da letra, como se tivesse sido capturado pela inicial de seu nome. O Gaio era tão realista que Violante achou que conseguia ouvi-lo respirar. Mas o que teria levado o Grande Balbulus, com seus pincéis tão caros, a pintar o salvador de Ombra apenas com uma sombra acinzentada?

Sombras...

Ela continuou a folhear o livro de páginas diminutas, que mal chegavam ao tamanho de sua mão. Outro M. Dessa vez Meggie, a filha de Mortimer. R de Resa, a esposa dele... Violante começou a virar as folhas mais depressa. Atrás de um E via-se Elinor Loredan, a amiga dos menestréis, como era conhecida em Ombra. Atrás do D que vinha a seguir estava Darius, o bibliotecário dela, que Taddeo dizia saber tanto sobre livros quanto ele.

Não, não era possível!

Ela virou a próxima página. E lá estava Roxane, a esposa de Dedo Empoeirado, atrás de um R cinza.

Violante hesitou. Os dedos dela não queriam obedecê-la. Mas por fim virou mais uma página.

B. Balbulus havia desenhado com ramos de amora a letra por entre a qual Brianna olhava para fora. Eles se agarravam ao vestido dela e envolviam seus braços. Violante tocou o rosto cinzento e os cabelos longos e ondulados que normalmente brilhavam em um tom de marrom enferrujado. Balbulus tinha emoldurado as palavras da coluna à direita com beladonas e acônitos:

O Dançarino do Fogo também amava muito a filha. Foi por isso que o homem que ele havia traído a levou para longe dele. Com o mesmo livro que engoliu os outros. Ele preencheu o livro com faixas de magia cinza nas quais todos eles se perderam.

Violante empurrou o livro com tanta força que ele escorregou da mesa e caiu no chão de ladrilhos.

Ficou ali parada, encarando-o fixamente, quando passos se aproximaram da porta da biblioteca pelo lado de fora. Seria Nyame que teria voltado? Não, os passos pareciam hesitantes e tímidos. Ainda que agora ela às vezes fosse chamada de Violante, a Bondosa, ninguém ousava incomodá-la ali de manhã tão cedo. Todos sabiam que havia herdado o temperamento explosivo do pai. "Você precisa aprender a controlá-lo." Quantas vezes

Nyame tinha lhe dito isso? "Ou sempre sentirá a sombra dele atrás de si." Se ao menos fosse algo assim tão fácil de resolver.

Quem quer que estivesse do outro lado da porta por fim se atreveu a bater. De forma tímida, mas com urgência.

— O que foi? — Violante amaldiçoou a agudeza que escutou em sua voz.

Uma das criadas passou pela porta. Examinou angustiada as prateleiras repletas de livros. Será que temia que sua senhora atirasse um deles nela? Se fosse o caso, Violante teria jogado o sapato que usava, pensou consigo mesma. Ela precisava admitir que isso já acontecera antes. Não tinha jeito, tal pai, tal filha.

Mas Rosetta, a criada, estava com medo dos livros de Violante por outro motivo. Ela tinha medo das letras e das palavras porque o pai costumava lhe dizer que podiam ser usadas para amaldiçoar pessoas e bichos.

— Perdão, vossa alteza! — gaguejou ela. — Sei que não devemos incomodá-la aqui pela manhã, mas aconteceu algo terrível demais.

A moça ergueu uma das mãos, toda ensanguentada.

— Se espalhou por tudo, vossa alteza! — continuou Rosetta. — É de Balbulus... Acho que ele está morto.

Então a criada começou a chorar por um homem que tratava a ela e aos outros empregados com menos respeito do que tratava os cavalos de Violante. As gravuras de Balbulus, no entanto, haviam mostrado o mundo a Rosetta. Não era preciso saber ler para entender as imagens; eram as palavras dos pobres, e por isso a criada, que não sabia ler, derramava lágrimas pelo Grande Balbulus — embora ele a tivesse enxotado usando palavras duras toda vez que sua arte a fizera se esquecer da limpeza.

O ilustrador ainda jazia em meio ao próprio sangue quando Violante seguiu a chorosa Rosetta até a oficina dele. O sangue não era tão vermelho vivo como ele tinha retratado em suas pinturas. A morte o havia tingido de um marrom sujo, e Balbulus estava ali com as roupas manchadas como se as cores, assim como a vida, o tivessem deixado. O assassino cortara fora a mão de ouro, e Violante se culpou por ter instruído o enteado do Dançarino do Fogo a fabricá-la em material tão precioso. Afinal de contas, por qual outro motivo o ladrão teria matado o ilustrador?

O desenho inacabado de um guarda-rios estava sobre a mesa de trabalho de Balbulus. Ele provavelmente o tinha feito para o livro que ela encomendara para o próprio aniversário. Ao lado dele havia uma caixinha prateada e decorada. Quando Violante a abriu, rostos familiares a encararam. Tinham sido esculpidos em pequenos pedaços de madeira e eram tão realistas que, por um momento, ela achou que conseguia ouvi-los respirar. Havia um pedacinho de madeira para cada um dos desaparecidos — e um de Dedo Empoeirado.

— Corra até os guardas! — ordenou Violante a uma Rosetta ainda chorosa. — Depressa. Diga a eles que tragam o Dançarino do Fogo imediatamente!

10. A dor e o amor são vermelhos

❦

Apaguem as estrelas: já nenhuma presta.
Guardem a lua. Arriado, o sol não se levante.
Removam cada oceano e varram a floresta.
Pois tudo mais acabará mal de hoje em diante.

W. H. Auden, *Funeral Blues*

❦

Foi Jehan que pediu que Nyame o acompanhasse até a fazenda de Roxane.

— Ele está permitindo que as chamas se alastrem como se quisesse se queimar. Será que pensa que com isso vai trazer minha mãe e minha irmã de volta? Temos que ir atrás delas! Fale com ele.

Jehan parecia zangado e perdido demais. Nyame precisava admitir que às vezes ficava incomodado com o fato de Dedo Empoeirado favorecer Farid em detrimento do enteado. Durante todos aqueles anos em que nem mesmo a esposa soubera onde o Dançarino do Fogo estivera, Nyame sempre ficara atento a Roxane. Ela tinha ficado tão sozinha. O desespero de ter perdido a filha mais nova e depois a morte do pai de Jehan... Ele sempre se preocupou com a possibilidade de Roxane não aguentar tamanha dor. Brianna mal saía do lado da mãe na época, mas Jehan sempre queria ficar no acampamento dos menestréis. Ele chorava sobre o pelo do urso e colocava a mãozinha em cima da de Nyame antes de adormecer ao lado dele. Aqueles dias haviam unido os dois para sempre. Ainda que os sentimentos de cada um pelo homem sentado em um círculo de fogo logo ali à frente deles não fossem os mesmos.

Nyame sabia muito bem por que Jehan pedira sua ajuda. Por cinco anos, o fogo de Dedo Empoeirado tinha pintado alegria e amor no céu de Ombra. Agora pintava dor. Raiva. Desespero. Mas o enteado estava certo. As chamas não trariam de volta Roxane e Brianna, nem nenhum dos outros.

Nyame estava prestes a se aproximar quando dois soldados de Violante entraram no pátio. Os cavalos se esquivaram ao ver as chamas e os cavaleiros relutaram em descer das selas.

— Precisamos levar o Dançarino do Fogo ao castelo — atestou o homem mais velho, sem tirar os olhos das chamas que cresciam cada vez mais em direção ao céu.

O outro soldado contou um pouco mais sobre o assunto quando Nyame o puxou de lado.

— O ilustrador de livros foi assassinado. Os empregados estão dizendo que ele tinha pedaços de madeira esculpidos com os rostos de todos que desapareceram. — Ele apontou para Dedo Empoeirado. — Parece que também tem um com o rosto dele. Então por que ele ainda está aqui?

A voz do homem soou hostil. Ombra inteira estava à procura de um culpado. Quase todo mundo conhecia pelo menos um dos desaparecidos.

Mas por que Balbulus estaria com aqueles pedaços de madeira? Nyame olhou para Jehan e notou que ele também não conseguia entender o que estava acontecendo.

— Fiquem aqui! — disse Nyame aos soldados. — Vou buscá-lo.

Jehan o seguiu enquanto ele caminhava em direção ao círculo de fogo que Dedo Empoeirado tinha desenhado ao redor de si. Por ser ourives e ferreiro, Jehan já estava acostumado com o fogo, mas aquele inspirava respeito até mesmo nele. As chamas ardiam como se quisessem mostrar ao mundo inteiro as cores da dor e do desespero. Vermelho e preto. Até conhecer Dedo Empoeirado, Nyame temia o fogo. Agora gostava de brincar dizendo que os dois só eram amigos porque ele havia exorcizado seu medo.

— Nardo! — Nyame se aproximou tanto das chamas que quase teve as roupas queimadas. — Me deixe entrar!

As cinzas haviam tingido o círculo em que Dedo Empoeirado estava ajoelhado, assim como suas roupas e seu cabelo. Amizade... Nenhuma proteção era mais confiável contra a própria escuridão. Mas quando Dedo Empoeirado ergueu a cabeça e Nyame viu o desespero no rosto dele, não teve certeza se seria capaz de alcançar o amigo dessa vez. Ele só podia torcer para que o Dançarino do Fogo se lembrasse de quantas vezes haviam derrotado o desespero juntos.

Mas ele se lembrava. As chamas recuaram para Nyame, que se colocou ao lado de Dedo Empoeirado.

— Violante quer te ver. Balbulus foi assassinado. Encontraram nas coisas dele pedaços de madeira esculpidos com os rostos de todos que desapareceram. E um deles tem o seu.

Dedo Empoeirado levantou a mão e o grito das chamas virou um suspiro, que se tornou apenas um anel de fogo, o qual Jehan cruzou sem proferir qualquer palavra.

— Vamos. — Nyame estendeu a mão para Dedo Empoeirado e o ajudou a ficar em pé. — Você entendeu o que está acontecendo aqui, não é? Fale alguma coisa!

As cinzas tingiam os dedos de Nardo enquanto ele as limpava das roupas.

— Vocês não vão acreditar em mim — disse ele, por fim.

Jehan o chacoalhou pelos ombros.

— Estou cansado de seus segredos! Onde estão todos?

Nyame o puxou para trás, ainda que entendesse a raiva que o outro sentia. Também já tinha sentido o mesmo diversas vezes, quando Dedo Empoeirado guardava para si muito do que pensava ou sentia. Mas ele sempre havia sido assim.

— Orfeu os leu. — O amigo olhou para a casa como se estivesse olhando para Roxane ali parada na porta. — Podem estar em qualquer lugar, tanto aqui como em outro mundo.

— Como assim "os leu"? — acusou Jehan, e então acertou o padrasto no peito com um soco. — Outro mundo? Do que você está falando?

Dedo Empoeirado apenas balançou a cabeça e olhou para Nyame como que à espera do perdão.

— A culpa é toda minha. Eu devia ter te contado a verdade há muito tempo. Para você, para Roxane... Mas não sabia como. Temos que encontrar Orfeu e as palavras que ele leu, mas o fogo não quer me dizer onde ele está.

Os dois soldados ainda aguardavam a uma distância segura.

— Diga a eles que vou só pegar meu cavalo. — Dedo Empoeirado se virou de repente e foi em direção ao estábulo.

Jehan queria segui-lo, mas Nyame o impediu.

— A culpa não é dele — falou. — Não importa o que ele disse. Não importa o que não tenha nos contado. Não é a causa do desaparecimento da sua mãe e da sua irmã, e certamente não foi Dedo Empoeirado quem assassinou Balbulus. Ele tem razão. Temos que encontrar Orfeu.

11. Como se fossem borboletas

As pessoas precisam de cor para viver. Ela é um elemento tão necessário quanto o fogo e a água.

Fernand Léger

Violante os aguardava na biblioteca. Dedo Empoeirado só havia entrado no santuário dela uma vez, acompanhado de Mortimer, que nunca desistira de tentar convencê-lo de que os livros eram algo maravilhoso. Talvez o fossem para os outros, mas não para ele. Eram tão perigosos quanto uma cobra escondida na grama, e Dedo Empoeirado tinha certeza de que a nova dor que cortava seu coração se devia, mais uma vez, a um livro.

A mesa de leitura ao lado de Violante confirmou as suspeitas do homem. O livro sobre ela, no entanto, era muito mais discreto do que aquele que levara Dedo Empoeirado para outro mundo muitos anos antes. Era cinza e tão pequeno que poderia ter se perdido facilmente naquelas prateleiras.

— Chegue mais perto! — Violante acenou para ele da mesa, impaciente. — Eu encontrei este livro hoje de manhã. Foi Balbulus que o ilustrou, sobre isso não há dúvidas. Mas não foi uma encomenda minha.

Nyame e Jehan se aproximaram tão hesitantes quanto Dedo Empoeirado e examinaram o livro com a mesma preocupação. O Dançarino do Fogo não tinha certeza se eles haviam acreditado na história que lhes contara a caminho do castelo. Mas o fato de finalmente tê-la contado lhe tinha feito bem. Bem demais.

— Encontramos também na oficina de Balbulus esses pedaços de madeira esculpidos. Sabem o que significam?

Os gravetos estavam enfileirados acima do livro. Fenoglio, Mortimer, Meggie e Resa, Elinor e Darius, Roxane, Brianna e Farid... Até a própria imagem de Dedo Empoeirado estava lá. Doria e Dante estavam faltando, mas eles estavam com Meggie e Resa quando desapareceram.

— Eu com certeza também teria sumido, não fosse pelo urso. — Nyame colocou o pedaço de madeira com seu rosto ao lado dos outros.

— E ele? — Jehan apontou para Dedo Empoeirado. — Por que ele continua aqui?

Sim, por quê? Dedo Empoeirado olhou para a própria imagem de madeira perfeitamente esculpida. Que coisa maldita. Por que ela não o tinha levado também?

— Creio que a resposta esteja aqui. — Violante abriu o livro. Um F magnífico ocupava toda a página da esquerda, e Fenoglio olhava por detrás da letra.

— Balbulus pintou todos eles de cinza — argumentou Violante. — Exceto Dedo Empoeirado.

Ela continuou a virar as páginas. Roxane. Brianna. Farid. Dedo Empoeirado queria deter a mão de Violante enquanto ela ia folheando, mas a jovem só parou na capitular que mesclava um P e um N.

— Acho que esse deveria ser você, Nyame. — Ela apontou para o estranho de pele escura que estava atrás da grande letra. — Nunca vi Balbulus fazer um trabalho tão ruim. — Então voltou ao começo do livro e o empurrou para Dedo Empoeirado. — Leia as palavras.

O retrato de Roxane era tão vívido, apesar do cinza, que o Dançarino do Fogo ficou surpreso ao sentir o pergaminho quando tocou o rosto dela. Balbulus tinha emoldurado o texto da página direita com as ervas medicinais que Roxane cultivava nos campos. E na margem inferior da página havia um alaúde e uma flauta, os instrumentos que costumavam acompanhá-la quando cantava. O que estava escrito era o seguinte:

O Dançarino do Fogo tinha uma linda esposa. Ele a amava muito. Então o livro cinza a apanhou como se fosse uma borboleta. Porque a traição dele merecia tal vingança. Ele perderia todos que amava.

— Então a culpa *é mesmo* sua! — Jehan agarrou Dedo Empoeirado pelo ombro. — Eles sumiram por sua causa! Se estava de fato em outro mundo, por que não ficou por lá?

Nyame se posicionou entre os dois para acalmar o jovem.

— Conte para ela. — Ele apontou para Violante. — Conte tudo que nos contou.

Mas Dedo Empoeirado continuou ali parado, o olhar fixo no livrinho cinza.

— O que você tem para me contar? — Violante o encarou, desafiadora. — Fale logo, Dançarino do Fogo.

Como? Ele só encontrava silêncio dentro de si. Palavras eram um veneno. Eram facas que cortavam seu coração.

— Seus livros... — A voz de Dedo Empoeirado estava tão cinza quanto o rosto de Roxane quando ele enfim conseguiu que a língua respondesse a Violante. — Não confie neles. Podem te levar embora, te levar para lugares distantes, outros mundos, só com as palavras que contêm. Aconteceu comigo muitos anos atrás. Orfeu, o homem que serviu ao seu pai, me trouxe de volta. As palavras ganham vida quando ele as lê em voz alta. Mortimer e a filha dele, Meggie, têm o mesmo dom.

Violante o olhou com tamanha incredulidade que era como se ele tivesse contado que monstros faziam ninho nas estantes dela.

— Ele está mentindo. Nada disso faz sentido! — A voz de Jehan estava rouca de raiva. — Pessoas dentro de um livro? Eles estão todos mortos. Por isso Balbulus os pintou de cinza. Orfeu mandou matá-los. O que você fez para ele? Conte logo para a gente.

E desferiu um soco no peito de Dedo Empoeirado. Nyame o puxou de novo para trás, mas o Dançarino do Fogo viu a mesma pergunta no rosto do amigo.

— N-nada — gaguejou ele. — Nunca quis ser amigo dele, só isso. Ou ser o herói que ele via em mim. Ajudei Mortimer a enfrentá-lo. Teria preferido que eu tivesse me aliado ao Cabeça de Víbora, como Orfeu queria?

Violante encarava as próprias prateleiras. Será que ela estava começando a ouvir o sussurro dos livros, assim como acontecia com Dedo Empoeirado desde a primeira vez em que escutara a voz de alguém lendo dentro da própria cabeça?

— A pessoa lê as palavras em voz alta? — Violante arregalou os olhos como uma criança. — E depois é tragada para dentro do livro?

Claro que ela acreditava nele. Brianna contara ao pai que Violante preferia a companhia dos livros à da maioria das pessoas. Ela só abrira uma exceção à filha dele.

— Mas Brianna sempre leu em voz alta para mim! — disse ela. — De que modo...

Dedo Empoeirado agarrou o braço de Nyame.

— Leia você. — Ele tinha aberto o livro na página com a própria imagem. Balbulus havia contornado as palavras à direita com chamas.

— *Vá para o norte, Dançarino do Fogo!* — Nyame leu em voz alta. — *Lá existe uma cidade que possui três cálices em seu brasão. Ali você ficará sabendo como poderá ver de novo as pessoas que ama. Mas tem que ir sozinho.*

Nyame fechou o livro de forma abrupta, como se quisesse impedir que as palavras de Orfeu saíssem dele.

Violante continuou com os olhos fixos nas prateleiras. Mas de repente se virou para encará-los.

— O livro fica aqui — decidiu ela. — Se o Dançarino do Fogo estiver certo, Brianna é prisioneira dele. E não há lugar mais seguro para protegê-lo.

Dedo Empoeirado quis protestar, mas Nyame lhe lançou um olhar de advertência.

— Deixe o livro aqui! — murmurou ele para o amigo. — Ela tem razão, não existe lugar mais seguro. E você não vai querer enlouquecer de tanto olhar para essas imagens. Não facilite as coisas para Orfeu. Sei que acha que conhece esse tipo de magia, mas qual o significado dessas capitulares? E do cinza? E do fato de Balbulus estar morto? Você não está raciocinando direito, senão estaria se fazendo as mesmas perguntas. Precisamos saber mais sobre este livro antes de ir atrás de Orfeu.

É claro que ele tinha razão. Mesmo assim era difícil para Dedo Empoeirado deixar o livro no castelo.

— Será que seu bibliotecário conseguiria descobrir para nós qual cidade do norte possui um brasão com três cálices? — perguntou Nyame ao devolver o livro para Violante.

— Com certeza. — Ela apertou o exemplar contra o peito como se pudesse sentir o batimento cardíaco daqueles que estavam presos ali. — E vamos forçar Orfeu a ler todos de volta para nós. E a me mostrar como se entra em um livro.

Violante passou os olhos pela biblioteca como se já tivesse escolhido qual deles Orfeu deveria recitar.

Dedo Empoeirado sentiu um mal-estar. *Ali você ficará sabendo como poderá ver de novo as pessoas que ama. Mas tem que ir sozinho.*

Jehan se pôs diante da mesa e observou os pedaços de madeira.

— Tão reais — murmurou. — Como se pudessem respirar. — Ele

ergueu a cabeça e olhou para Nyame. — E se não tiverem sido as palavras que os roubaram, mas as imagens? Talvez por isso Balbulus tenha sido assassinado. Uma amiga minha vive com as Mulheres da Floresta. Segundo os boatos, elas conseguem se esconder em imagens.

Dedo Empoeirado balançou a cabeça com impaciência.

— Isso é obra de Orfeu. Ele faz tudo com palavras, não tem nada a ver com imagens.

Jehan deu de ombros.

— Posso levá-los? — Ele apontou para os pedaços de madeira com os rostos da irmã e da mãe. — Vocês já vão ficar com o livro.

Violante hesitou, mas por fim assentiu.

— As Mulheres da Floresta com quem sua amiga vive... Você deveria avisá-la do que elas são capazes! Acham que podem se transformar em animais e entender a língua das plantas. É isso que dá viver sozinho na floresta.

Jehan olhou para os dois gravetinhos que tinha na mão.

— Lilia as respeita muito — respondeu ele ao guardar as madeiras no bolso com todo o cuidado. — Pode deixar que falo com ela. O que temos a perder? Mas e as coisas que esse daí diz? — Então lançou um olhar hostil ao padrasto. — Para você também não soam como... loucura?

Jehan se parecia muito com a mãe. Roxane costumava olhar para Dedo Empoeirado do mesmo jeito. Nos olhos dela, porém, ele sempre encontrava amor.

12. Cinza

*O dia terminou, e a escuridão
Cai das asas da noite.*

Henry W. Longfellow, "The Day Is Done"

Cinza. Era tudo que Meggie via, ouvia e sentia. Cinza. Preenchia seu coração e seus olhos, as mãos, os ouvidos... Eram as cinzas de tudo que ela já fora. Meggie não sabia explicar como sabia daquilo. Mas era a verdade.

Devorei tudo, o cinza sussurrava. *Não há nada além de mim.* Muitas línguas e muitas mãos a seguravam. Porém, Meggie sentia outras duas mãos, cálidas e conhecidas. Sentia os braços que a seguravam, apesar de o cinza torná-la cega, surda e muda.

Doria. Se ao menos pudesse vê-lo. Talvez só estivesse sonhando com ele?

Eles queriam viajar, sim.

— Vai ficar tudo bem, Meggie — ela achava que o tinha ouvido murmurar. Talvez estivesse morta?

Não, Meggie já tinha encontrado a morte. Ela era branca.

O cinza era muito, muito pior. Tudo se perdia no cinza.

13. A garota com flores na testa

❦

> *A linguagem é o lugar de onde vêm as mentiras.*
> *Todas as verdades são imagens.*
> David Kastan, Stephen Farthing, *On Color*

❦

Nyame concordava com Jehan. Por que não tentar saber mais sobre o feitiço que roubava as cores enquanto o bibliotecário de Violante procurava em seus livros o brasão que estava descrito no livro cinza? Dedo Empoeirado continuava sem querer saber daquela história. Mas, mesmo assim, juntou-se ao amigo quando Nyame foi até a oficina de Jehan para encontrar a amiga dele, Lilia.

A rua em que os ourives e prateiros de Ombra exercem seu ofício também abrigava armeiros, caldeireiros e ferreiros, aos quais os agricultores recorriam quando as relhas do arado quebravam por causa das pedras nos campos. A oficina de Jehan ficava no final da rua, e ele não só fazia as melhores peças de ouro de Ombra como também grades de janelas e portas das quais brotavam flores a seu bel-prazer, vasilhas com alças em forma de dragão e fadas de cobre, cujas asas eram quase tão translúcidas quanto as de uma libélula.

Jehan não gostava de ser observado enquanto trabalhava, mas os companheiros de ofício dele costumavam entrar escondidos na oficina para observá-lo secretamente. Como aquele garoto era capaz de moldar o metal de um jeito que nem mesmo eles conseguiriam, ainda que tivessem décadas de experiência? "O padrasto domou o fogo para ele", sussurravam os homens, cujos poros e rugas estavam escurecidos pela fuligem, embora a esfregassem do corpo todas as noites. "O garoto usa magia para trabalhar." Mas a arte do ferro de Jehan não tinha nada a ver com magia ou com o fogo de Dedo Empoeirado. Toda arte começa com amor, e

Jehan amava o que o ventre da terra continha. Quando criança, já procurava pedras que tivessem um brilho, e vivia num mundo onde as chamas não eram a única coisa que respondia quando se falava com elas. Ele ouvia o que o ouro, a prata, o cobre e o ferro sussurravam. Era por isso que os elementos se moldavam a tudo o que pedia. Talvez fosse mesmo magia, no fim das contas.

Jehan estava trabalhando numa estatuazinha de cobre quando Nyame e Dedo Empoeirado entraram em sua oficina. Não era difícil reconhecer que a escultura representava Brianna.

— Lilia deve chegar em breve — disse ele. — Ela não respeita muito os horários, então não sei dizer exatamente quando será. Mas não se preocupem. Ela nunca chegou dez anos atrasada — acrescentou, lançando um olhar ao padrasto.

Dedo Empoeirado não comentou a observação. Nyame notava como a relação entre eles ficara cada vez mais fria ao longo dos anos. Jehan se parecia muito com o pai, talvez essa fosse a razão. Além disso, era bastante óbvio que Dedo Empoeirado preferia Farid ao enteado. Para Nyame, Jehan era bem parecido com o Dançarino do Fogo quando jovem, mas nenhum dos dois percebia a semelhança.

As Mulheres da Floresta... Nyame já ouvira falar delas. Preferiam a companhia dos animais à dos humanos, e segundo os boatos, só podiam ser vistas quando queriam. Assim como os lobos e as raposas. De tempos em tempos espalhavam-se rumores de que elas tinham poderes mágicos, mas o mesmo também era dito sobre ninfas ou elfos de fogo, dos quais Dedo Empoeirado roubava o mel.

— Lilia morou conosco por um tempo quando eu era pequeno. Com certeza você se lembra dela, não? — Jehan perguntou a Nyame.

Claro que ele se lembrava. Roxane a havia acolhido depois que a mãe da garota morrera. Uma menininha magra que quase sempre se escondia quando Nyame chegava a cavalo na fazenda e depois o observava de seu esconderijo com olhos arregalados.

Jehan lavou as mãos em um balde e pôs a imagem quase pronta da irmã numa prateleira.

— Meu pai havia morrido fazia apenas alguns meses. Cuidar de Lilia trouxe certo consolo para minha mãe. Ela ficou conosco por quase um ano, até que a avó a levou para as Mulheres da Floresta. Brianna chorou muito porque sentiu como se tivesse perdido outra irmãzinha, e Lilia também sentia nossa falta. Mas a avó dela sempre a trazia para nos visitar, e hoje em dia nos encontramos na floresta ou trocamos mensagens por meio dos corvos domesticados que Brianna tem no castelo. E não — acrescentou Jehan, lançando um olhar para o padrasto —, ela não é minha namorada, caso esteja se perguntando. Lilia é como uma irmã para mim. Além disso, acho que ela gosta de meninas. Depois da morte da avó, Brianna torceu para que Lilia voltasse a Ombra, mas ela gosta de morar com as Mulheres da Floresta. Diz que aprende muito com elas.

— O quê, por exemplo? Magia? — Dedo Empoeirado pegou a figura de Brianna que Jehan havia forjado.

— Sim, magia. E daí? Você diz que as pessoas podem desaparecer dentro dos livros. Chamaria isso de quê? — Jehan não disfarçou o tom de escárnio na voz.

Nyame sentiu o olhar de Dedo Empoeirado. *Também acha que o que contei a vocês é ridículo?*, seus olhos perguntavam. Nyame não sabia ao certo. Outro mundo onde se podia ler sobre eles em um livro? Um livro que o Tecelão de Tinta havia escrito? De fato aquela história parecia saída de um dos contos de fadas de Fenoglio ou de uma das peças com fantoches que Baptista apresentava para as crianças de Ombra. Mortimer, Resa e Meggie, Elinor e Darius... Como faria para acreditar que todos eles eram visitantes de outro mundo, mesmo que seu melhor amigo afirmasse aquilo?

Três homens passaram na frente da oficina. Cochicharam um para o outro quando viram Nyame e Dedo Empoeirado. Ombra inteira estava fofocando sobre os desaparecimentos e sobre como o Príncipe Negro e o Dançarino do Fogo não tinham sido capazes de protegê-los. Havia até quem acusasse os dois de terem levado todos embora. A admiração se transformava facilmente em medo e ressentimento, e nem Dedo Empoeirado nem Nyame jamais tinham se esforçado para agradar os bons cidadãos de Ombra, que agora estavam assustados com o fato de onze pessoas terem simplesmente desaparecido do meio deles. Era melhor que ninguém na cidade soubesse sobre o livro cinza. Nem sobre a afirmação de Dedo Empoeirado de que uma voz humana era capaz de fazer alguém sumir para dentro de um livro.

— Aí vem ela. — Jehan apontou para a rua. — Seja gentil. Lilia não gosta de vir até a cidade.

A garota que entrou na oficina tinha o cabelo escuro tão curto quanto o pelo de um cervo.

Jehan apontou para Dedo Empoeirado.

— Já deve ter ouvido falar do meu padrasto. E este é...

— ... o Príncipe Negro — Lilia completou a frase. — Protetor dos pobres e dos oprimidos, esperança para aqueles que não têm esperança. Era assim que minha mãe sempre o descrevia. Acho que ela era meio apaixonada por ele.

Ela sorriu para Nyame.

Ele retribuiu o sorriso. A testa dela era coberta por tatuagens de plantas. Amoras, cardos, uma rosa silvestre...

— Jehan comentou, na mensagem que me enviou, sobre pedacinhos de madeira entalhados com rostos. Posso ver um?

Nyame lhe entregou o que estava com ele. Lilia passou os dedos pelos traços esculpidos. Depois cheirou a madeira.

— Amieiro. Mas tem algo de estranho. — Ela franziu a testa e depois devolveu a madeira a Nyame. — Esculturas como essa costumam ser inofensivas. Os casais encomendam pedacinhos de madeira como esses para levar consigo a imagem um do outro. Eles imitam rostos, mas não para prejudicar ninguém. Mas costumam ser entalhados em madeira de salgueiro.

Uma cabeça com chifres surgiu da bolsa de Dedo Empoeirado. Gwin, a marta, havia retornado na noite anterior como se tivesse pressentido que seu mestre precisava dele. Quando Lilia sorriu para a criatura, ela levantou as orelhas e pulou em seu ombro. Nyame percebeu que Dedo Empoeirado olhou imediatamente para a garota de forma um pouco mais amistosa. Nada conquistava seu respeito com mais facilidade do que a afeição de sua marta. Gwin esfregou a cabeça na bochecha de Lilia enquanto ela sussurrava algo em seu ouvido. Havia rumores de que as Mulheres da Floresta falavam com os animais. Nyame tinha certeza de que seu urso também teria gostado da garota com a testa florida.

— Jehan também me falou do livro e das imagens — disse Lilia, e Gwin deslizou pelo braço dela como se estivesse bem à vontade ali. — As Mulheres da Floresta não têm livros. Palavras escritas se tornam poderosas depressa demais.

Dedo Empoeirado trocou um olhar com Nyame.

— Já imagens são outra história — prosseguiu Lilia. — Podem conjurar e curar, confortar e lembrar. É possível forjá-las no metal, como Jehan, esculpi-las na madeira, moldá-las em cera ou pintá-las usando tintas.

Imagens dão vida, mas Jehan disse que essas são cinzentas. Não sei bem o que isso significa. Talvez as outras saibam mais. Vocês deviam mostrar o livro a elas. Posso vê-lo?

— Está no castelo — disse Jehan.

Lilia olhou na direção das torres, que projetavam sombras sobre os telhados de Ombra.

— Vai ser estranho ir até lá e saber que não posso visitar Brianna em seus aposentos — disse ela em voz baixa. — Mesmo assim eu gostaria de ver a imagem dela. E a de sua mãe.

Jehan apagou o fogo em sua forja e trancou a oficina com uma corrente antes de irem embora. Os outros ferreiros às vezes roubavam ferramentas ou um balde de brasas na tentativa de descobrir seus segredos. Nada disso levou muito tempo, mas quando atravessaram a rua que dava para a praça em frente ao castelo, perceberam imediatamente que algo tinha acontecido. A segurança do lado de fora do portão havia sido reforçada, e um mensageiro de Violante correu esbaforido na direção deles quando os avistou.

O último livro que o Grande Balbulus havia ilustrado tinha desaparecido.

14. O amor é uma faca afiada

❧

Precisamos desconfiar um dos outros. É a única defesa que temos contra a vigarice.

Tennessee Williams, *Camino Real*

❧

— O velho bibliotecário quase me pegou! Nunca mais me peça algo assim, Baldassare Rinaldi!

Violante de Ombra realmente não contratava suas criadas por causa da beleza, então Rinaldi teve que escolher a com a aparência mais decente. Donatella, por sorte, também não era das mais inteligentes. Ela seguia sem sequer suspeitar de que ele tivesse algo a ver com o assassinato de Balbulus, embora a tivesse visitado imediatamente antes. Mas Rinaldi precisou usar toda a sua eloquência e muitos versos para persuadi-la a roubar o livro para ele. É claro que ela insistira nas carícias habituais antes de tirar o objeto de debaixo das saias e, enquanto o assassino o examinava para se certificar de que era o livro certo, Donatella se apertou contra ele como se apenas o seu abraço pudesse livrá-la da consciência pesada por causa do roubo.

— Ah, por que eu o amo tanto, Baldassare? — ela sussurrou ofegante ao cobrir o rosto dele de beijos.

Por quê? Porque ele era muito mais instigante do que qualquer um dos capangas da corte que normalmente a cercavam.

— Escreveu algum verso novo para mim?

Rinaldi tapou a boca dela com um beijo. Pobre Donatella. Por que não deveria aproveitar seus últimos minutos? Não, o coração dele não era de pedra, ainda que não se deixasse levar pelo sentimentalismo no trabalho.

— Tenho que ir — sussurrou para ela ao puxá-la para debaixo da ponte que cruzava o rio, logo abaixo das muralhas da cidade. — Meu patrão está esperando. Dever é dever, minha linda. Ninguém viu você saindo do castelo, certo?

Donatella arrumou o cabelo castanho cor de rato com as mãos e suspirou.

— Só os guardas. Eu disse a eles que ia resolver umas coisas para Violante.

— Ótimo. — Baldassare lhe lançou um último sorriso e fechou as mãos ao redor do pescoço dela. — Durma bem, minha pombinha.

Ela se debateu, mas era pouco mais forte que uma galinha. Rinaldi não sabia bem de onde vinha o horror que via nos olhos da mulher. Seria pela decepção amorosa? Pela certeza da morte iminente? Donatella ainda tinha aquela expressão no rosto quando seu coração parou: espanto, horror e o pedido suplicante de que ele não a traísse de maneira tão vergonhosa.

— Veja por outro lado, meu amor — disse Baldassare ao empurrar o corpo sem vida para o rio. — Seu fim foi muito romântico. Digno de uma canção.

— Pelo menos poupe-a da canção. — Brilho de Ferro saiu de detrás da pedra em que estava escondido. Era a primeira vez que Baldassare permitia que alguém o observasse trabalhando. Em vez de admiração, no entanto, ele viu apenas repulsa no rosto vítreo do pequeno ignorante.

— Você é mesmo um monstro, Baldassare Rinaldi!

— Ah, o que é isso — respondeu Baldassare com orgulho indisfarçado, enquanto afastava os longos cabelos dos olhos. — Sou um artista em tudo que faço.

Já não havia mais qualquer sinal de Donatella. O rio a tinha levado embora.

— Por que não se livra do Príncipe Negro de uma vez, já que matar é tão fácil para você? — perguntou o homem de vidro. — Orfeu não vai lidar nada bem com o fato de que justo ele tenha escapado de sua vingança.

Rinaldi limitou-se a balançar a cabeça com desprezo.

— Não dá pra tirar a vida do Príncipe Negro com a mesma facilidade com que se tira a de um ilustrador ou de uma criada, Cérebro de Vidro, mesmo que ele, sem dúvida, mereça morrer pelo péssimo gosto que tem para canções. Além disso, Orfeu não pagou por esse trabalho extra, e acabo de ter uma ideia para uma nova canção maravilhosa.

Baldassare limpou alguns cabelos de Donatella do colete e cantarolou versos recém-improvisados para si mesmo ao acompanhar a margem do rio.

— Estou te avisando, Rinaldi! — gritou o homem de vidro enquanto corria atrás dele. — Orfeu não gosta quando as pessoas fazem o trabalho malfeito! O rosto dele engana muita gente, mas mesmo que Orfeu pareça só um garoto mal-humorado que envelheceu demais...

Baldassare precisava admitir que aquela era uma descrição fantástica do chefe deles.

— Ele... — O homem de vidro arfava pelo esforço de acompanhá-lo. — Ele é bem mais cruel do que você, além de muito mais esperto.

É mesmo? Rinaldi parou e encarou o homem de vidro.

— Muito mais esperto? — Então lançou um sorriso maldoso para Brilho de Ferro. — Bom, sem dúvida não se pode afirmar o mesmo de você. Por que não pensei antes em dizer para Orfeu que você tinha ficado responsável pelo pedaço de madeira do Príncipe? Sim, acho que é isso que vou fazer.

O homenzinho o encarou, totalmente perplexo! Ele era um pequeno servo muito devoto, apesar de toda a maldade.

— Você não se atreveria! — gritou Brilho de Ferro em resposta.

— Ah, é? E por que não? Meus serviços são muito mais valiosos para Orfeu do que os seus. Afiar penas? Misturar tinta? Ele deixou você fazer os desenhos do livro, por acaso? Não, tivemos que achar um ilustrador em Ombra! Talvez eu diga também que você prefere ficar indo atrás de mulheres de vidro a realizar as missões de espionagem para ele. Você entrou de fininho na fazenda do Dançarino do Fogo, como Orfeu pediu? A maioria das coisas que você relata fica sabendo na taverna, onde a proprietária coloca bancos feitos de rolhas no bar para que vocês, homens de vidro, paguem pelo vinho ruim dela. Eu, por outro lado, capturo as garotas que ele usa para pagar a Leitora de Sombras. O que seria de seu belo senhor sem a ajuda dela? Nada!

— Você não vai dizer nada disso a ele! — berrou Brilho de Ferro. — Eu apoiei Orfeu em tudo durante todos esses anos. Não o abandonei quando ele teve que fugir. Já você...

Rinaldi arremessou sua faca, que se fincou na lama bem ao lado do homem de vidro. Com o tremor da lâmina, o cabo se chocou contra a cabeça do homenzinho, que a apertou com as duas mãos ao cambalear para trás com um olhar apavorado no rosto.

— Homens de vidro desempregados em Grunico é o que não falta. — Baldassare arrancou a faca da terra e a limpou na calça. Era uma boa faca. — Posso arranjar outro para Orfeu a qualquer hora. Já homens como eu não são fáceis de encontrar. Você sabia que o Príncipe Negro perdeu a irmãzinha em um ataque a um acampamento de menestréis? Vou dar uma volta pelas tavernas da cidade e espalhar alguns boatos sobre os menestréis. Alguns cidadãos de bem sempre podem ser convencidos de que só ladrões e sequestradores de crianças vivem em carroças e tendas coloridas. Tenho certeza de que isso vai deixar o Príncipe Negro bem ocupado, sem tempo para proteger o amigo cuspidor de fogo. Ah, sim, Baldassare Rinaldi pensa em tudo! Esteja na taverna em duas horas; caso contrário, volto sozinho para Grunico. E não me venha com mais desculpas de que um gato te atrasou!

Então Rinaldi saiu cantarolando a que considerava uma de suas melhores canções e levando consigo o livro que tinham vindo buscar bem guardado na bolsa.

15. Prometo

❧

Uma promessa ruim não fica melhor se for cumprida.
Michael de Larrabeiti, The Borribles

❧

— Espere Jehan e Lilia voltarem da audiência com as Mulheres da Floresta. Nardo, olhe para mim! Jure que não irá sozinho. Não importa o que está no livro.

Mas Dedo Empoeirado não olhou para Nyame. Como poderia prometer uma coisa daquelas? Estavam sentados lado a lado diante de um laguinho que abrigava um segredo pouco conhecido. As pequenas ninfas que viviam nos juncos da margem podiam afastar muitos tipos de tristeza com suas risadas. Mas hoje nem elas estavam conseguindo ajudar.

Dedo Empoeirado sempre ia até lá com Nyame quando queriam ficar sozinhos. Os enxames de libélulas sobre a água tinham testemunhado quando eles se sentaram pela primeira vez naquela margem úmida. Na época, no entanto, Nyame não era o Príncipe Negro, só um garoto rebelde, muito hábil com uma faca e uma espada. Dedo Empoeirado sentia-se grato de verdade ao urso por ter salvado seu mestre da vingança de Orfeu. Sem Nyame, ele provavelmente já teria se afogado em um lago como aquele.

Será que todas as histórias se repetiam? Será que havia um tema para cada vida do qual não era possível escapar? Será que ele apenas pensara estar enfim livre, enquanto as palavras continuavam a tecer sua teia em volta dele até que se tornasse tão espessa que engoliu todos ao seu redor?

— Prometa para mim! — Nyame o segurou pelos ombros. — Não vai poder ajudar os outros se fizer o que o livro diz. É uma armadilha. Cada palavra!

Sem dúvida era mesmo. Mas e se ele só pudesse rever Roxane e

Brianna se caísse naquela armadilha? *Não posso viver sem elas, Nyame*, queria dizer. *Já fiz isso por tempo demais.* Mas ficou calado, como sempre.

— O bibliotecário de Violante descobriu a cidade do norte que possui três cálices em seu brasão — disse Dedo Empoeirado. — Sei que você pediu ao velho que não me contasse. Mas, felizmente, Taddeo é meu grande admirador. Grunico. Esse nome te diz alguma coisa? Ouvi dizer que a cidade é muito rica. Prata, madeira, seda.

Nyame olhou para a água turva e balançou a cabeça.

— Nunca estive tão ao norte. Você sabe que sou atraído pelo sul. Talvez porque os contos de fadas que minha mãe nos contava sempre vinham de lá.

Dedo Empoeirado nunca tinha conhecido a mãe de Nyame. Como ele, o amigo estivera viajando sozinho quando se conheceram. Mas Dedo Empoeirado conhecia tão bem aquelas histórias que era como se ela mesma as tivesse contado para ele junto à lareira quando os dois eram pequenos. Às vezes, as palavras podiam ser uma coisa maravilhosa... desde que não fossem escritas. Nyame era alguns anos mais novo e, por um tempo, Dedo Empoeirado fez o papel de seu irmão mais velho. Ele se lembrava de ter gostado disso na época. Mas logo os papéis se inverteram. Nyame sempre quis proteger aqueles que amava, talvez porque não tivesse sido capaz de fazê-lo com a irmã. Talvez. De acordo com a experiência de Dedo Empoeirado, os humanos costumavam almejar coisas muito diferentes.

Uma ninfa emergiu da água, fazendo o reflexo deles tremer na superfície.

— Lilia acha que vai conseguir levar Jehan até as Mulheres da Floresta amanhã — disse Nyame. — E eu preciso de mais três dias para organizar o acampamento, de modo que Lázaro possa me substituir. Assim que isso estiver feito, iremos juntos a cavalo. Jehan também irá conosco.

— Está ótimo. — Dedo Empoeirado concordou com a cabeça.

— Você ainda não me prometeu.

Ninguém o conhecia melhor, nem Roxane. Tinha sido tão duro se virar no outro mundo sem a amizade de Nyame.

— Três dias — Dedo Empoeirado falou, olhando-o nos olhos como o amigo havia solicitado. — Preciso ir até os elfos de fogo, de qualquer forma, para que o mel deles não se esgote antes de encontrarmos Orfeu.

— Ótimo — concordou Nyame, aliviado. — Você ainda acha que precisa fazer tudo sozinho. Esses anos todos não te mudaram em nada. Mas cuidaremos disso juntos. Como sempre fizemos. Você vai ver.

O Príncipe Negro confiava naqueles que amava com a mesma facilidade com que desconfiava de seus inimigos. E os anos de Dedo Empoeirado no outro mundo o tinham tornado um ótimo mentiroso. A vida dele lá dependera disso. No entanto, ele estava odiando usar esse talento com o melhor amigo naquele momento. Mas não podia esperar três dias. E tinha que ir sozinho, pois não queria correr o risco de também perder Nyame.

— Aqui. Para quando você precisar se virar sem mim. — Dedo Empoeirado pegou a mão de Nyame e colocou um anel dourado fino em seu dedo médio. — Você leva uma vida muito mais perigosa do que a minha e, às vezes, fico meses sem ter notícias suas. Foi por isso que pedi a Jehan que me ajudasse a prender um pouco de fogo dentro do ouro, para que eu pudesse deixá-lo com você. Não sei como ele fez isso, mas funciona. Nós testamos. Você só precisa girar o anel e dizer meu nome. O fogo responderá em alto e bom som, e depressa. Portanto, use-o apenas em caso de emergência.

Nyame tocou o anel dourado no dedo.

— Três dias. Diga em voz alta. Eu prometo.

— Três dias. — A confiança no rosto do amigo envergonhou Dedo Empoeirado.

Ficaram sentados lado a lado por um bom tempo. Com Nyame era fácil só ficar ali, ouvindo as ninfas e observando as libélulas caçarem. Será que o veria de novo? Esperava de verdade que sim.

Mas precisava ir sozinho. Por Roxane e por Brianna. E porque talvez aquela fosse a única chance que teria de proteger ao menos Nyame da vingança de Orfeu.

16. A pena

> — *Mas você também precisa me pagar* — *disse a bruxa* —,
> *e não é pouco o que exijo em troca.*
>
> Hans Christian Andersen, *A pequena sereia*

Estava feito, não estava? Orfeu já tinha perdido as contas de quantas vezes somara as cruzes que havia entalhado em sua parede decrépita: uma para cada um dos dias desde que Brilho de Ferro havia partido para Ombra com Rinaldi. Sim, se tudo tivesse ocorrido conforme o planejado, o assassino estava com o livro e deviam estar retornando. E Dedo Empoeirado tinha perdido todos que amava e visto os rostos deles se tornarem cinzentos.

Então... por que ele não sentia nada? As pessoas costumavam sentir algo quando partiam o coração de seu pior inimigo, não é mesmo? "Me dê alguma coisa para que eu possa ver Dedo Empoeirado!", Orfeu havia implorado à aprendiz da Leitora de Sombras na última vez que a encontrara sob a Árvore de Prata. "Uma bola de cristal ou algum tipo de espelho para que eu possa enxergar o rosto dele quando perceber o que fiz! Quero ver a dor repuxar novamente as cicatrizes que as Damas Brancas apagaram de sua pele. Quero ser testemunha do momento em que os olhos dele perceberem que Orfeu tirou tudo o que ele ama." Ele precisava ver com os próprios olhos. Porque são as imagens que nos fazem acreditar e sentir. Mas aquelas montanhas malditas o haviam cegado, e ele estava longe demais do lugar de sua gloriosa vingança. E se Rinaldi tivesse fugido com o dinheiro em vez de pagar Balbulus, e assim o plano de Orfeu tivesse ido pelos ares? O homem de vidro dificilmente teria sido capaz de deter o assassino.

Já chega, Orfeu!

Um espelho. Sim, era disso que ele precisava. Mas Giovanna, a criatura ridiculamente jovem que a Leitora de Sombras enviara à maldita árvore a fim de conduzir seus negócios, rira da cara dele ao ouvir o pedido. "Um espelho que mostre o que você quer ver?", zombou ela. "Ah, sim, deve existir, mas ninguém sabe onde. Você poderia tentar perguntar para aquela árvore ali. O elfo que vive dentro dela com certeza pode fazer espelhos como esse."

Era comum que ela falasse coisas incompreensíveis como aquela. E gostava de amedrontar os outros. Por qual outra razão sentiria tanto prazer em dizer que o túmulo sobre o qual deviam deixar uma moeda se quisessem algo de sua mestra continha os restos mortais de uma família inteira que havia sido vítima do feitiço dela? É claro que Orfeu não desconhecia o desejo de impor respeito através do medo, mas as sombras que via nos olhos de Giovanna faziam até mesmo ele estremecer. Se a aprendiz já lhe causava arrepios, apesar da pouca idade, ficava imaginando o quanto a mestra devia ser aterrorizante. Não, por enquanto Orfeu não tinha nenhum desejo de conhecê-la.

Ainda assim era hora de levar outra moeda para o cemitério. O próximo ato de sua vingança estava se aproximando, e ele ainda estava morando em um quarto miserável! Dedo Empoeirado não podia encontrá-lo daquele jeito quando viesse implorar que Orfeu lhe devolvesse tudo o que havia roubado dele. Não. Para a chegada desse dia seria necessária uma casa que inspirasse poder e riqueza. É claro que a Leitora de Sombras exigiria o pagamento habitual e, sem a ajuda de Rinaldi, isso com certeza não seria fácil de conseguir, mas ele encontraria uma solução.

Tinha que encontrar uma solução.

A aprendiz costumava marcar o encontro na árvore maldita no início da tarde. O que era ótimo. Mesmo à luz do dia, não era fácil chegar lá. Quando mostrou o caminho a Orfeu pela primeira vez, Rudolf quis desistir algumas vezes, e apenas a promessa de que seus filhos teriam alimento por um mês inteiro o persuadiu a continuar até o final. Uma promessa que Orfeu não havia cumprido, é claro. O último trecho fora o pior. A fim de chegar à árvore, precisaram enfrentar uma trilha tortuosa através da floresta da montanha, e Orfeu amaldiçoou a si mesmo com a voz rouca até por fim tropeçar na clareira. Quer dizer, a palavra "clareira" não é a melhor para descrever aquilo, porque apesar do pedaço de céu cinza-chumbo que se abria acima, o lugar sempre parecia muito mais escuro e frio do que o resto da floresta, e não era difícil acreditar no aviso de Rudolf de que tocar o tronco do amieiro ou ficar na sombra dele deixava a pessoa doente.

Como sempre, o lugar estava deserto. Orfeu nunca tinha encontrado ninguém perto da árvore, mas as oferendas de prata entre as raízes provavam de forma impressionante que ele não era o único que havia passado por ali. Um castiçal pesado e joias de prata tinham sido adicionados desde que ele pedira, em vão, um espelho à aprendiz. Talvez devesse tentar a magia da árvore em vez daquela da Leitora de Sombras. Orfeu começou a andar de um lado para o outro, tremendo, enquanto Giovanna mais uma vez o deixava esperando. No entanto, no dia anterior mesmo Rudolf lhe contara sobre um homem que tinha se transformado em madeira depois de deixar uma oferenda de prata sob o amieiro. Não. A Leitora de Sombras parecia ser pelo menos mais previsível.

Orfeu lançou um olhar desconfortável para a árvore. O tronco de fato se curvava, como se alguém estivesse tentando sair dele, e não era necessária muita imaginação para enxergar vários rostos horríveis na casca. Ele observou os abetos entre os quais Giovanna costumava aparecer. Qual seria o melhor jeito de formular seu desejo? Na primeira vez que haviam se encontrado, Giovanna ficara visivelmente impressionada com a natureza incomum da vingança dele: um livro cuja magia estava escondida em imagens, não em palavras... É bem verdade que as capitulares cinza tinham sido ideia da Leitora de Sombras. Mas mesmo assim.

Como sempre, a aprendiz surgiu entre as árvores de forma tão repentina que fez Orfeu estremecer. O que, claro, ela adorou. Era magrinha, os olhos grandes demais para o rosto e tinha cabelos finos e de um tom claro de loiro. Orfeu estimava que ela tivesse no máximo dezesseis anos de idade.

— Orfeu. Você está se tornando um cliente muito habitual. — A voz de Giovanna sempre parecia o ronronar de um gatinho para ele. Um gatinho de garras bem afiadas. — O que podemos fazer por você dessa vez?

Ela o estudou com aquela expressão estranhamente sagaz que sempre fazia Orfeu ter vontade de estapeá-la.

— Deixe-me adivinhar — ronronou a aprendiz. — Riqueza e poder, certo? Por isso veio desta vez. E adoraria que os cidadãos de bem de Grunico tivessem um pouco mais de medo de você. Pois assim o temor deles faria com que se esquecesse de quanto teme a si mesmo.

Ah, como ele queria estapeá-la. Bem no meio daquele rosto belo e pálido. Ela o fazia se sentir como um verme patético e desprotegido que poderia ser pego a qualquer momento por um bico pontudo e comido.

— Acertou — disse ele com esforço e uma raiva indisfarçada. — Quero que sua senhora me torne rico e poderoso, o que provavelmente não é um desejo incomum. Mas será que são mesmo capazes de me dar essas coisas? Até agora, tudo o que recebi foram promessas. E se todo esse papo sobre magia das sombras não passar de conversa-fiada? A única prova que tive até agora foi um homem de vidro com dor de barriga.

O sorriso que rolava pela boca da jovem era como uma lâmina que cortava Orfeu em fatias finas.

— Conversa-fiada? Existem várias conversas que podem ser muito poderosas. E muito desagradáveis. — Giovanna pisou na sombra do amieiro e olhou para os galhos nus. — Quanto à magia sombria... é melhor não falar sobre coisas que não entende.

Ela girou o corpo e sorriu para Orfeu.

— É muito simples para minha mestra torná-lo rico. Mas ela exige o mesmo pagamento de sempre.

— Sei disso. — Pelos cálculos que fizera, Rinaldi estaria de volta com o livro em quinze dias, no máximo. Provavelmente poderia adiar o pagamento até lá. E Dedo Empoeirado não apareceria tão cedo, pois Ombra era muito longe. Duas semanas... Será que era tempo o bastante para se tornar rico e poderoso, mesmo que através de magia das sombras? No momento, estava quase sem nenhuma renda. A cena que fizera na casa de Serafina Cavole havia lhe custado a maior parte dos alunos.

— Vou pagar — disse ele. — O preço de sempre. Mas preciso do feitiço agora!

Giovanna assentiu com a cabeça, como se esperasse por aquela resposta.

— Minha senhora previu seu desejo desta vez — disse ela. — E te mandou isto aqui.

A garota tirou um pequeno estojo do cinto.

— Pegarei de volta caso você não faça seu pagamento até o fim do mês. E acredite em mim, não vai querer abrir mão dela.

A pena que Giovanna tirou do estojo tinha um padrão de manchas finas e era cinza como os pigmentos entregues ao ilustrador de Violante. O cálamo estava afiado como se fosse um bico.

Orfeu pressionou o dedo contra a ponta oca.

Será que isso era possível? A Leitora de Sombras havia adivinhado seu desejo mais secreto? Será que tinha lhe devolvido o poder sobre as palavras, mais do que ele jamais tivera? Por um delicioso momento um livro se abriu diante dos olhos de Orfeu, escrito por ele, contando a história de Fenoglio do jeito que sempre quisera ler.

Giovanna destruiu todas as esperanças dele como se fosse um brinquedo que ele não merecia. O sorriso da aprendiz mostrava que sabia tudo sobre a língua inútil de Orfeu e as palavras que não o obedeciam mais. Ela apontou para a pena.

— Quando você escrever o nome de uma pessoa — disse Giovanna —, a pena lhe contará o segredo mais sombrio dela. O mais sombrio de todos.

Então entregou o estojo a ele.

— Cuide bem dela. Não precisa de tinta. E quanto ao pagamento: lembre-se de que a garota deve ser altruísta e cheia de luz. Deve incorporar tudo o que minha mestra foi um dia e perdeu nas sombras.

Sim, sim. Como se ele pudesse ter esquecido daquelas condições absurdas. Até Rinaldi achava difícil cumpri-las. O que a mestra de Giovanna fazia com as meninas que a faziam lembrar de sua versão mais jovem? Orfeu decidiu que sem dúvida era melhor não saber a resposta.

A aprendiz lhe lançou outro sorriso cortante. *Quantas perguntas*, dizia o olhar dela. *E você não sabe nenhuma das respostas.*

— Eu já fui muito poderoso! — estourou Orfeu. — Sua mestra também sabe disso? Eu costumava conseguir transformar palavras em realidade! Unicórnios, fadas azuis, homens-folha... criei tudo isso a partir de letras e usando minha voz. Um dia elas voltarão a me obedecer, e então talvez seja você que venha até mim como uma pedinte.

Desta vez ela riu alto. A risada borbulhou de sua boca e se aninhou na árvore amaldiçoada atrás dela como se tivesse se impregnado nos galhos.

— Ah, você era um Língua Encantada. O dom se perde facilmente se você o usa em benefício próprio com muita frequência. Que bobagem, não é? De que serve um poder que demanda altruísmo?

Não. Não, ela estava mentindo. Aquilo não tinha como ser verdade! *Terei meu dom de volta!*, Orfeu queria gritar. *Um dia! Elas vão me obedecer de novo! Todas as palavras deste mundo!*

Mas Giovanna apenas o encarou com os olhos cinzentos, e ele percebeu que a garota de fato dizia a verdade. *O dom se perde facilmente.* O único talento que já tivera, a única qualidade que o tornara especial, melhor, mais poderoso do que os outros... e ele tinha perdido.

De agora em diante, teria que pagar por feitiços escusos se quisesse ser todas aquelas coisas. *E daí?*, pensou Orfeu ao limpar ferozmente os óculos embaçados na manga. Tateou o estojo que havia colocado no bolso. A pena ali dentro não fazia o que ele desejava, mas parecia que seria uma ferramenta muito útil.

Giovanna permaneceu sob o amieiro, como de costume, vendo-o se afastar da clareira salpicada de prata e dela. Enquanto ele ainda conseguia vê-la, a aprendiz não se mexeu. Provavelmente não queria revelar em que direção ficava a casa de sua senhora.

O dom se perde facilmente se você o usa em benefício próprio com muita frequência. As lágrimas continuavam embaçando os óculos de Orfeu em meio à caminhada de volta pela floresta. Ele caiu algumas vezes, pois os óculos lhe tiravam a visão. Acreditara com tanta certeza que um dia seu talento voltaria! O único dom mágico que detinha. Todas as portas que sua voz tinha sido capaz de abrir entre as letras... fechadas! Para sempre. E de quem era a culpa?

Ele cerrou os punhos frios. Dedo Empoeirado. Orfeu teria usado seu dom de modo altruísta por ele, mas o Dançarino do Fogo não quisera. O ódio que sentia pelo antigo herói queimou qualquer traço de autocomiseração.

Rudolf pareceu muito surpreso quando Orfeu voltou para casa com o rosto coberto de lágrimas.

— Não quero ser incomodado! — rosnou Orfeu para ele. — Me deixe em paz.

Então se trancou no quarto e tirou a pena do estojo. Não sabia dizer de que pássaro ela vinha. Mas devia ser um pássaro grande.

Eu a pegarei de volta caso você não faça seu pagamento até o fim do mês. Onde ele encontraria uma garota adequada? Talvez no abrigo dos pobres? Ou entre os pedintes do cemitério? Embora provavelmente não fossem ter muita luz, dada a vida que precisavam levar. Ah, como fora boa a época em que ele não precisava pagar pela ajuda dos outros!

Mas tinha acabado.

Orfeu pegou uma folha de papel do magro suprimento que ainda possuía. Qual nome deveria escrever primeiro? Havia muitos homens e mulheres ricos em Grunico, e ele não duvidava de que todos tivessem segredos obscuros. Mas quem o tornaria rico mais depressa? Pensou em cada um que compunha a elite da cidade: nos proprietários das maiores casas, das mais belas carruagens, dos melhores cavalos; nos homens para quem todos abriam caminho quando atravessavam o mercado, seguidos de seus escravos e empregados. A maioria eram homens, mas havia também mulheres ricas, como a viúva que era dona da mina de prata nos arredores da cidade e que, com seu lucro, financiava guerras. Um sorriso se espalhou pelos lábios de Orfeu, afastando a amargura. Aquilo podia ser até divertido.

Ele pousou a pena na folha em branco e escreveu o primeiro nome que lhe veio à cabeça. Um nome muito estimado e influente em Grunico.

A pena começou a escrever. De fato não levava tinta: as palavras deixavam um fino traço cinza sobre o papel em branco. A mão de Orfeu só precisava acompanhá-la.

17. O caminho mais rápido

❦

> *Costuma-se dizer que a fantasia se organiza através de mapas.*
> Ellen Meloy, *The Last Cheater's Waltz*

❦

Ainda estava escuro quando Dedo Empoeirado deixou Nyame dormindo ao lado de seu urso e tomou a direção da casa de Elinor Loredan.

A amiga dos menestréis, como Elinor era conhecida em Ombra, vivia numa fortaleza de livros. Dedo Empoeirado costumava desprezá-la por só conhecer a vida através das páginas impressas. Naquela época, não havia percebido que, por trás de todos os livros, estava o desejo dela de conhecer outros mundos, assim como não tinha notado quão apaixonado era o seu coração.

A casa velha e estreita em que ela morava ficava estranhamente silenciosa sem os passos de Darius e sem a voz de Elinor chamando sem qualquer paciência pelo nome dele. Ninguém em Ombra conseguia imaginá-la sem Darius a seu lado, embora ele já estivesse vivendo em um quarto perto da muralha da cidade havia muito tempo. O casaco dele estava pendurado ao lado da porta da frente como se Darius tivesse acabado de chegar para separar os livros de Elinor, que cresciam em número a cada mês que passava, mesmo que não fossem nada se comparados à biblioteca que ela tinha deixado para trás no outro mundo. Dedo Empoeirado, no entanto, não tinha vindo por causa dos livros dela.

Um rato fugiu quando ele entrou na sala que Elinor chamava de "câmara do tesouro". Sobre o banco estofado em que ela gostava de se sentar estava o xale bordado que havia sido encomendado às mulheres de vidro e uma xícara com o resto de seu chá. Acima do banco, pinturas das paisagens no entorno de Ombra: o rio com as ninfas, a Floresta Sem Caminhos, e até o laguinho onde ele se sentara com Nyame. As outras paredes também falavam do amor da mulher por este mundo. Entremeados às janelas havia retratos de todas as criaturas que só poderiam ser encontradas nos livros do mundo de Elinor: ninfas e duendes da água, gnomos e fadas azuis, pessoas de vidro, elfos de fogo, homens-folha e mulheres do musgo... Resa tinha pintado alguns deles, mas a maioria dos quadros era de artistas itinerantes que desenhavam sob demanda por moedas de cobre nos mercados. Algumas das criaturas nem mesmo Dedo Empoeirado conhecia. Trolls de duas cabeças, dragões, cavalos alados — Elinor balançava a cabeça vigorosamente quando lhe diziam que essas criaturas eram pura invenção, ou então afirmava de forma irreverente que o artista só era muito mais viajado que eles. Talvez ela estivesse certa. A essa altura, até Farid tinha visto mais deste mundo do que ele. O que haveria do outro lado do mar, a dois dias de viagem de Ombra? Mesmo em seus dias mais irrequietos, Dedo Empoeirado nunca tinha embarcado em um navio para descobrir. Talvez porque o fogo não se sentisse muito à vontade na água?

Ele se dirigiu à parede que era a razão de sua entrada sorrateira na casa abandonada. Desde a chegada de Elinor a Ombra, ela havia desenvolvido uma paixão por cartografia, ainda que os mapas do mundo dele ainda tivessem muitos trechos não descobertos e nunca se pudesse ter certeza se estavam baseados na realidade ou na imaginação da cartógrafa. Ainda assim, a coleção era impressionante. Doria e Meggie também tinham planejado a viagem deles na frente daquela parede até Nyame lhes dar o mapa feito por um de seus batedores. Elinor pedira de imediato uma cópia. Sim, Nyame certamente teria um mapa melhor, mas ele não podia pedir ao amigo, e o mapa que a mulher tinha dos principados do norte de fato não era ruim.

Dedo Empoeirado se aproximou da parede. Sim, lá estava o lago através do qual Orfeu escapara deles. Mas havia um caminho mais rápido saindo de Ombra, em direção ao topo das montanhas onde estava inscrito, em letras azul-escuras, o nome da cidade que, de acordo com Taddeo, tinha três cálices em seu brasão: Grunico. O desenhista a cercara com montanhas cobertas de neve e florestas escuras. Dedo Empoeirado examinou as estradas sinuosas que iam de Ombra até o norte. O caminho mais rápido era provavelmente a antiga rota do estafeta, embora ela conduzisse primeiro para o leste. Ele seguiu com o dedo o trajeto que a linha pálida pontilhava. Era uma longa viagem. Doze dias, talvez até mais.

— Não posso prometer que vou devolver, Elinor — disse Dedo Empoeirado, baixinho, ao remover o mapa da parede. — Mas também estou fazendo isso por Resa, Mortimer e Meggie. Onde quer que vocês estejam, tentarei encontrá-los.

Mesmo sua voz baixa soava alta na casa vazia.

Vá para o norte, Dançarino do Fogo! Lá existe uma cidade que possui três cálices em seu brasão. Ali você ficará sabendo como poderá ver de novo as pessoas que ama. Mas você tem que ir sozinho.

Será que Orfeu deixaria os outros irem embora se Dedo Empoeirado se oferecesse em troca da liberdade deles? Precisava admitir que não acreditava nisso de fato. Gwin tinha ficado muito bravo quando ele lhe dissera que não poderia levá-lo. A marta o mordera e pulara para longe como se não tivesse intenção de voltar, mas Dedo Empoeirado o amava demais para levá-lo para perto de Orfeu. Não. A pelagem dele deveria continuar sendo marrom, e não cinza.

Dedo Empoeirado saiu de Ombra pelo portão sul da cidade, para o caso de Nyame o estar observando. Mas assim que as torres do castelo desapareceram atrás das colinas ao redor, ele se virou para o leste e atravessou a região a cavalo até encontrar a antiga rota do estafeta.

18. Pelo, penas, couro de rã

༄ · ༄

Você é uma bruxa boa ou uma bruxa má?
O Mágico de Oz

༄ · ༄

— No meio da floresta, onde mais? — Essa havia sido a única informação que Lilia estivera disposta a dar a Jehan e Brianna quando lhe perguntaram onde moravam as Mulheres da Floresta.

— Sempre falei de você e de Brianna para elas — disse Lilia, enquanto partiam em direção às árvores. — Portanto vão aparecer para vocês, mas não se espantem se elas forem um pouco rudes. Costumam falar mais com plantas e animais e não se importam muito com boas maneiras.

Fosse lá o que isso significasse. A parte da Floresta Sem Caminhos para a qual ela levou Jehan estava repleta de pessoas de vidro selvagens, homens-folha, homens-cogumelo e criaturas cujos nomes ele nem sabia. Normalmente Jehan teria ficado encantado, mas, naquelas circunstâncias, mal olhava para tudo que o cercava. Desde que Violante lhe mostrara o livro, tudo que ele via eram os rostos sem cor de Brianna e de sua mãe o encarando de volta. E de quem era a culpa por elas terem virado papel morto? Quando Dedo Empoeirado voltara para casa, Jehan de início o admirara, e talvez tivesse até desejado que pudesse ser como um novo pai para ele. Dedo Empoeirado, entretanto, tinha apenas um filho, e seu nome era Farid. Isso foi provado mais uma vez quando ele procurou primeiro pelo ex-aprendiz em vez de proteger Brianna.

Lilia se deteve. As ruínas que surgiam por entre as árvores diante deles um dia haviam sido um vilarejo, mas os telhados das casas tinham desmoronado e trepadeiras de amoras e urtigas cresciam nas janelas e portas.

— Rospo! — chamou Lilia. — Volpe. Civetta. Por favor, apareçam. Trouxe Jehan comigo. Falei dele para vocês. Ele precisa de nossa ajuda.

Uma coruja malhada apareceu por entre as árvores, planando silenciosamente, e pousou sobre um dos telhados caídos. Em seguida uma raposa saiu do vão entre as casas, e do poço, sobre o qual um balde enferrujado balançava ao vento, emergiu uma rã.

— A mãe de Lilia respeitava muito a sua mãe — disse a rã, que tinha a voz de uma mulher velha, para Jehan. — E Lilia diz que você é como uma irmã para ela. Muito bem. O que deseja das Mulheres da Floresta?

A coruja voou para a beirada do poço, mas a raposa permaneceu onde estava e não tirou os olhos do jovem.

— Minha mãe e minha irmã desapareceram — falou Jehan. — Agora são apenas desenhos num livro. E os desenhos são cinza. Elas parecem estar mortas, mas talvez seja possível trazê-las de volta? Com... — ele hesitou para dizer a palavra — ... magia. Pois o que mais pode ter feito com que desapa...

Jehan não chegou a completar a frase. A raposa mudou de forma. Aconteceu tão depressa que os olhos dele continuaram procurando pelo animal. Mas onde ele estivera um segundo antes agora havia uma mulher com cabelos grisalhos e os olhos da raposa. A rã era ainda mais velha quando se tornou humana. A mulher que se sentou na beirada do poço tinha cabelos brancos e curtos. A coruja se revelou a mais jovem das três. Tinha o corpo atarracado e observava Jehan com olhos tão escuros quanto os da coruja.

Havia muitas maneiras de mudar de forma no mundo de Jehan, e nem todas eram voluntárias. Lilia tinha lhe contado que as Mulheres da Floresta usavam vestes de pele e de penas que lhes permitiam se transformar, e elas as ganhavam ao fazer amizade com o animal cuja forma desejavam ter. Jehan percebeu na voz de Lilia que ela também almejava ter uma roupa assim, mas a amiga não lhe dissera qual.

Apesar do frio do outono, as três mulheres estavam descalças, e as vestes que usavam não eram cinza como as das camponesas, mas amarelas, verdes e castanho-avermelhadas. Elas deviam tingir com raízes, folhas e flores, assim como a mãe de Jehan. Roxane amava cores e nunca havia usado cinza. Esse pensamento o feriu como um espinho.

— Essas imagens que você comentou são cinza? — perguntou a rã e trocou um olhar com a raposa.

— Sim.

— Isso diz alguma coisa para vocês? — Lilia lançou um olhar esperançoso a Jehan.

— Cinza é a cor das Leitoras de Sombras. — A voz da raposa estremeceu. — Tem uma em particular que se orgulha muito dos feitiços cinzentos que realiza.

A coruja buscou a mão da raposa, mas ela a afastou.

— Quem preparou a tinta cinza com a qual as imagens foram pintadas? — Agora a voz da raposa estava ríspida, como se estivesse envergonhada da fraqueza que havia demonstrado. — Conte-nos, rapaz.

A rã lançou um olhar de advertência para ela.

Jehan deu de ombros.

— Não temos como perguntar ao ilustrador. Ele foi assassinado. O que é uma Leitora de Sombras?

— Uma Mulher da Floresta que não encontra sua magia na luz, mas nas sombras — sussurrou Lilia para ele. Então voltou o olhar para a raposa. — Volpe, essa mulher de quem você fala... mora em uma das florestas daqui de perto?

Volpe negou com a cabeça.

— Ninguém sabe ao certo onde ela mora.

— O livro onde as imagens estão descreve o brasão de uma cidade — disse Jehan. — O bibliotecário do castelo descobriu que o lugar se chama Grunico. Esse nome significa algo para vocês? Por favor! Precisam me dizer! Eu iria até o fim do mundo para salvar minha irmã e minha mãe.

A raposa o examinou com um olhar cheio de desprezo, como se ele não soubesse o que estava dizendo. Ela o analisou até Lilia se postar diante dele, protegendo-o.

— Pare com isso, Volpe! — ela repreendeu a raposa. — Jehan tem razão. Se souberem de alguma coisa, precisam nos contar. A irmã dele é como minha irmã, a mãe dele é como minha mãe, e vou ajudá-lo a trazê-las de volta. Eles me acolheram na família quando eu mesma já não tinha mais uma.

— Isso porque sua avó só soube da morte da sua mãe quando já era tarde demais — retrucou a rã. — E aí a dor fez com que ela se esquecesse de tudo. Você não tem como saber o que significa perder um filho.

— Sei o que significa para uma filha perder a mãe — devolveu Lilia. — Eu não estaria aqui se Roxane não tivesse me acolhido. Ela me deu um irmão e uma irmã quando eu estava tão sozinha que não conseguia parar de chorar. E agora ela se foi. E Brianna também. Então nos digam como podemos quebrar o feitiço dessa Leitora de Sombras e eu irei ajudar Jehan a fazer isso!

A coruja balançou a cabeça.

— Os feitiços cinza não podem ser quebrados. As Leitoras de Sombras se orgulham muito disso. Eles duram até mesmo para além da morte de quem os lançou.

Jehan trocou um olhar desesperado com Lilia. *Mortas e perdidas*, as casas em ruínas sussurravam ao redor. Como sua mãe e sua irmã. E por quê? Porque Dedo Empoeirado havia provocado a ira de um homem que elas mal conheciam.

— Tome cuidado, rapaz — alertou a mulher coruja, como se tivesse lido os pensamentos dele. — Você só irá se machucar com essa raiva. Isso torna as Leitoras de Sombras mais fortes. Luz e amor são a única proteção contra elas.

— Deixe que ele sinta raiva, Civetta — retorquiu a raposa. — Você sempre subestimou o quanto ela pode ser reconfortante em algumas ocasiões.

Lilia pousou a mão no braço de Jehan para reconfortá-lo.

— O Príncipe Negro também perdeu amigos por causa do livro — acrescentou ela. — Ele vai nos ajudar a encontrar a cidade descrita. O Dançarino do Fogo suspeita que um velho inimigo tenha pagado pelo feitiço cinza.

— O Príncipe Negro?

Jehan não estava certo do que sentira na voz da raposa. Admiração? Esperança? O rosto dela se fechou como uma porta antes que ele encontrasse a resposta.

A coruja soltou uma gargalhada.

— Um belo exemplo de alguém que luta contra as sombras em vez de encontrar caminhos sombrios para dentro delas. Ele tem a luz de milhares em si e já protegeu mais pessoas do que a quantidade de árvores nesta floresta.

A rã se voltou para a beirada do poço. Sua pele ficou verde, seu corpo rechonchudo.

— Sim, ouvimos muitas coisas boas sobre ele. Até daqueles que não têm nada de bom a dizer. Espero que volte aqui — disse ela, então se dirigiu a Lilia, enquanto voltava a ser rã. — Você é a melhor aprendiz que já vimos, mas evite encontrar a Leitora de Sombras a todo custo. Nenhum de vocês pode competir com ela. Nem mesmo o Príncipe Negro. Diga isso a ele!

Em seguida pulou para dentro do poço.

19. Versos venenosos

❦

Tudo na vida dele agora parecia sinalizar: tarde demais.
Iris Murdoch, *The Green Knight*

❦

Jehan e Lilia não tinham saído fazia muito tempo quando a primeira tocha acesa voou em direção às tendas dos menestréis. O cheiro de tecido queimado, a tosse das crianças, tudo isso era muito familiar. Depois que Nyame ajudou a apagar os incêndios, ele se agachou ao lado do urso e esfregou a fuligem das mãos até que ficassem ensanguentadas, mas isso não silenciou a voz em sua cabeça. Era a própria voz, jovem e perdida, gritando o nome da irmã. Haniah. A fumaça a havia sufocado antes que o pai conseguisse resgatá-la da caravana em chamas. Ele tinha doze anos de idade, ela apenas dez. Haniah... O nome dela significava sorte. Nyame tinha visto várias mortes na vida desde então, mas essa pesava mais que todas as outras. Enquanto os menestréis apagavam as últimas brasas e enfaixavam os membros queimados, ele enxugou as lágrimas do rosto de sua mãe de novo, com os dedos de uma criança. O tempo não cura todas as feridas, e o ataque daquela noite transformou o Príncipe Negro mais uma vez em um menino vivendo o luto pela irmã. Mais tarde, Nyame disse a si mesmo que foi provavelmente por isso que não duvidou de seus batedores quando lhe disseram que Dedo Empoeirado havia, de fato, ido até os elfos de fogo.

O ataque seguinte aconteceu algumas horas mais tarde, logo depois do pôr do sol. Três vagões pegaram fogo, além de uma das tendas onde dormiam as crianças. Uma das mulheres ficou com uma queimadura horrível ao tentar salvá-las. *Igual a sua mãe*, sussurrou a voz na cabeça de Nyame, e ele sorveu a dor familiar que lhe era tão natural quanto o próprio nome como um vinho amargo e doce ao mesmo tempo. A dor antiga era como uma besta feroz e enorme que adormecia quando se esquecia dela. Mas, quando acordava, tinha as garras bem afiadas.

O Príncipe Negro cavalgou até Violante para pedir ajuda, mas quando voltou com três guardas que ela havia cedido, o acampamento estava de novo em chamas. E ficaram todos ocupados demais, incluindo os soldados, que se juntaram a eles para apagar o fogo, para perseguir quem os atacara.

Pelo menos Lázaro provou que o representaria bem durante sua ausência. Quando outra tocha foi lançada ao meio-dia, o homem e três outros menestréis dominaram os agressores e os entregaram a Violante, embora muitos quisessem enforcá-los na árvore mais próxima. Os incendiários resmungavam algo sobre um trovador que lhes dissera que os menestréis roubavam crianças para depois vendê-las.

Nyame passou o resto do dia ajudando nos reparos e debatendo com Lázaro e Violante sobre como proteger melhor o acampamento. Todos tinham notado que os ataques haviam despertado memórias ruins, e Baptista se certificou de que os outros o deixassem em paz por um tempo e levassem suas preocupações ao Homem Forte, que logo seria o representante do Príncipe Negro.

— Você já tem gente demais sob sua responsabilidade — falou Baptista quando Nyame quase tropeçou no próprio urso de tanta exaustão. — Pare de achar que precisa proteger o mundo inteiro! Estou contente que vai passar um tempo longe daqui.

Baptista iria com ele até Grunico. Nyame não tentou dissuadi-lo. Fazia muitos anos que o homem não só era um amigo íntimo como também a memória, em carne e osso, de Nyame e de todos os que tinham lutado ao lado dele. Os feitos do Gaio, as atrocidades do Cabeça de Víbora, as vitórias e derrotas do Príncipe Negro... Baptista os havia transformado em canções ou esculpido bonecos com os quais contava tudo o que tinham vivido juntos. Seria a mesma coisa desta vez, caso voltassem inteiros.

Lázaro teria adorado se juntar aos dois, é claro; afinal, Doria, seu irmão mais novo, também estava preso no maldito livro. No entanto, entendeu que Nyame queria confiar a ele, e a mais ninguém, a segurança do acampamento. Todos gostavam do Homem Forte, e o Príncipe Negro tinha certeza de que Lázaro manteria a calma e não organizaria nenhuma ação de vingança se houvesse mais algum ataque. Coisa que não podia dizer de qualquer outra pessoa.

Quando outra carroça pegou fogo, a velha menestrel, que estava dormindo nela com os netos, conseguiu escapar por muito pouco para o campo aberto.

Rinaldi havia semeado flores venenosas nas tavernas de Ombra.

E enquanto tudo isso acontecia, a vantagem de Dedo Empoeirado crescia a cada dia que passava.

20. A maldade compensa

*Essa é a maldição do ato maligno,
que, para ser desfeito, precisa sempre dar origem ao mal.*
            Friedrich von Schiller, *Wallenstein*

Ali estava. Orfeu levantou a pena do pergaminho e ficou alerta, atento e ansioso para qualquer som que viesse lá de baixo. Será que aquilo tinha sido a campainha de sua nova porta de entrada? Ainda não se acostumara ao som dela. O pagamento da Leitora de Sombras estava atrasado e ele não parava de ouvir os barulhos do andar de baixo, preocupado com a possibilidade de a aprendiz vir reivindicá-lo. Ele não podia devolver a pena! Nunca!

Orfeu pressionou com mais força o objeto fino, que em tão pouco tempo havia lhe trazido tanta alegria e tanto dinheiro. Logo Rinaldi estaria de volta, e no geral ele precisava de apenas uma noite para encontrar uma moça adequada. Até lá, Orfeu apenas teria que fazê-la esperar.

— Rudolf! — chamou ele.

O novo escritório possuía um tubo que levava sua voz até a cozinha, e nas escadas do lado de fora, havia buraquinhos nos degraus que lhe permitiam espiar quem entrasse na casa.

Orfeu olhou ao redor com um sorriso satisfeito. É bem verdade que os entalhes em pedra eram espalhafatosos demais e de mau gosto, mas as dimensões do cômodo eram impressionantes. O banqueiro a quem a casa pertencia passava a maior parte do tempo em uma propriedade fora da cidade e gostava de se gabar dizendo que financiava as guerras de dois príncipes da região. A pena havia revelado que o homem tinha três filhos com uma prostituta conhecida na cidade e que, apesar das lágrimas da mãe, as crianças cresciam como enjeitadas anônimas no orfanato local.

Levara apenas duas cartas ameaçadoras para Orfeu tornar-se proprietário da casa do banqueiro na cidade.

Ah sim, a pena mudara tudo. Agora o melhor alfaiate de Grunico fazia suas roupas de graça. O sapateiro, que só trabalhava para a elite local, a contragosto lhe fizera dois pares de botas novas, e em breve Orfeu não precisaria mais pagar pelo pergaminho no qual escrevia suas cartas de chantagem.

— Tem uma visita para o senhor. — A voz de Rudolf mal atravessava a porta, de tão pesada que era. Então ele tinha *mesmo* ouvido a campainha.

— Quem é? — Será que deveria apenas se esconder, caso fosse Giovanna? Ou mandar Rudolf dizer que ele estava viajando? Se ela o transformasse em sapo, não seria tão ruim. Seria fácil encontrar um novo empregado, mesmo que Orfeu não tivesse a intenção de pagar mais.

— É o *signore* Cimarosa, o comerciante de vinhos. Diz que é urgente.

Cimarosa. Orfeu respirou aliviado. Ah, sim. Rudolf havia entregado uma carta ao homem no dia anterior.

— Leve-o para a sala de visitas. Logo estarei lá!

Orfeu não permitia que ninguém entrasse em seu novo escritório, nem mesmo Rudolf. Ninguém podia saber da existência da pena. Além disso, não queria ficar olhando para a cara macilenta do empregado o tempo todo. Céus, que homenzinho feio ele era! Estava na hora de substituí-lo por uma criada jovem e bonita. Orfeu, até então, contratara apenas um guarda: Grappa tinha apenas dezessete anos, mas era alto como uma árvore. O pai do garoto era o açougueiro mais respeitado de Grunico e, se o que Grappa dizia era verdade, havia ensinado o filho a matar aos cinco anos de idade.

Sim, as coisas estavam melhorando.

Orfeu guardou a pena na gaveta secreta da escrivaninha e vestiu a túnica de veludo que tinha recebido como pagamento por seu silêncio na primeira carta de chantagem que enviara. Em seguida passou a chave no escritório e desceu para o primeiro andar. O cômodo que ele usava como sala de visitas havia servido de salão de baile para os proprietários anteriores. A sacada, que percorria toda a extensão das paredes acima, tinha espaço para dezesseis músicos e seus instrumentos. Os ouvidos dele doíam só de imaginar. Será que era o único que se incomodava até com o canto dos pássaros? Provavelmente. Até Rudolf cantava para si mesmo enquanto cozinhava!

Os pintores já tinham erguido andaimes para repintar as paredes, pois eram todas decoradas com fadas da grama tocando instrumentos musicais. Repugnante! As paredes deveriam ser brancas para que todas as pessoas que procurassem Orfeu a fim de negociar seu silêncio se lembrassem das folhas brancas nas quais ele revelava os segredos delas. Ah, sim. Orfeu expulsou os pintores para a sala ao lado, que também precisava de uma nova demão de tinta, e colocou-se numa pose marcante diante da lareira para receber o visitante.

Antonio Cimarosa subornava os inspetores locais para que lhe dessem o prêmio de melhor comerciante de vinhos da região todos os anos, embora diluísse seus produtos em água. Se viesse lhe oferecer os melhores rótulos como suborno, nem mesmo mil garrafas seriam suficientes. Orfeu reprimiu um sorriso triunfante. Pouco tempo antes, não teria tido condições de comprar nem o vinho ruim de Cimarosa.

O homem careca e atarracado que Rudolf deixou entrar usava um casaco de brocado que denunciava sua considerável riqueza. Ele examinou Orfeu com a hostilidade que todos os que ele chantageava demonstravam. Por trás dela, sempre se pressentiam a vergonha e o medo. Orfeu tinha assinado o próprio nome nas cartas. Por que não? Já existiam boatos sobre sua riqueza repentina e ninguém tinha como atingi-lo. No caso de alguém tentar se livrar dele, suas cartas traziam um postscriptum: se algo lhe acontecesse, cópias seriam enviadas imediatamente para o chefe da polícia.

Não, eles não podiam fazer nada contra ele! O que, é claro, tornava tudo aquilo ainda mais divertido. Orfeu mostrou um sorriso condescendente ao *signore* Cimarosa, o que só deixou a expressão do homem ainda mais sombria. Ele trouxera uma garota consigo, ou melhor, uma jovem mulher, alta, olhos expressivos nos quais a tristeza se aninhava e cabelos mais pretos que o nanquim da melhor qualidade.

Rudolf fechou a porta atrás de si e desapareceu dentro da cozinha. Orfeu precisava encontrar um cozinheiro novo com urgência. Estava completamente farto da comida sem graça do empregado.

— *Signore* Cimarosa, a que devo a honra? — A pena também tinha devolvido a Orfeu o amor pela própria voz. Ela voltara a soar maravilhosamente robusta e aveludada, sem a pressão de ter que dar vida às palavras.

Cimarosa projetou o queixo barbudo para a frente.

— Não vou pagar o que o senhor exige. Os negócios andam péssimos.

— Bem, diante de suas práticas, não é de se admirar.

Cimarosa ficou vermelho como o vinho aguado que fabricava. Orfeu o havia provado. Era horrível. Dera a Rudolf para que o usasse em seus molhos pouco inspirados. Orfeu gostava mesmo de confrontos como aquele. Eles tornavam seu novo poder muito mais palpável do que quando algum empregado apenas entregava um envelope com dinheiro para Grappa, seu porteiro.

Cimarosa agarrou grosseiramente o braço da garota que trouxera e a forçou a fazer uma reverência exagerada. Não foi fácil para ela. Seu pé direito tinha algum problema.

— Essa é a filha mais velha da minha falecida irmã. Minha irmã se casou com o pai dela contra a vontade da família só para depois morrerem juntos por conta da peste. Agora as filhas dele estão pesando no meu bolso. Para a mais jovem devo conseguir um casamento, embora os ricos desta cidade prefiram uma tez mais pálida. Mas esta aqui... nasceu com o pé deformado. Ainda assim trabalha bem. E até canta durante o serviço.

Orfeu soltou um suspiro profundo. Mais essa!

— Tudo isso é terrivelmente interessante. Mas o que a filha da sua irmã tem a ver com a falta de disposição que está tendo para me pagar?

Cimarosa apertou os lábios como se precisasse conter as palavras que seria melhor não pronunciar.

— O senhor tem uma casa grande — disse ele. — São necessários muitos empregados para mantê-la limpa. Minha sobrinha não come muito e é raro precisar bater nela. É o único pagamento que posso oferecer. Faça o que quiser com ela. Por mim, pode até vendê-la. Mas quero uma garantia por escrito de que ninguém saberá o conteúdo daquela carta.

Orfeu cruzou as mãos atrás das costas e franziu a testa. Será que a garota era velha demais para a Leitora de Sombras? Ela tinha um ar muito adulto. Não, se estivesse de cabelo solto com certeza serviria. Orfeu avaliou a moça de cima a baixo como se tivesse que refletir sobre a oferta de Cimarosa. Por dentro, no entanto, estava pulando de alegria. Quem disse que só as boas ações eram recompensadas? Tudo estava saindo da melhor maneira possível! Agora ele não precisava mais esperar, com uma dor no estômago, pelo retorno de Rinaldi. Talvez devesse começar a exigir garotas como pagamento por seu silêncio com mais frequência a partir de agora.

Ah, sim, no fim a maldade compensava mesmo. Agora, tudo de que precisava era ter o livro em mãos e esperar que Dedo Empoeirado tocasse a campainha no andar de baixo.

Vá com calma, Orfeu!

A vingança dele se desdobraria como uma bela peça de teatro. O primeiro ato já fora encenado. Ele esperava que o segundo estivesse para acontecer, e aí... a conclusão trágica. Tão cruel quanto a vingança de Hamlet. Pior ainda! Medeia, Tito Andrônico... Não, executaria sua vingança como se *ele mesmo* fosse um deus grego. De forma impiedosa, épica.

Quase se esquecera de Cimarosa, mas voltou a si. *Suba no palco mais uma vez, Orfeu.*

— Uma garota aleijada que o senhor não consegue casar com ninguém... — Ele lançou outro olhar depreciativo para a sobrinha do comerciante, embora precisasse admitir que ela era muito bonita. — O senhor está com sorte, *signore* Cimarosa... hoje estou me sentindo excepcionalmente generoso.

O ódio nos olhos do comerciante de vinhos tinha um sabor deliciosamente familiar. *Poder, Orfeu. Uma safra de poder e medo.* Enfim a vida voltara a ficar divertida.

A sobrinha do *signore* Cimarosa ajustou a postura, como se tentasse preservar o pouco da dignidade que o tio lhe deixara.

Orfeu mandou que Grappa a trancasse em sua nova adega no porão. Era muito espaçosa e não servia apenas para armazenar vinho e outras provisões básicas. Nenhum som saía de lá para o exterior ou para dentro da casa. O próprio Orfeu havia testado isso ao trancar Rudolf em um dos compartimentos e instruí-lo a gritar o mais alto que pudesse. Dada a nova linha de negócios à qual agora se dedicava, essas câmaras subterrâneas teriam ainda mais utilidade do que em Ombra, onde ele no máximo usara os porões para empregados desobedientes. O pensamento lhe trouxe as lembranças erradas: do aprendiz insubordinado de Dedo Empoeirado, Farid, e da noite em que o mestre de Orfeu havia libertado o pequeno mentiroso. Fora a primeira vez que Dedo Empoeirado mostrara o quanto o desprezava.

Orfeu sentiu o sangue tingir seu rosto. O livro. Quando o livro enfim chegaria?

Como sempre, Rudolf relutou quando ele lhe ordenou que encontrasse Giovanna no amieiro encantado e dissesse a ela que poderia receber o pagamento pendente a qualquer momento. Por que precisava ficar relembrando o tolo de seus filhos famintos?

21. A vida é dura para os homens de vidro

                    O tempo faz o medo virar ódio.
                          William Shakespeare, *Antônio e Cleópatra*

Rinaldi não tinha pressa. Bebia e comia mais do que seu cavalo quando pernoitavam. Será que o torturador das cordas não estava ansioso para voltar a Grunico? Afinal de contas, voltariam triunfantes! Brilho de Ferro mal podia esperar para ver o rosto de Orfeu quando lhe entregassem o livro, apesar de torcer para que ele não percebesse que o Príncipe Negro não se parecia de fato com o verdadeiro Príncipe Negro.

— Você vai acabar estourando essa sua cabecinha pensando tanto assim, Caco de Vidro! — zombava Rinaldi toda vez que Brilho de Ferro abordava aquele assunto cansativo. — Soltei algumas feras do passado do Príncipe e, se mesmo assim ele estiver a caminho, chegará muito depois de Orfeu ter se vingado do Dançarino do Fogo.

Dedo Empoeirado já devia estar a caminho. Bem, mesmo no ritmo de Rinaldi, logo chegariam a Grunico. Aqueles quilômetros todos pareciam intermináveis! Brilho de Ferro poderia ter se distraído do tédio estudando a técnica de Balbulus com o pincel. Mas não: Rinaldi mantinha o livro trancado em sua bolsa e não deixava que ele sequer desse uma olhada quando paravam para descansar e o assassino tocava seu alaúde. Se ao menos o canalha não fosse tão perigoso. Um vidraceiro em Ombra havia colado a fissura no ombro de Brilho de Ferro, mas continuava doendo muito, e ele ainda podia ver seu próprio reflexo aterrorizado na lâmina da faca de Rinaldi. Ainda assim, era uma oportunidade boa demais! Afinal, em que outro lugar ou momento teria a chance de estudar o trabalho de Balbulus? Estava tão cansado de se debruçar sobre cartas mal escritas... e Orfeu certamente trancaria o livro quando estivesse em posse dele. Então como iria convencê-lo de que poderia fazer mais do que misturar tinta e afiar penas?

Rinaldi puxou as rédeas do cavalo. Parariam de novo? Tinham acabado de sair da última taverna, só poucas horas antes!

— Perfeito — Brilho de Ferro o ouviu murmurar enquanto analisava a estrada que, naquele ponto, seguia por entre uma densa aglomeração de árvores antigas. — Como um coelho que vai direto para a armadilha.

Em seguida Rinaldi guiou o cavalo para debaixo das árvores de forma tão abrupta que Brilho de Ferro quase voou de seu ombro. Mas, antes que o homem de vidro pudesse protestar, o assassino o agarrou e o posicionou grosseiramente em um galho de onde se via a estrada.

— Dê o sinal quando ele chegar — disse Rinaldi ao se esticar ao pé da árvore. — Com certeza ele irá nos alcançar nas próximas horas.

— Ele? — disse Brilho de Ferro ao se agarrar, praguejando, ao galho que balançava.

Fazia um dia chuvoso, e o homenzinho logo estaria tão encharcado quanto os biscoitos que Orfeu molhava no vinho!

— Sim, ele. Até seu cérebro de ervilha deve ser capaz de imaginar de quem estou falando. — Rinaldi tirou da bolsa a faca e o salame que havia roubado na última taverna.

O Dançarino do Fogo! Por isso que ele estava enrolando. Ah, não. Não... o plano não era esse!

— Precisamos voltar para a estrada imediatamente! — bradou Brilho de Ferro. — Deveríamos estar levando apenas o livro para Orfeu. Todo o resto deve acontecer do jeito que está escrito. Dedo Empoeirado deve ir até ele por vontade própria!

— Ah, é mesmo? — Rinaldi enfiou um pedaço de salame na boca. — E por que isso é tão importante?

— Não é da sua conta! Mas Orfeu vai ficar furioso se não seguirmos as instruções dele.

— Que bobagem! — Rinaldi cortou outra fatia de salame. — Ele vai ficar agradecido. E eu ainda vou ganhar uns cobres a mais se, além do livro, entregar de brinde o Dançarino do Fogo. Afinal, tudo isso é por causa dele, não é? E agora não desgrude seus olhos vidrados da estrada!

Brilho de Ferro se agarrou ao galho úmido com mais força. Ah, isso não era bom, não era nada bom! Primeiro, o Príncipe Negro; agora, isso!

Abaixo dele, Rinaldi esticou as longas pernas com um grunhido e fechou os olhos, enquanto o homem de vidro tremia com o vento gelado que soprava por entre as árvores. Ah, não, Orfeu não gostava nem um pouco quando as pessoas não seguiam suas ordens ao pé da letra. Mais de uma vez Brilho de Ferro quase fora afogado em um tinteiro por causa disso. Orfeu ficava muito irascível quando as coisas não saíam conforme sua vontade. Mas como Rinaldi entenderia que era de crucial importância que Dedo Empoeirado continuasse acreditando que as palavras de Orfeu eram poderosas?

Hmmm. Um sorriso surgiu nos lábios do homem de vidro.

Sim, talvez fosse bom que o assassino capturasse o Dançarino do Fogo. Talvez dessa forma Rinaldi enfim caísse em desgraça no conceito de Orfeu. Sem que ele, Brilho de Ferro, precisasse mover sequer um dedo de vidro.

O homenzinho quase começou a assobiar.

22. Fogo devora livros

❧ · ❧

A floresta é bela, escura e profunda,
mas minhas promessas devo cumprir,
e muitas milhas percorrer antes de dormir,
e muitas milhas percorrer antes de dormir.

Robert Frost, "Perto do bosque, numa noite de neve"

❧ · ❧

Dedo Empoeirado não estava viajando com o próprio cavalo. Do mesmo jeito que os estafetas faziam, alugava uma montaria nova todas as noites a fim de percorrer a longa distância o mais rápido possível. Não tinha dúvidas de que Nyame tentaria alcançá-lo, mas estava determinado a encontrar Orfeu primeiro. Uma corrida contra o próprio melhor amigo... Toda vez que ele tinha dúvidas se estava fazendo a coisa certa, bastava se lembrar das imagens cinzentas.

A viagem até Grunico levava doze dias, e ele só descansava quando o cavalo precisava. Ele mal dormia desde que voltara das Damas Brancas, e Roxane passara muitas noites sozinha por conta disso. "Somos como água e fogo", era o jeito que ele encontrara de explicar por que o amor dos dois era tão grande e, ainda assim, muitas vezes tão difícil. Aliás, aquela comparação não era boa. A água podia existir sem o fogo, assim como o fogo podia existir sem a água, mas ele era apenas uma sombra de si mesmo sem Roxane. E não foram só todos aqueles anos que passara no outro mundo que haviam lhe ensinado isso.

Uma sombra. Sim, ele não fora muito mais do que isso naquela época e naquele momento podia muito bem ser descrito assim novamente. Apenas uma sombra que o fogo desenhava na estrada deserta quando ele se aquecia junto às chamas por alguns instantes, à noite. Dedo Empoeirado não ficaria surpreso se a tristeza já tivesse tornado seus membros tão cinzentos quanto os de Brianna e Roxane. As roupas dele, no entanto, ainda estavam vermelhas e pretas, e em cada taverna onde parava para dar água e comida ao cavalo, alguém perguntava se ele era capaz de chamar o fogo. Esperança, calor, luz... Ninguém sabia melhor que as chamas podiam proporcionar tudo isso. Mas agora só o que ele enxergava era de novo fuligem e escuridão ao olhar para elas, do mesmo jeito que ocorrera quando estava perdido em outro mundo.

Você os encontrará, Dedo Empoeirado! Clamou ao fogo que espantasse a escuridão que tomava seu coração antes que ela lhe drenasse toda a força. Mas Orfeu havia escolhido muito bem sua vingança. Era provável que já tivesse percebido na época em que o lera de um mundo para o outro que o Dançarino do Fogo não passava de uma sombra sem aqueles que amava.

Seja a chama, Dedo Empoeirado. Só assim conseguirá libertá-los, era o que pensava consigo mesmo a cada quilômetro percorrido, moldando o fogo para que assumisse a forma de lobos e ursos que o acompanhavam pelo caminho. No entanto, as imagens cinzentas cavalgavam com ele e sempre transformavam as chamas em fuligem e cinzas.

O clima ficava cada vez mais frio à medida que Dedo Empoeirado avançava para o norte. *Você está fazendo exatamente o que Orfeu quer*, sussurrava o vento que soprava na direção dele. *Dê meia-volta e espere por seus amigos. Você prometeu a Nyame.* Não, ele não havia prometido nada, embora Nyame talvez tivesse acreditado que sim. Tinha aprendido a tratar as palavras com grande cautela. Além disso... que escolha tinha? Não haviam sido as palavras de Orfeu que o levaram para o norte? *Pare de pensar assim, Dedo Empoeirado. São ações, e não palavras, que contam histórias.* Se ao menos ele conseguisse acreditar nisso.

Na verdade, esteve perto de parar algumas vezes. De tempos em tempos as chamas lhe mostravam o rosto de Nyame, como se até o fogo estivesse tentando fazê-lo recobrar a razão. Mas no fim Dedo Empoeirado continuava cavalgando, trocando de cavalo novamente e seguindo pela estrada que Orfeu havia lhe indicado.

O que você vai fazer?, Nyame perguntou quando as chamas mostraram seu rosto. *Vai implorar a Orfeu que também te leia para dentro do livro? Ou que deixe os outros partirem se você oferecer sua vida em troca da liberdade deles? Espere por mim! Juntos encontraremos uma solução melhor!*

Talvez devesse mesmo ter esperado que o amigo aparecesse na estrada atrás dele e o lembrasse, com um abraço, de quantas vezes de fato haviam encontrado a solução juntos, mas já tinha perdido qualquer esperança. *Tarde demais.* Um homem esperava à sua frente na estrada. Dedo

Empoeirado pensou que já o tinha visto antes. No acampamento dos menestréis? Sim. Péssimas canções. Será que estava ganhando um extra como assaltante nas estradas por ter tão pouco talento como trovador?

O fogo veio sem que Dedo Empoeirado precisasse chamá-lo. Pressentiu a raiva e a inquietação dele para seguir adiante sem ter que tolerar nenhum obstáculo. O cavalo que montava se assustou quando as chamas tomaram a estrada, mas Dedo Empoeirado conseguiu acalmá-lo. Os animais respondiam a ele quase tão prontamente quanto o fogo.

— Saia do meu caminho! — gritou para o estranho. — Ou deixarei que as chamas liberem a estrada. Estão famintas e, acredite, obedecem a mim.

As labaredas já formavam lobos e um urso flamejante que se assemelhava ao de Nyame novamente. O assaltante deu um passo para trás, mas parou na estrada e sacou sua faca. Empoleirado em seu ombro estava um homem de vidro de pernas e braços cinzentos que parecia bem familiar a Dedo Empoeirado. Brilho de Ferro.

— Seus animais de estimação de fogo são muito impressionantes! — o acompanhante humano dele exclamou. — Mas acho melhor chamá-los de volta, ou podem devorar isso aqui.

O pequeno livro que tirou de debaixo do manto tinha uma capa cinza.

— Acredito que ainda não tenhamos sido apresentados. Baldassare Rinaldi. Pode agradecer a mim por sua esposa e sua filha estarem metidas neste livro.

O urso flamejante cresceu e arreganhou os dentes.

— Me dê o livro! — exigiu Dedo Empoeirado. — Te dou o que quiser por ele. Pago o dobro do que Orfeu está te pagando.

— Sem chance, Dançarino do Fogo, eu honro meus compromissos. Tenho uma reputação a zelar. — Rinaldi abriu um sorriso imundo, que ecoou no rosto do homem de vidro.

A noite foi tomada por faíscas. Elas choviam das árvores. O fogo sentia o ódio de seu mestre e não quis lhe dar ouvidos. Queria pegar o livro, arrancá-lo de Rinaldi com mãos ardentes.

— Vamos descobrir quão rápido este livro queima? — Rinaldi segurou o objeto na direção de um lobo ardente que tentou abocanhá-lo. Não!

— Você vai vir comigo, de mãos amarradas, mas ileso. Ou vou alimentar seus bichos de estimação com as imagens dos seus entes queridos. A escolha é sua.

Alguma vez tinha sido uma boa ideia não dar ouvidos a Nyame? Não. Nunca.

— Vamos logo, chame-os de volta! Estou perdendo a paciência! — A voz de Rinaldi tornou-se ameaçadora. — Ou devo dar algumas páginas para suas feras de fogo devorarem?

Ele abriu o livro e passou a faca sobre o pergaminho.

— Talvez a página com sua filha? Ou aquela com sua mulher?

O fogo queria engoli-lo. Dedo Empoeirado nunca o havia sentido tão furioso dentro de si antes. As chamas não queriam obedecer à ordem de voltar que ele pronunciou, e Rinaldi posicionou a faca na página que mostrava Brianna, mesmo diante do grito de protesto do homem de vidro.

Sombras. Dedo Empoeirado deixou que elas preenchessem seu coração, e as labaredas se transformaram em fuligem e cessaram, mortas, assim como sua esperança de que essa história acabasse bem no final.

Rinaldi limpou alguns flocos de cinzas do livro e o colocou de volta na bolsa.

— Foi por muito pouco. Imprudente, eu diria. Você deve saber que não tenho o menor interesse em livros. Têm falatório demais para mim, embora este aqui pelo menos tenha algumas figuras. — Ele fez um gesto impaciente na direção de Dedo Empoeirado. — Desça desse cavalo. Vai logo!

Dedo Empoeirado não gastou energia tentando resistir enquanto Rinaldi amarrava suas mãos atrás das costas.

— Seria muito mais fácil transportar você se estivesse morto, mas vamos lá, Orfeu te quer vivo.

Rinaldi o ajudou a montar de novo no cavalo e soltou um assobio agudo chamando seu próprio animal de dentro das árvores.

— Costumo ser usado como instrumento de vingança — observou ele ao amarrar o cavalo do prisioneiro ao seu pelas rédeas —, mas Orfeu realmente tem ideias muito elaboradas quando se trata desse assunto. "Eu posso só cortar a garganta desse Dançarino do Fogo", eu disse a ele. "Pra quê tudo isso? Mate o homem e esqueça dessa história!" Mas não! Um livro! Imagens cinzentas! "Eu quero ele vivo, Rinaldi!" — Sua imitação da voz de Orfeu foi surpreendentemente boa. — Seja honesto, Dançarino do Fogo. Se pudesse escolher ter a garganta cortada ou se tornar uma imagem em um livro... não escolheria a imagem?

— Cala essa boca, Rinaldi! — berrou o homem de vidro. — Orfeu não gosta nem um pouco quando revelam os planos dele, ainda mais nesse caso.

— Blá-blá-blá, homem de vidro — respondeu Rinaldi tranquilamente e apontou para a estrada pela qual Dedo Empoeirado viera de Ombra.

— Eu já te contei que organizei um comitê de recepção para o seu melhor amigo, Dançarino do Fogo? Fiz questão de que ele ficasse preso em Ombra por um tempo. Mas ele é o Príncipe Negro, e eu não sou homem de subestimar meus oponentes. Ele também deveria estar no livro, portanto não deve de jeito nenhum dar as caras em Grunico. Por isso paguei uns mercenários nessa última taverna para que fiquem de olho caso um príncipe negro com baús cheios de ouro passe por essa estrada nos próximos dias. — Rinaldi cuspiu. — Ele não gostou das minhas canções. Isso foi bem estúpido da parte dele. Baldassare Rinaldi não se esquece desse tipo de coisa.

Dedo Empoeirado fechou os olhos por um momento. Lá se fora sua tentativa de proteger Nyame. Quando Rinaldi lhe deu as costas para montar no cavalo, ele pelo menos conseguiu atrair uma chama das faíscas que ainda brilhavam na estrada e a transformou em um pequeno pássaro. Mas os olhos afiados do homem de vidro não deixaram isso passar enquanto a criatura de fogo voava para longe dali.

— Rinaldi, presta atenção! — gritou o homenzinho, apontando para o céu. — Ele está mandando um alerta para o Príncipe!

Rinaldi franziu os olhos e avistou o pássaro ardente.

— Apague-o! — berrou ele para Dedo Empoeirado. — Se não obedecer, sabe o que acontece!

O pássaro se desfez em uma chuva de faíscas, e Rinaldi foi na direção do prisioneiro e lhe deu um soco tão forte na barriga que ele se dobrou sobre o pescoço do cavalo.

— Essa foi a sua última brincadeira com fogo! — sibilou para ele. — Da próxima vez, queimo a página com a imagem da sua filha. Pode apostar nisso!

Dedo Empoeirado sentiu o gosto do fogo na língua. As chamas queriam incendiar o cabelo desgrenhado de Rinaldi e queimar o sorriso zombeteiro de seu rosto. Mas suas mãos não estavam apenas amarradas com uma corda. *O livro, Dedo Empoeirado. O livro está com ele.* Dedo Empoeirado se lembrou do dia em que Capricórnio queimara os últimos exemplares de *Coração de tinta* e em que ele tentara, em vão, salvar um deles do fogo. Naquela época, pelo menos tinha mantido a esperança de que ainda houvesse uma cópia em algum lugar. No entanto, o livro que Orfeu encomendara a Balbulus era sem dúvida um exemplar único. Impotente, o Dançarino do Fogo cerrou as mãos amarradas. As cores de seu coração eram as mesmas de suas roupas: vermelho e preto. Ódio e desespero.

— Trate de fazer o cavalo dele acompanhar o meu. — Rinaldi posicionou o homem de vidro entre as orelhas do cavalo do prisioneiro e montou na sela. Começou a cantar para si mesmo com uma voz desafinada enquanto a montaria de Dedo Empoeirado trotava atrás dele.

O homem de vidro estava ocupado demais preocupando-se em se agarrar à crina do cavalo para notar as libélulas que o fogo atrás deles formava a partir de um resto de brasas.

23. A espada de um ourives

❦

> *Sentia em seu coração crueldade e covardia, as coisas que o faziam corajoso e gentil.*
>
> T. H. White, *The Once and Future King*

❦

Dedo Empoeirado havia trocado três vezes de cavalo. Era fácil encontrar seus rastros na terra fria e úmida, mas o tempo de vantagem entre eles não diminuía, ainda que mal estivessem dormindo no caminho. *E mesmo se você o alcançar, Nyame, o que vai fazer?* Usaria a força para impedi-lo de ir sozinho até Orfeu? Sim, se fosse necessário. Esse era o plano. O Príncipe Negro seguia mais irritado consigo mesmo do que com o Dançarino do Fogo por ter acreditado seriamente que o amigo esperaria por ele.

Violante havia facilitado a partida deles. Trouxera para o castelo não apenas os menestréis feridos, mas também todos aqueles que se sentiam mais seguros lá, e alguns cidadãos de Ombra começaram a vigiar o acampamento perto do rio. Nyame, no entanto, recusou os soldados que a governante lhe oferecera como reforço. Às vezes era melhor abordar um inimigo em segredo. Lilia e Jehan não tinham conseguido obter muita informação das Mulheres da Floresta, mas o pouco que descobriram deixara uma coisa bem clara: estavam enfrentando um tipo de magia que desconheciam. Tirando Lilia, talvez.

Nyame ficou feliz por a garota ter se juntado a eles, mesmo que tenha se pegado abatido pelos mesmos pensamentos de Mortimer antes da viagem de Meggie: ela era jovem demais. Mas Jehan também era. Um sorriso surgiu nos lábios de Lilia ao observá-lo. *Eu teria vindo junto com ou sem a sua permissão, Príncipe*, diziam os olhos dela. *Jehan é como um irmão, e a irmã e a mãe dele também são minha família.* Será que era verdade que as

Mulheres da Floresta liam com facilidade a mente das pessoas e dos animais?

A noite estava escura, e Nyame ansiou pela luz do fogo de Dedo Empoeirado enquanto as nuvens mais uma vez encobriam a lua. Por um momento, ficou tentado a usar o anel que ele lhe dera para seguir seu rastro. Mas se lembrou do aviso do amigo e concluiu que as chamas os tornariam visíveis mesmo a quilômetros de distância. *Ele não vai sair da estrada, Nyame*, pensou consigo mesmo. *Este é o caminho mais rápido que leva para o norte*. Mesmo assim, desmontou do cavalo novamente para se certificar de que as pegadas que estavam seguindo eram as certas. O fato de Dedo Empoeirado ter trocado algumas vezes de montaria não facilitou em nada segui-lo. Sim, lá estavam elas. As pegadas tinham, talvez, dois dias. Nyame curvava-se sobre a terra úmida quando, de repente, avistou uma estranha libélula sobre a estrada. Ela tinha asas de fogo. Mais e mais libélulas surgiram da noite e zumbiram em sua direção. Só existia uma pessoa que poderia tê-las enviado.

Baptista se aproximou dele e olhou preocupado para o caminho à frente.

— Isso significa o que estou pensando?

Nyame assentiu com a cabeça. Uma emboscada. Mas como Dedo Empoeirado havia descoberto? Foi essa a pergunta que o preocupou ainda mais.

Jehan desceu do cavalo e desamarrou um embrulho que estava em sua sela. Ele o colocou na estrada e abriu o pacote de tecido. Tirou três espadas de lá.

— Meu plano era entregá-las só quando chegássemos a Grunico — falou Jehan.

As espadas tinham sido forjadas com tamanha habilidade que sua beleza ofuscava o fato de que eram instrumentos feitos para matar.

— Lilia não quis uma, ela tem outros meios de se defender — disse Jehan, ao entregá-las aos companheiros.

Eram tão leves que Nyame não teve certeza de que poderia confiar nelas para lutar.

Baptista parecia ter sido atingido pela mesma impressão.

— Você nunca forjou armas — disse ele a Jehan ao examinar a espada que segurava com desconfiança. — Espero que não tome isso como um insulto, mas espadas são diferentes de anéis e joias bonitas.

— Eu sei. — Jehan sorriu. — Mas acho que vocês ficarão satisfeitos com elas.

Uma das libélulas pousou em seu ombro e Jehan levantou a cabeça, atento. Algo se agitou à frente deles entre as árvores que ladeavam a estrada. Nyame esperou, por um breve momento, que fossem apenas dois javalis, mas os seres que se puseram no caminho andavam sobre duas pernas. Seis homens: mercenários, a julgar pelas botas e pelas espadas que empunhavam.

Seis. Nyame olhou para Lilia. Ela estava ao lado do cavalo dele e acariciava suas narinas para tranquilizá-lo. Será que já tinha lutado? E Jehan? A paz reinava em Ombra havia tanto tempo que ele só conhecera a guerra quando criança.

Lilia se aproximou de Nyame.

— Não se preocupe com Jehan. Nem comigo. Sei me defender.

Sim, parecia que ela podia mesmo ler pensamentos. Mas Nyame ficou surpreso por acreditar nela.

Quatro contra seis. Seis soldados.

— É esse o tal príncipe? — zombou o líder do bando. — Bem, ele definitivamente é negro como a noite.

Eles sabiam quem ele era. Mas como? Baptista trocou um olhar com o Príncipe. Não, era muito arriscado apenas partir para cima deles com os cavalos. Ainda precisavam dos animais e era muito fácil ferir a perna de um cavaleiro.

— Seus seguidores são mesmo um grupo diverso! — exclamou o maior do bando. — Uma garotinha, um moleque e um homem mascarado.

Os outros riram. Tinham total certeza de que seria uma luta fácil. E por que não teriam? Se Nyame estivesse no lugar deles, teria visto a situação da mesma maneira. Ele percebeu que o mesmo pensamento passou pelo rosto de Baptista. Só Jehan não parecia preocupado. Será que ainda era jovem o bastante a ponto de pensar que era imortal?

Ele deu um passo na direção dos assaltantes antes que Nyame pudesse detê-lo. A lâmina de sua espada cantou quando Jehan cortou um círculo no meio da noite com ela. O tinido fez os mercenários pararem no mesmo instante.

— É possível forjar uma espada de diversos modos, vocês sabiam? — falou Jehan em voz alta. — Para esta, adicionei um pouco da terra de um túmulo ao ferro fundido. O túmulo de um homem que foi morto por homens como vocês. Há muitos deles no cemitério de Ombra. A terra contém as lágrimas de seus filhos e esposas. Elas deixam o ferro furioso. Por isso... — Jehan passou a mão sobre o fio da espada — ... deve-se dizer a ela o seguinte ao moldar a lâmina com o martelo: proteja-me daqueles que querem o mal.

Então apontou a espada para os assaltantes.

A confiança em seus rostos pareceu vacilar. Mas eram soldados profissionais e, embora as palavras do jovem ourives e o canto da espada os deixassem cautelosos, ainda tinham certeza de que matariam todos eles.

Use sua espada antiga, pensou Nyame. Mas os dedos dele apenas se fecharam ao redor do punho da espada que Jehan havia forjado. Era leve demais, e Nyame se sentiu um tolo ao caminhar com ela na direção dos mercenários. Mas então ele se defendeu do primeiro ataque.

Proteja-me daqueles que querem o mal.

Nenhuma experiência de combate que os oponentes deles tinham adquirido nos campos de batalha e a serviço de algum senhor poderia compensar o que as armas de Jehan eram capazes de fazer. Agressores que lutavam apenas por dinheiro estavam sempre em desvantagem, e até Baptista, que abominava lutas, era um adversário perigoso com a nova espada. A lâmina de Jehan o protegia tão fielmente quanto a mão de ouro feita em sua oficina que havia servido a Balbulus. Mas e Lilia? Toda vez que Nyame olhava para ela com preocupação, tudo o que via eram os mercenários se afastando dela, esfregando os olhos e as mãos.

Não foi uma batalha demorada. Ao final, três dos mercenários estavam mortos na estrada noturna e os outros tinham fugido. Nyame se agachou ao lado de Baptista, arfando, e limpou o sangue da lâmina que o havia protegido tão bem.

Jehan se aproximou de Lilia, que estava imóvel diante dos três cadáveres, e a abraçou. Baptista rasgara uma tira de pano da camisa de um dos derrotados e a tinha usado para enfaixar um corte em seu antebraço.

— Então o menino fala com o ferro do mesmo jeito que o padrasto fala com o fogo — murmurou ele. — E a garota? Ela não sofreu um arranhão sequer. Que droga. Não suporto mesmo magia, mas isso quase te obriga a desejá-la.

Baptista dera voz ao que Nyame estivera pensando. Ele viu a figura cinza de Mortimer à sua frente e ouviu a voz de Dedo Empoeirado: *Orfeu os leu. Eles podem estar em qualquer lugar, tanto aqui como em outro mundo.*

Magia. Para ele, essa sempre havia sido mais do que uma palavra, designando tudo o que ele não entendia. Dedo Empoeirado detestava quando as pessoas chamavam de magia o que ele fazia com o fogo. "Você não entende!", respondia ele a Nyame quando, no início, o amigo chamava aquilo de magia. "Já está tudo aqui. Você só precisa despertar. Tem a ver com amor, paixão, devoção, paciência e curiosidade. Com a vontade de se tornar um só com algo que você ama."

Nyame embainhou a espada que Jehan havia feito. *Você só precisa despertar.* Ele queria perguntar a Lilia o que ela tinha despertado para protegê-la de espadas sem ter uma própria. Mas via no rosto da garota o quanto a batalha e a violência a haviam abalado e decidiu perguntar só quando essa noite já tivesse passado.

Arrastaram os mortos até debaixo das árvores. Quando voltaram aos cavalos, as libélulas tinham pousado nas selas. Voavam à frente deles enquanto cavalgavam, até que encontraram traços de fuligem na estrada de terra e as pegadas de dois cavalos. Um deles era o de Dedo Empoeirado. Acontecera o que Nyame havia temido. Eles não haviam sido os únicos a serem abordados naquela estrada. Ele ficou ali e escutou a noite. Será que Dedo Empoeirado cavalgava por vontade própria com seus novos companheiros? Nyame duvidava. A emboscada dos mercenários não tinha sido um acaso. Deviam ter perguntado a eles quem os tinha contratado.

Droga!

Uma coruja alçou voo por entre as árvores. Jehan a observou desconfiado e sussurrou algo para Lilia.

— Civetta? — ela chamou a coruja, intrigada.

Nenhum dos dois pareceu surpreso com o fato de a coruja ter respondido com uma voz de mulher.

— Nós estamos seguindo vocês há um tempo.

Nós.

Nyame olhou ao redor. Uma raposa estava parada na estrada, retribuindo seu olhar.

— Há um tempo? — perguntou Lilia e franziu a testa. — Então viram os mercenários e não nos ajudaram?

A raposa assumiu a forma de uma mulher, como se transformar pelagem em pele fosse a coisa mais fácil do mundo.

— Vocês não precisaram de ajuda, precisaram?

Jehan examinou a ex-raposa e a coruja com o olhar atento.

— São duas das Mulheres da Floresta — murmurou ele para Nyame.
— Por que estão aqui? — perguntou Lilia. — Rospo mandou vocês? Não me esqueci do alerta que deram e o repassei ao Príncipe.
— Sim, ela repassou mesmo — confirmou Nyame. — Estamos seguindo um amigo. Esperamos muito que possamos nos manter longe daquela Leitora de Sombras sobre a qual nos alertaram.
— Essa decisão talvez nem seja de vocês — respondeu a raposa com frieza. — Mas não importa o que acontecer, Lilia é uma de nós e receberá nossa ajuda, caso precise.

Baptista emitiu um grunhido de desaprovação. *Mande-as embora, Príncipe!*, disse o olhar dele, e Nyame ficou tentado a obedecê-lo. Mas as mulheres tinham vindo por Lilia, e somente a garota poderia recusar a proteção delas. Claro que Lilia também adivinhou os pensamentos dele dessa vez.

— Talvez seja bom que elas estejam aqui — murmurou para Nyame. — Não sabemos o quanto Orfeu está envolvido com a Leitora de Sombras.

O que ele poderia dizer em resposta a isso?

24. Uma nova casa, um velho inimigo

❦

Uma pessoa sinistra querendo ser sua inimiga
sempre começa tentando ser sua amiga.
William Blake

❦

Dedo Empoeirado já mal sentia as mãos amarradas, embora de vez em quando conseguisse aquecê-las com algumas faíscas. O vento que soprava contra eles passava sem esforço pela capa que ele usava, e a chuva que caía havia horas era, o tempo todo, intercalada por neve ou granizo. A única vantagem do frio era que deixava Rinaldi indisposto a conversar. Ele adorava se gabar de todos os assassinatos que havia cometido. Descrevera o de Balbulus com riqueza de detalhes, e Dedo Empoeirado quase sentira pena do ilustrador de Violante. Quase.

O homem de vidro, que seguia agachado entre as orelhas de seu cavalo, provavelmente era o que menos sentia frio. Será que homens de vidro sequer sentiam frio? Parecia que sim. Brilho de Ferro tinha se enterrado o máximo possível na crina do cavalo, e só de vez em quando sua vozinha estridente penetrava o vento que rugia e o farfalhar das árvores, que muitas vezes estendiam galhos para além da estrada como se quisessem recuperar o que os humanos haviam lhes roubado.

Rinaldi mantinha o livro em sua bolsa. Às vezes, provocava Dedo Empoeirado tirando-o de lá de dentro e olhando as imagens. Ele gostava de declarar o quanto Brianna lhe atraía e se deliciava com a raiva impotente de seu prisioneiro.

Em determinado momento, o homem de vidro emergiu da crina do cavalo. Por trás do véu gélido da chuva, apareceram as muralhas cinzentas de uma cidade e o portão com o brasão de armas descrito no livro cinza. Os guardas postados ali ergueram as lanças para deixá-los passar assim que reconheceram Rinaldi, e olharam para seu prisioneiro com interesse moderado. As ruas atrás do portão eram menos estreitas e sinuosas que as de Ombra. Dedo Empoeirado viu fachadas pintadas, telhados com entalhes, portões cravejados de prata e arcadas que protegiam os transeuntes da neve e da chuva... Grunico era uma cidade próspera. É claro que era. Por que outro motivo Orfeu a teria escolhido para ser seu lar?

A calçada estava tão escorregadia que os cavalos começaram a escorregar. A respiração de todos pairava no ar, tão branca quanto a das pessoas que buscavam abrigo do vento sob as arcadas. O capuz forrado de pele de uma garota foi soprado pela ventania, revelando seu cabelo. Era castanho-avermelhado como o de Brianna, e a dor feriu profundamente o coração gelado de Dedo Empoeirado. *Por que não deu ouvidos ao Príncipe?*, ele quase conseguia ouvir a própria filha perguntar. *Olhe só para você: Preso igual a nós! Como vai nos ajudar agora?*

Sim, como? Durante toda a jornada congelante, Dedo Empoeirado tivera tempo mais que suficiente para pensar nas palavras com as quais poderia tentar persuadir Orfeu a enfim libertar os outros. Será que seu sequestrador havia dito a verdade? Será que Orfeu também queria lê-lo para dentro do livro? Que tipo de mundo o esperava por trás do cinza? Será que seria capaz de invocar o fogo? Perguntas inúteis. Rinaldi não tinha revelado mais nada, e Dedo Empoeirado só podia rezar para que Nyame tivesse escapado da emboscada que havia sido armada para ele.

As ruas pelas quais cavalgavam foram ficando cada vez mais estreitas. Quando Rinaldi finalmente desceu do cavalo, as casas empobrecidas estavam tão próximas umas das outras que quase nenhuma luz incidia sobre a calçada. Será que Orfeu não tinha tido sorte? Com certeza não, para estar morando ali. Uma mulher idosa e desconfiada pôs a cabeça para fora da porta na qual Rinaldi bateu. Trocou algumas palavras com ele que Dedo Empoeirado não conseguiu ouvir até Rinaldi voltar a seu cavalo e montar na sela.

— O que está acontecendo? — exclamou o homem de vidro. — Orfeu não está em casa? De qualquer forma o criado pode nos deixar entrar!

— Não pode, não, Cabeça de Vidro! — respondeu Rinaldi por cima do ombro. — Porque agora seu mestre está num endereço melhor.

Dedo Empoeirado olhou para trás, para a porta maltrapilha. A mulher idosa ainda os encarava de lá. Por que Orfeu estivera vivendo em uma área tão pobre da cidade?

As ruas foram ficando mais largas e mais prósperas de novo, e quando finalmente uma praça se abriu diante deles, não havia dúvida de que estavam num endereço muito bom. Rinaldi foi procurando ao longo das grandes casas até parar seu cavalo em frente a um portal que era cravejado de prata, com ainda mais luxo que os outros. O criado que estava polindo os acessórios abaixou a cabeça, submisso, quando o viu e lançou um olhar curioso a Dedo Empoeirado.

Rinaldi colocou o homem de vidro em seu ombro, enrolando na mão a ponta da corda que usava para amarrar seu prisioneiro. Em seguida, subiu os degraus do pórtico prateado e, com um sorriso satisfeito, bateu a pesada aldrava da porta.

O jovem que a atendeu tinha ombros tão largos e era tão alto que Rinaldi quase parecia pequeno perto dele.

— Meu senhor está muito ocupado — disse ele. — Volte mais tarde!

O rapaz tentou fechar a porta, mas Rinaldi o impediu com a bota.

— Você é Grappa, o filho mais novo de Luca Buratti, não é? — disse o assassino, enquanto arrastava Dedo Empoeirado para o seu lado. — Você costumava empalar ratos no açougue de seu pai quando era criança. Me lembro que era muito rápido. Não suporto esses bichos asquerosos.

Apesar do elogio, Grappa não pareceu gostar nem um pouco de ser lembrado do fato de ter empalado ratos, nem de um dia ter sido criança.

— Sou o novo guarda de Orfeu — disse ele, sem sair do caminho. — E vocês, quem são?

— Diga a Orfeu que Brilho de Ferro está...

Rinaldi agarrou o homem de vidro antes que ele pudesse terminar a frase, envolvendo-o em um pano sujo e o enfiando no bolso.

— Escute aqui, filhotinho — rosnou o assassino. — Orfeu ficará muito aborrecido quando souber que não me levou até ele de imediato. Meu nome é Baldassare Rinaldi, e este é o Dançarino do Fogo, mesmo que no momento ele se pareça mais com um Dançarino do Gelo. Ele é muito perigoso, portanto terá que me mostrar onde posso mantê-lo seguro até que eu fale com seu mestre. Entendido?

Dedo Empoeirado tinha certeza de que não parecia nada perigoso depois dos últimos dias. Mas Rinaldi provavelmente fora muito convincente. Grappa os deixou entrar e os conduziu ao pátio interno da casa, que era cercado por dois andares de galerias abertas, do tipo que só se encontrava nas casas mais imponentes de Ombra. Uma fonte marcava o centro do amplo pátio pavimentado. *Água de uma fonte*, Dedo Empoeirado pensou ter ouvido a voz de Nyame. *Câmaras de armazenamento e rotas de fuga no porão, buracos nos pisos para espiar possíveis visitantes inesperados. Os poderosos estão sempre prontos para a guerra com seus vizinhos.*

Dedo Empoeirado tinha certeza de que a nova residência de Orfeu estava equipada com tudo isso. Havia operários trabalhando para todo lado. As paredes estavam sendo rebocadas, e comerciantes diligentes gritavam para seus carregadores não estragarem os móveis que transportavam pelas escadas. O Dançarino do Fogo ficou de ouvidos atentos para a voz que o tinha trazido de volta ao seu mundo. E Rinaldi, por sua vez, olhava ao redor como se calculasse em quanto deveria aumentar o próprio pagamento por seus serviços em vista de todo aquele esplendor.

— O caminho para os porões é por ali. — Grappa apontou para uma porta simples que ficava quase invisível atrás dos pilares que circundavam o pátio. Os olhos de Dedo Empoeirado ainda buscavam Orfeu quando Rinaldi o empurrou em direção à porta. Grappa pegou o lampião que ficava ao lado dela e indicou os degraus íngremes que desapareciam na escuridão abaixo.

— Eu conheço esta casa — a voz de Rinaldi ecoou atrás de Dedo Empoeirado enquanto ele descia a escada. — Sim, e não só ela. Conheço também o porão. Vai poder gritar até morrer dentro dele, Dançarino do Fogo, que ninguém vai escutar. — Ele deu risada. — Ei, Grappa! — chamou, quase batendo a lanterna nas costas do prisioneiro. — Foi você que ficou responsável por arranjar as garotas que Orfeu precisa dar para a Leitora de Sombras agora? Ele com certeza ainda está fazendo negócios com ela. De que outro jeito teria conseguido esta casa nova?

O tom de voz de Grappa ao responder indicava que o assunto não lhe agradava.

— Eu sou apenas o guarda que fica na porta — disse o jovem. — Mas quando comecei, havia uma garota aqui. Ela era muito quieta, mas às vezes cantava. E cantava muito bem, preciso dizer.

Rinaldi empurrou Dedo Empoeirado pelos últimos degraus. Orfeu estava fazendo negócios com uma Leitora de Sombras? Dedo Empoeirado sabia apenas de rumores vagos sobre elas: pessoas que desapareciam na floresta, corpos que pareciam ter sido devorados pela própria sombra, mulheres que afastavam o medo que tinham do mundo tornando-se ainda mais terríveis do que tudo o que temiam. Se Orfeu algum dia tivera uma consciência, parecia já ter se livrado dela para sempre.

Grappa passou pelos dois e destrancou uma das portas do porão.

— Ele também é para a Leitora de Sombras? — cochichou para Rinaldi. — Não sabia que ela aceitava homens.

— Não, eu sou um presente para o seu senhor — corrigiu Dedo Empoeirado, embora Rinaldi o tivesse empurrado com ainda mais força para o buraco úmido do porão que o aguardava atrás da porta. — Você sabia que ele veio de outro mundo? Leu sobre mim em um livro. O Dançarino do Fogo que continua perdendo tudo o que ama.

Grappa estreitou os olhos.

— Ele é um daqueles loucos que gritam sobre o fim do mundo do lado de fora dos portões da cidade? — perguntou a Rinaldi, com preocupação.

— Você é intrometido demais para um guarda! — respondeu Rinaldi enquanto fechava a porta tosca de madeira atrás do prisioneiro. — Cuidado para Orfeu não perceber, ou logo mais você vai voltar a abater porcos.

— Eu sou um bom guarda! — Grappa parecia seriamente ofendido. — Nenhum homem é tão perigoso quanto um boi que vê a faca do açougueiro. E abater porcos e bezerros é um bom treino para manejar a espada. Matei meu primeiro animal quando tinha cinco anos. Meu pai me fez matar meu próprio cachorro para que eu não crescesse um molenga.

Dedo Empoeirado não sabia o que lhe causava mais arrepio: o ar úmido que preenchia a câmera subterrânea ou a voz impassível de Grappa. Provavelmente devia ser fácil transformar uma criança em um bom açougueiro. Bastava partir o coração dela várias vezes até que ela não quisesse mais ter um. Dedo Empoeirado se agachou sobre a palha que ficava em um canto da câmera sem janelas. Alguém parecia ter dormido sobre ela havia pouco.

— Você pode provar suas qualidades de guarda vigiando as escadas que trazem até aqui — ouviu Rinaldi dizer. — Acredite em mim, nada é mais importante para Orfeu do que se vingar do homem que acabamos de prender.

Os passos deles desapareceram nas escadas, e Dedo Empoeirado se viu sozinho com o frio e a escuridão. Não era a primeira vez que havia sido preso numa masmorra, e conhecia muito bem o desespero que vinha com isso. Mas dessa vez sentiu mais raiva do que desespero. Raiva de si mesmo. Rinaldi provavelmente estava levando o livro para Orfeu naquele exato momento. *E você, Dedo Empoeirado? Mais uma vez seguiu a própria intuição em vez de seguir o conselho de seus amigos.*

Ele queria bater a cabeça na parede mofada até não pensar ou sentir mais nada, mas isso só decepcionaria Roxane e Brianna de novo. Além de todos os outros. Então, em vez disso, invocou o fogo com um sussurro e deixou que ele destruísse as amarras que ainda usava. Não, ele não o havia abandonado, mesmo que o frio e a umidade estivessem impregnados profundamente em suas roupas. Dedo Empoeirado soprou as mãos até que um vaga-lume cintilante escapasse de seus dedos frios e iluminasse a cela escura com raios de luz. Percebeu que alguém tinha gravado algo na parede.

Luz e amor

Dedo Empoeirado tocou as palavras. Havia um nome embaixo: *Ayesha*. Uma presilha dourada estava no chão sujo ao pé da parede.

25. O livro

No fim, todos viraremos histórias.
Margaret Atwood, *Transtorno moral*

Ele teria adorado contar a história deles. O livro, que se encaixava tão bem na palma de uma mão humana. Era para isso que ele tinha sido feito. Para contar histórias. Para encontrar palavras. Para preservar e lembrar quando o esquecimento chegasse.

Mas o cinza havia congelado todos eles como um âmbar sem cor. Havia roubado suas histórias e as emudecido. O livro nem mesmo sabia seus nomes até que uma mão abriu suas páginas e vozes falaram sobre eles.

Fenoglio
Mortimer
Meggie
Resa
Elinor
Darius
Roxane
Brianna
Farid

Sim, os nomes correspondiam às letras atrás das quais eles estavam. Mas não importava quantas vezes o livro procurasse as histórias em seus rostos, não conseguia encontrá-las. Não havia palavras, e mesmo as imagens eram silenciosas, embora pudessem, de fato, dizer tudo de que as letras não conseguiam dar conta. Tudo que existia era o cinza.

O livro o sentia, tão frio, nas próprias páginas. Como uma sombra que luz alguma poderia iluminar. Uma sombra silenciosa e gélida.

O silêncio era como uma doença se espalhando dentro dele.

Se ao menos surgisse alguém que pudesse espantá-lo.

Ele queria tanto contar histórias.
 Sobre Fenoglio, Mortimer, Meggie, Resa, Elinor, Darius, Roxane, Brianna e Farid.
 Eles ainda estavam respirando, não é?

O que era um livro se não podia contar histórias?
 O que era um livro se não falava de amor, de amizade e de alegria e preservava tudo isso, apesar da escuridão do mundo?

Acabe com eles, sussurrava o cinza.
 Acabe com as cores que pintam o mundo. Acabe com as palavras e com as histórias que elas contam.
 Acabe com o tempo. Acabe com a lembrança.

E o livro sentiu aquilo como gelo entre suas páginas.

26. A história errada

☙ ❧

> *Conheço o suficiente do mundo agora para quase ter perdido a capacidade de me surpreender muito com qualquer coisa.*
> Charles Dickens, *David Copperfield*

☙ ❧

Uma tempestade de neve? Talvez ele devesse ter pedido à Leitora de Sombras algo contra o mau tempo! Na noite anterior, havia até sonhado com flocos de neve. Mas Orfeu precisava admitir que ao menos aquele sonho tinha sido mais agradável do que os em que era empalado por uma pena cinza ou estrangulado pela árvore maldita enquanto Giovanna observava, sorrindo. Mas, bom, era preciso aguentar sonhos desse tipo quando se fazia negócios com uma Leitora de Sombras.

Claro que os operários tinham aproveitado a neve para chegar atrasados ao trabalho. Felizmente o barulho dos martelos e das canções tolas deles só chegava até Orfeu em tom muito abafado. O que raios poderia fazer alguém ter vontade de cantar no trabalho? Era só uma forma de exibir um sentimentalismo descontrolado, nada mais. A mãe de Orfeu costumava ter aquele mesmo hábito quando cozinhava ou costurava. E era bem verdade que ele mesmo tinha adotado para si o nome de um cantor famoso, mas apenas com a convicção de que a própria voz não precisava de uma melodia ou do tilintar de um instrumento. Ah, como os pensamentos que vinha tendo estavam profundos hoje, apesar de todas as adversidades, dos comerciantes barulhentos e das ruas geladas. Sim, ele era um homem notável, mesmo que os últimos anos o tivessem feito duvidar disso algumas vezes. Mas... eles tinham acabado.

Orfeu olhou ao redor do cômodo, que agora não era apenas seu escritório, mas também um refúgio e um lugar seguro para guardar os segredos que tão depressa tinham feito com que sua vida voltasse a valer a pena.

Havia obtido a escrivaninha de um vendedor de móveis que chantageara com dívidas não pagas em outra cidade. Era enorme, como convinha a um cômodo que poderia ter abrigado seu antigo quarto meia dúzia de vezes. E só no dia anterior Orfeu tinha descoberto mais alguns compartimentos secretos muito habilmente escondidos nela. Quando se sentava atrás da enorme mesa e pegava a pena, sentia-se como um príncipe se preparando para redigir uma ordem ao seu exército ou uma sentença de morte. Bem, às vezes era de fato o que fazia. Um comerciante de madeira havia tirado a própria vida depois de receber uma carta dele. Idiota! Por sorte, a esposa do sujeito o pagara por seu silêncio depois que Orfeu enviou mais uma carta dizendo que ela ficara de braços cruzados por anos enquanto o marido abusava da filha dos dois.

Ah, sim, aparentemente, segredos eram o que não faltava em Grunico. E será que, no fim, ele não estava apenas cumprindo uma tarefa nobre ao descobri-los?

Orfeu guardava a caixa com todos os segredos que a pena lhe revelava sob um ladrilho solto no chão. Talvez estivesse agindo com cautela em excesso, mas era divertido ficar em cima do ladrilho e se lembrar de todos os rostos assustados. Aquilo que escrevia finalmente tinha poder outra vez. Como esse conhecimento era estimulante! E ele nem precisava se dar ao trabalho de juntar as palavras de Fenoglio para criar uma história, como costumava fazer! Não. Só precisava repetir o que a caneta havia revelado e acrescentar algumas frases educadas.

— Orfeu! — Uma mão bateu com impaciência na porta trancada. — Adivinhe quem está aqui?

Quem se atrevia a perturbá-lo?

— Estou de volta, mestre! — A voz de Brilho de Ferro passou pela porta. — Seu plano...

— Cale a boca, homem de vidro! — uma voz azeda o interrompeu. — Contaremos tudo para ele quando não nos deixar mais parados feito pedintes atrás dessa porta.

Rinaldi! Como não reconhecera imediatamente aquela voz? Um som intenso preencheu os ouvidos de Orfeu; era seu próprio sangue, que o coração tolo bombeava rápido demais pelas veias.

— Trouxeram o livro?

— Está querendo me insultar? — respondeu Rinaldi.

Orfeu lançou um olhar para a janela, onde as montanhas se erguiam brancas no céu atrás dos telhados de Grunico. O primeiro ato de sua vingança estava completo! Ele logo o teria nas mãos: um livrinho cheio de corações roubados. O segundo ato viria logo em seguida. Orfeu se apressou em direção à porta enquanto imaginava Dedo Empoeirado batendo em seu portal prateado lá embaixo, o rosto cinza de desespero. Tão cinza quanto os de sua esposa e de sua filha! Ah, que grande momento seria! E não estava muito longe.

— Esperem na sala de visitas! — gritou ele através da porta. — Rudolf vai lhes indicar o caminho.

Ninguém entrava em seu santuário, muito menos Rinaldi.

Orfeu o ouviu praguejar, mas os passos de Rinaldi se afastaram. Ele se posicionou diante do espelho pendurado ao lado da porta. Será que uma vingança já havia sido planejada de forma tão engenhosa? Sorriu para si mesmo e ajustou os óculos prateados. Faria dessa história a sua própria, afinal de contas. Ah, sim.

As paredes do antigo salão de baile estavam, agora, imaculadamente brancas, mas os pintores ainda trabalhavam no estuque do teto, que era repleto de faunos tocadores de flauta e violino. Orfeu mandara retirá-los e substituí-los por um friso de gesso com bicos de penas. Ah, como era bom estar, finalmente, de volta em uma sala com o pé-direito alto, em vez de viver sob um teto tão baixo que quase roçava o topo de sua cabeça.

Rinaldi estava esperando encostado em um dos andaimes dos pintores. Olhou para Orfeu com o sorriso presunçoso que usava toda vez que concluía um trabalho com satisfação — a sua própria, no caso. Baldassare Rinaldi, Orfeu já percebera havia muito, só se interessava pela própria opinião quando se tratava da qualidade de seus serviços, de seus versos... e na verdade, de qualquer assunto.

— Deixem-nos a sós! — ordenou Orfeu aos operários que removiam os faunos do estuque no teto. — Podem retomar o trabalho dentro de meia hora. Qualquer atraso será descontado do honorário.

O mestre de obras lhe lançou um olhar sombrio enquanto se afastava. Orfeu não estava pagando nada, pois a pena revelara que o homem e dois outros pintores de Grunico haviam fixado os preços. Se o mestre da guilda da cidade descobrisse, o sujeito perderia a licença de pintor. Será que Orfeu já tinha se divertido tanto com as palavras como quando redigia essas cartas de chantagem bem elaboradas, que escrevia à noite, à luz de velas? Não.

— Onde está o homem de vidro? — perguntou ele. — Espero que não o tenha machucado. Vou precisar dele em breve.

Com um suspiro, Rinaldi tirou um pacote sujo do bolso, do qual saiu a voz abafada e muito irritada de Brilho de Ferro.

— A voz dele me dá dor de cabeça. E ele fala sem parar! — O assassino colocou o pacote em uma das tábuas do andaime e deu um passo para trás por precaução. — Ele é um ingrato — falou, enquanto o homem de vidro praguejava e se libertava do pano em que havia sido enrolado. — Olhe só para ele. Nem um membro quebrado, apesar de nossa tarefa desafiadora. Tudo graças aos meus cuidados.

Brilho de Ferro não estava cinza, como de costume, mas vermelho-violeta quando se levantou.

— Cuidados? — gemeu o homenzinho. — Ele me jogou na lama, mestre, me perseguiu pelos telhados, me passou suas pulgas...

Orfeu ordenou que ele se calasse com um gesto impaciente. Rinaldi tirou o livro da bolsa. Era encadernado em couro cinza, conforme Orfeu havia pedido, mas era muito menor do que ele tinha imaginado. O formato era compacto e manuseável, como um livro de bolso.

— Estão todos dentro dessas páginas?

— Como foi ordenado. — Rinaldi afastou o cabelo desgrenhado da testa e olhou rapidamente para o homem de vidro.

Brilho de Ferro ainda estava em pé sobre o andaime.

— Ah, sim, sim! — falou ao descer. — Balbulus fez um excelente trabalho.

Em outras épocas, Orfeu não teria deixado passar o sentimento de culpa na voz de Brilho de Ferro, mas o livro que ele por fim tinha nas mãos o havia tornado surdo e cego para todo o resto. Então era possível transformar pessoas em pergaminho com algumas pinceladas. Sempre tivera tanta certeza de que somente as palavras poderiam fazer isso. *As palavras de Fenoglio*, ouviu o sussurro dentro de si, mas desde que tinha a pena, Orfeu não se incomodava mais com isso. Sem mencionar o fato de que, se tudo tivesse mesmo ocorrido conforme o planejado, o Tecelão de Tinta era apenas um desenho agora.

Ele abriu o livro sobre a mesa onde contava o dinheiro que ganhava com a pena da Leitora de Sombras. E lá estava ele. Fenoglio foi, de fato, o primeiro a encará-lo de volta das páginas. Cinza. Tudo nele era cinza.

E a forma como aquele F, da inicial de seu nome, o prendia... Ha! Orfeu sentiu-se tentado a sair dançando.

Tinha conseguido! Depois de todas as humilhações, depois de todos os anos de impotência... foi Orfeu quem continuou a escrever essa história, não Fenoglio.

Todos estavam lá: Mortimer, a filha dele e a esposa, Resa; a Devoradora de Livros com seu bibliotecário magricela; Roxane e a filha de Dedo Empoeirado; o jovem Demônio do Fogo e o Príncipe Negro... embora ele se lembrasse do homem como sendo um pouco diferente. Não, não estava faltando ninguém! E ali, para completar, estava o próprio Dedo Empoeirado, não cinza como no resto do livro, ainda não, mas com as roupas vermelhas e pretas do Dançarino do Fogo.

Vingança.

Ah, como era doce. Tão doce.

Os dez primeiros atores haviam deixado o palco. Estava tudo pronto para o segundo ato. O apelo e a súplica do herói, em vão, mas tão comoventes. Seu remorso, a admissão de sua traição vergonhosa, na esperança de que houvesse misericórdia por ele, talvez até mesmo perdão. E, então, a coroação do desfecho. O terceiro ato: o julgamento, tão dramático e sombrio que só poderia ser seguido de silêncio. Um silêncio de reverência àquele que tinha orquestrado essa vingança.

Orfeu fechou o livro e se virou para o homem que o havia trazido. Tirou uma bolsinha de seu paletó de veludo e a entregou a Rinaldi.

— Seu pagamento, conforme o combinado. Pode conferir.

Mas Rinaldi exibia de novo aquele sorriso nos lábios finos, tão satisfeito que dava vontade de apagar daquela boca. Orfeu não podia negar que sempre se sentia um pouco desconfortável na companhia do homem.

— Não tão rápido. Tenho uma surpresa para você.

Surpresa? Só os idiotas gostavam de surpresas! Orfeu notou que Brilho de Ferro o observava com uma expressão preocupada, embora Rinaldi, por outro lado, ronronasse de contentamento como um gato de barriga cheia.

— Ele está aqui. No seu porão. Eu trouxe o Dançarino do Fogo. Eu o apanhei como se fosse uma borboleta, embora ele tenha tentado queimar meus dedos.

Orfeu sentiu o coração se contrair com sentimentos que não queria sentir nesse dia triunfante. Decepção. Raiva. Não!

— Eu não pedi que fizesse isso! — gritou com a voz rouca. — Ele precisa vir até mim por livre e espontânea vontade! É o que está escrito no livro!

Agora Dedo Empoeirado saberia que as palavras de Orfeu não tinham mais poder! Ah, como ele queria bater no crânio do estúpido Rinaldi com aquele alaúde dele. E havia ainda outro sentimento em suas veias. Uma sensação aterrorizante. *Ele está aqui. No seu porão.* Será que aquilo era possível? Será que o amor plantado por um livro em seu coração quando ainda era uma criança estava mesmo se agitando de novo? Não era possível. O próprio Dedo Empoeirado tinha destruído esse sentimento.

— Eu deixei bem claro para ele que não era isso que o senhor havia pedido, mestre! — declarou Brilho de Ferro, com um triunfo indisfarçável. — Mas ele quis me ouvir? Não!

Orfeu foi obrigado a admitir que sentira falta daquela voz estridente.

O sorriso desapareceu do rosto de Rinaldi.

— Por que tanta agitação? — sibilou ele. — Tudo isso tem a ver com o Dançarino do Fogo! Bem, agora ele está preso no seu porão sem que o senhor tenha precisado mexer um dedo sequer. É todo seu pelo modesto valor de dez moedas de prata a mais.

Orfeu olhou com raiva para o rosto abatido do assassino. Escreveria o nome dele com sua pena. Ah, sim. Não tinha mais razões para temer Baldassare Rinaldi.

— Você estragou tudo! — disse Orfeu numa voz controlada, mas não sem esforço. — Saia e nunca mais apareça aqui, ou direi a Grappa para cortar suas orelhas, como fez com milhares de porcos!

Rinaldi abriu a boca... mas a fechou de novo. Brilho de Ferro tivera o cuidado de se esconder, por precaução, atrás da barra de um andaime. Homem de vidro inútil! *Eu deixei bem claro para ele que não era isso que o senhor havia pedido.* Bem, o homenzinho deveria ter encontrado outra forma de garantir que tudo saísse como ele, Orfeu, tinha planejado. Brilho de Ferro não adorava se gabar de que sua pequena estatura não o impedia de nada?

— O senhor vai se arrepender de ter Baldassare Rinaldi como inimigo! — O tom de Rinaldi foi tão afiado quanto sua faca.

Em seguida, virou-se abruptamente e passou pela porta.

— Me arrepender? Na verdade vai ser um alívio não precisar mais falar que você é um poeta talentoso! — Orfeu gritou atrás dele. — E suas canções? Nunca gostei de música, mas a sua é uma tortura maior do que qualquer som que já tenha entrado em meus ouvidos.

Rinaldi estava com a faca na mão quando se virou de novo.

— Você vai se arrepender deste dia, Orfeu Gemelli — disse ele ameaçadoramente baixo. — E eu vou cantar minhas canções no seu túmulo.

Então bateu a porta com tamanha violência atrás de si que o teto tremeu. Um dos faunos decorativos que estava sendo removido se soltou do teto e se espatifou diante dos pés de Orfeu.

— Juro que tentei dissuadi-lo dessa ideia, mestre! — Brilho de Ferro se aventurou, hesitante, a sair de trás da viga.

Orfeu teve que meter as mãos nos bolsos para evitar agarrar e jogar o homenzinho contra a parede. Mas ainda precisava dele para o último ato. Além disso, Brilho de Ferro sabia tudo sobre ele, e um homem de vidro novo poderia achar sua crueldade menos admirável.

— É bom que não me decepcione de novo — esbravejou Orfeu. — Acredite: se voltar a acontecer, as consequências serão graves.

Como sempre, Rudolf estava arfando quando Orfeu o chamou.

— O prisioneiro que Rinaldi trouxe com ele... está trancado no porão?

— Sim, senhor. Na mesma câmara onde a moça estava. A moça manca, sabe, que...

— Sim, sim. Diga a Grappa que o traga para o meu escritório assim que escurecer.

Àquela altura os trabalhadores já teriam ido embora e a noite conferiria a esse último ato a atmosfera que Orfeu havia imaginado.

O homem de vidro ainda o observava com uma expressão preocupada enquanto os passos de Rudolf se afastavam do lado de fora.

— Você vive reclamando que as tarefas que lhe dou são monótonas — retomou Orfeu. — Bem, esta noite você terá a oportunidade de provar que pode fazer mais.

Brilho de Ferro pareceu, ao mesmo tempo, preocupado e curioso ao subir no ombro de Orfeu.

— Mal posso esperar, mestre — disse o homenzinho enquanto cravava seus dedos de vidro na gola de veludo. — O senhor sabe há quanto tempo estou esperando pela oportunidade de provar que posso fazer muito mais do que escrever belas cartas e pisar na tinta fresca de seus alunos. Rinaldi quase me impossibilitou de estudar a arte do Grande Balbulus. Não teria feito mal se ele tivesse me deixado estudar o livro que trouxemos para o senhor de vez em quando durante a longa viagem, não é mesmo? Mas de qualquer forma tive alguns vislumbres e estou pronto. Ah, sim, minhas mãos anseiam por pincel e pena, e já estou muito animado para conhecer seu novo escritório!

Será que o homem de vidro ainda diria aquilo quando percebesse que nunca mais deixaria aquela sala? Provavelmente não. Mas Brilho de Ferro seria o único a conhecer os segredos que haviam tornado Orfeu rico e poderoso de novo. E a ideia de ele sair perambulando pelas ruelas de Grunico com esse conhecimento em sua cabeça de vidro não agradava a Orfeu nem um pouco.

Bem, ele sempre reclamou de como era desconfortável viajar, pensou ao subir as escadas com o homem de vidro. *Será poupado disso a partir de agora. E darei a ele um pouco do vinho diluído de Cimarosa de vez em quando, para melhorar seu humor.*

27. Pinceladas

Sonho com minha pintura e pinto meu sonho.
Vincent Van Gogh

O novo guarda de Orfeu era muito mais jovem e musculoso do que o sujeito corpulento que havia espancado Farid. No entanto, o mesmo desinteresse pela dor alheia denunciava os olhos juvenis de Grappa. Dedo Empoeirado só o tinha visto matar um camundongo, mas já havia sido o suficiente. Para Grappa, matar era uma arte que era mais bem executada quando feita depressa e sem emoções que o distraíssem.

Dedo Empoeirado não tinha qualquer noção do horário do dia quando o guarda destrancou a porta e acenou para que ele saísse da cela. Antes de segui-lo, enrolou as amarras que o prendiam em volta das mãos para que o rapaz não percebesse as pontas chamuscadas. Dedo Empoeirado percebeu que era noite assim que cruzou a porta do porão. O pátio, que estivera repleto de trabalhadores quando ele havia chegado, agora estava deserto, mas tochas iluminavam os andares superiores. Projetavam uma luz bruxuleante através das balaustradas, conferindo à casa a aparência de um teatro que só estava aguardando pela entrada triunfal do Dançarino do Fogo.

Um empregado saiu depressa por uma porta atrás dos pilares e olhou com curiosidade para Dedo Empoeirado enquanto Grappa o puxava em direção à ampla escadaria que levava ao andar de cima. O que Orfeu teria contado a todos eles? Que Dedo Empoeirado era um vilão que havia traído Orfeu? Ou estariam achando que Orfeu o venderia, como a garota que dormia na palha, para a Leitora de Sombras com quem ele estava negociando?

Pensou ter visto compaixão no rosto abatido, que parecia se perguntar o que aconteceria com o prisioneiro ao chegar no topo da escada.

Dedo Empoeirado se fazia a mesma pergunta.

Subiram até o segundo andar. Grappa permaneceu como uma sombra vigilante até que pararam diante de uma porta pesada adornada com um O de prata, na qual o guarda bateu. A tocha acesa ao lado dela sussurrava boas-vindas a Dedo Empoeirado e, por um momento, ele ficou muito tentado a atrair a chama e entrar na sala com uma marta de fogo em seu ombro. Mas o fogo não poderia ajudá-lo, Orfeu havia se encarregado disso com o livro.

— Entre.

Como Dedo Empoeirado tinha torcido para nunca mais ouvir aquela voz!

Orfeu havia envelhecido. Ainda tinha o rosto de um garoto, mas agora era o de um garoto velho, e a barba com a qual tentava conferir um pouco mais de gravidade às suas feições denunciava traços grisalhos. As roupas que usava denotavam riqueza, assim como o cômodo em que estava: a casa de Roxane caberia três vezes ali. As janelas altas proporcionavam um panorama dos telhados congelados de Grunico e das montanhas ao redor, que a lua destacava da noite em cinza e branco. A escrivaninha de madeira escura que ficava no centro do cômodo era tão grande que teria sido o suficiente para Dedo Empoeirado fazer uma de suas apresentações. Havia outra escrivaninha menor perto da janela. Em cima dela, entre uma jarra com pincéis e um pote de tinta cinza misturada, estava Brilho de Ferro, a postos. O homem de vidro abriu um sorriso malicioso na direção de Dedo Empoeirado.

— Espero que tenha conseguido se aquecer um pouco em meu porão, Dançarino do Fogo. — A voz dele soou como a ponta de uma faca riscando o vidro.

—Ah, então não vai bancar o papel de ladrão ou mercenário hoje? — retrucou Dedo Empoeirado. — Faça um esforço! Seu irmão mais novo, Jaspis, faz letras tão bonitas.

Brilho de Ferro apertou os lábios. *Você se arrependerá disso, Dançarino do Fogo*, dizia seu olhar. *Não vai conseguir manter essa sua insolência por muito tempo.*

— Tire as amarras dele, Grappa — ordenou Orfeu. — E depois

nos deixe a sós. Sem visitas. E sem exceções. Fique em seu posto ao lado da porta.

Grappa assentiu com a cabeça e sacou a faca para cortar as amarras de Dedo Empoeirado. Orfeu soltou uma risadinha enquanto o guarda olhava, perplexo, para as pontas queimadas da corda.

— Ele é o Dançarino do Fogo, o que mais você esperava? — Orfeu fez troça. — Pode ir! Ele não vai invocar as chamas. Eu tenho algo que elas poderiam devorar e que é muito importante para ele. Não é verdade?

Dedo Empoeirado identificou a mesma mistura perturbadora de ódio e amor no rosto de Orfeu que tinha visto na última vez que haviam se encontrado.

Orfeu trancou a porta, que também exibia sua inicial do lado de dentro, enquanto os passos de Grappa ecoavam nos degraus de pedra do lado de fora. Em seguida, endireitou os ombros e se virou lentamente na direção do prisioneiro.

— Rinaldi estragou tudo. Eu queria que você tivesse vindo por vontade própria até mim. Teria vindo, não teria?

Dedo Empoeirado tinha esperado receber triunfo, desprezo e escárnio, mas, por um momento, pensou ter visto o menino solitário e infeliz que lera sobre o Dançarino do Fogo em uma biblioteca de uma cidade pequena em um mundo distante.

— Por vontade própria? Você roubou tudo o que eu amo.

— E você? O que me deixou? Não tirou tudo de mim também? — Orfeu não esperou pela resposta. Ele se virou abruptamente e andou na direção da escrivaninha.

Lá estava. Apenas um livro pequenino e cinza... mas que continha o coração aprisionado de Dedo Empoeirado.

Orfeu mediu o peso do objeto na mão como se pudesse mensurar a dor de seu prisioneiro. Em seguida o abriu e o folheou, como se observasse as imagens que continha.

— Todos vocês tinham se esquecido de mim, não é mesmo? O tolo Orfeu, que se dedicou ao mestre errado. Mas eu sempre soube que me vingaria, especialmente de você. Ah, sim. Esperei enquanto se divertiam como se nada estivesse acontecendo. E aí — ele bateu com a mão nas páginas abertas —, capturei a todos. Um por um, e não houve nada que pudessem fazer a respeito.

Orfeu ainda gostava de se ouvir falar tanto quanto antes.

— De que eles vão te servir se estiverem dentro do livro? — Dedo Empoeirado tentou fazer a própria voz soar amigável, familiar como a do companheiro que Orfeu tinha visto nele antes. — Solte-os e me prenda dentro do livro no lugar deles. Nós dois éramos grandes amigos quando eu era só um personagem dentro de um livro, não é?

— Amigos? — O olhar de Orfeu se demorou nele, como se não conseguisse acreditar que estivesse, de fato, diante dele novamente depois de todos aqueles anos. Mas então veio o ódio, que tornou seu rosto pálido. — Mentiroso! Você nunca foi meu amigo. Eu era seu amigo e você me traiu! Mas isso já não importa mais. São águas passadas. Porque existe um livro novo!

Ele o fechou e o apertou contra o peito.

— Nunca soltarei os outros. Todos eles me traíram e me fizeram passar por anos horríveis. O feitiço que os mantém em cativeiro não pode ser quebrado... eu o encomendei da seguinte forma: preciso de uma punição que seja irrevogável. Mas em breve você poderá se juntar a eles, pois também o lerei para dentro do livro. Você é o pior de todos, então queria olhar para o seu rosto quando se tornasse uma sombra, nada além de tinta cinza em um pergaminho pálido! Tenho certeza de que isso também vai tirar o fogo de você. Quem já ouviu falar de chamas cinzentas? A cor serve apenas para as cinzas.

Dedo Empoeirado olhou para o jarro de pincéis na escrivaninha perto da janela e para o vidro que parecia conter fumaça. O homem de vidro havia começado a misturar a cor dentro dele.

— Jehan tinha razão — disse Dedo Empoeirado. — São as imagens, e não as palavras. As palavras não obedecem mais a você! Foi por isso que Rinaldi conseguiu me capturar, embora o livro conte uma história diferente. Os pedaços de madeira, o ilustrador morto... Que tipo de magia é essa que você paga com garotas jovens?

Orfeu ficou vermelho como se tivesse voltado a ser o garotinho que, enquanto lia, passeava pelos mercados coloridos com o Dançarino do Fogo para escapar da própria realidade cinzenta das ruas.

— É claro que elas ainda me obedecem! — Ele soltou uma gargalhada. — Olhe ao redor! De onde acha que vem toda essa riqueza? Minhas palavras estão mais poderosas do que nunca. Todos em Grunico tremem diante delas.

Orfeu parecia mesmo acreditar no que estava dizendo.

Será que não estava mentindo? Dedo Empoeirado percebeu que não se importava. Estava cansado pela longa viagem, pela noite no porão úmido e, mais do que tudo, por estar sendo consumido pela saudade daqueles que amava, uma saudade muito mais forte, mas tão familiar quanto a que sentira em todos aqueles anos solitários no outro mundo. Tinha tomado uma decisão. Orfeu não os deixaria partir. Então, Dedo Empoeirado queria ir para onde eles estavam.

— Não me importa como você fará isso — disse ele a Orfeu, com impaciência na voz e uma pitada do fogo que não podia invocar. — O que está esperando? Mande-me para dentro do livro. Junto com os outros.

Orfeu o encarava como se ainda não estivesse pronto para deixá-lo ir, como se tudo o que queria dizer ainda não tivesse sido dito. Cinco anos era tempo demais, e Dedo Empoeirado tinha certeza de que o outro imaginara o encontro dos dois mil vezes. Mas, por fim, Orfeu se virou abruptamente e caminhou em direção à escrivaninha onde o homem de vidro esperava.

Ele colocou o livro ao seu lado, abriu-o e folheou-o até encontrar a página que estava procurando.

Dedo Empoeirado não tinha dúvidas de que ela continha sua imagem.

— Mortola e Basta, o Cabeça de Víbora e íncubos... — listou. — E agora se envolveu com uma Leitora de Sombras, certo? Você realmente só se associa aos habitantes mais sombrios deste mundo. Agia dessa mesma forma em seu mundo?

O homem de vidro estava prestes a mergulhar um pincel na tinta cinza. Mas as palavras de Dedo Empoeirado o fizeram parar.

— Sim. Ele nunca te contou isso, homem de vidro? — falou Dedo Empoeirado ao soprar nas mãos geladas. — Seu mestre vem de outro mundo. Ele não pertence a esta história.

O fogo escorregou por entre seus dedos e formou uma marta em seu ombro.

— Vai me deixar ficar com ela, mesmo que seja feita de fogo, não vai? — perguntou Dedo Empoeirado enquanto Orfeu o olhava com espanto. — O que é o Dançarino do Fogo sem sua marta? Garanto que não vai queimar o livro. Palavra de honra. Afinal de contas, eu mesmo estarei nele.

Orfeu encarou a marta flamejante. Mas então se virou para o homem de vidro mais uma vez.

— Esqueça o que ele disse e faça exatamente o que eu mandei! —

repreendeu ele. — Não deixe nem uma mancha de tinta colorida! E certifique-se de que o rosto dele fique totalmente cinza, mas de forma que ainda possa ser reconhecido.

O homem de vidro concordou com a cabeça, visivelmente nervoso. Misturou o cinza no qual havia mergulhado o pincel com um pouco de branco antes de colocar a ponta no pergaminho.

Dedo Empoeirado sentiu as pinceladas como se um gato roçasse sua pele. As cores ao seu redor desapareceram como se alguém as estivesse lavando do mundo, e quando olhou para si mesmo, viu que suas mãos estavam ficando cinzentas. Mas ele ainda estava no escritório de Orfeu. A marta de fogo pulou de seu ombro e se escondeu embaixo da escrivaninha. Orfeu praguejou, decepcionado.

— O que é isso? Por que ele ainda está aqui? Pinte-o de cinza! — gritou para o homem de vidro. — Você está fazendo errado, seu idiota!

Brilho de Ferro mergulhou o pincel de forma obediente no vidro, mas suas pequenas mãos tremiam. Fumaça encheu os olhos de Dedo Empoeirado quando o homem de vidro colocou o pincel sobre o pergaminho novamente. O peito dele foi tomado por um frio glacial, e ele não conseguia mais sentir os dedos. Mas não importava o quanto desejasse ver Roxane ou Brianna, tudo o que seus olhos conseguiam encontrar através da névoa cinza era Orfeu.

— Estou dando o meu melhor, mestre! — exclamou Brilho de Ferro. — Acho que são as outras tintas. As que Balbulus usou para pintá-lo. Estão se misturando com o cinza. Não consigo fazer nada para impedir isso!

Dedo Empoeirado caiu de joelhos e ergueu as mãos inúteis. Tão frias, tão dormentes. A névoa em seus olhos ficou mais espessa. Talvez por isso tenha imaginado ver algo realmente próximo de remorso no rosto de Orfeu.

— Deixe a tinta secar! — pôde ouvi-lo gritar. — Não consegue ver como o pergaminho já está enrolando?

A marta de fogo pulou de volta no ombro de Dedo Empoeirado, e seu calor facilitou um pouco a respiração dele.

Orfeu, no entanto, cambaleou até a porta e a abriu com um puxão.

— Grappa! — berrou. — Leve o prisioneiro de volta para o porão!

Dedo Empoeirado só conseguiu ver a sombra de Grappa correndo em sua direção.

A marta de fogo pulou novamente e escapou pela porta aberta, en-

151

quanto o guarda puxava Dedo Empoeirado para ficar de pé. O mundo estava cinza, mas ele continuava na casa de Orfeu. Não sabia dizer o que era pior: o feitiço que paralisava seus membros e enchia seus olhos de névoa ou o desespero por não estar com os outros.

Mal conseguia mexer os dedos quando Grappa o trancou de novo no porão. Seu coração batia em uma caverna de gelo. Dedo Empoeirado estava atento a ele, esperando, aguardando que parasse de bater, quando um pequeno corpo ardente pulou em seu peito e se enrolou sobre seu coração.

28. Palavras viram pedra

As histórias costumam mudar nossa percepção, e muitas vezes nem nos damos conta disso.

Merlin Sheldrake, *A trama da vida*

Já era tarde da noite quando Nyame e os outros passaram pelo portão da cidade de Grunico. A coruja e a raposa desapareceram antes que os guardas os deixassem passar, e Nyame não achou isso ruim. Algo dentro dele o fazia duvidar daquelas duas, mas não sabia dizer o quê. Era óbvio que Lilia confiava nelas, e a desconfiança que ele sentia provavelmente só tinha a ver com o fato de não acreditar em magia. Além disso, gostava de animais sendo, de fato, animais, como o próprio urso.

Encontraram uma taverna que ainda estava aberta, e Nyame pensou ter vislumbrado medo e repulsa no rosto do taverneiro quando Baptista lhe perguntou sobre Orfeu. Por fim, conseguiram descobrir que alguém com esse nome tinha acabado de se mudar para uma das casas mais suntuosas da cidade e até o endereço do lugar. Mas quando Nyame perguntou se o homem conhecia Orfeu, ele apenas balançou a cabeça.

Estavam exaustos e parecia mais prudente esperar pelo dia seguinte. Seria muito mais fácil se aproximar da casa de Orfeu sem serem notados quando as ruas estivessem cheias de gente. O proprietário da taverna lhes recomendou uma hospedaria para passar a noite.

— É no bairro onde vivem os estrangeiros — acrescentou ele, com um olhar de soslaio para Nyame. — Mas isso não deve incomodar vocês.

Estrangeiros. Nyame geralmente considerava o termo um elogio, porque implicava que você tinha visto horizontes mais amplos do que aqueles que assim o chamavam. Mas, naquela noite, a palavra remetia a ruas frias e à saudade de um lugar seguro e familiar.

O bairro dos estrangeiros de Grunico ficava, como na maioria dos lugares, perto da muralha da cidade. Isso porque as casas ali seriam as primeiras a queimar no caso de um ataque. As construções pelas quais passaram eram estreitas, mas de portas muitas vezes coloridas. Logo a placa da hospedaria estava visível no final da rua. De repente, Nyame parou. Devia ser o cansaço, não? Ele olhou incrédulo para uma casa pela qual os outros haviam passado desapercebidos. A porta desgastada pelo tempo emoldurava um mosaico de contas azuis e douradas que formava um padrão com três animais: uma poupa, um lagarto e um rato. Nyame estendeu a mão. As palavras poderiam se transformar em pedra? Por que não, se as pessoas tinham se transformado em imagens? Ele pensou ter ouvido a voz da mãe. Lembrava mais do som do que do rosto dela.

Era uma vez um jovem chamado Ebo, cujos pais eram tão pobres que muitas vezes passavam fome para alimentá-lo. Então, um dia, ele decidiu partir, embora ainda fosse muito jovem e não conhecesse o mundo.

Ela sempre contava suas histórias perto da fogueira, de modo que as chamas criassem personagens nas sombras.

Ebo se sentia muito sozinho, mas encontrou três animais em seu caminho. Uma poupa... Nyame quase conseguia vê-la abrir os braços como se fossem asas. *Um lagarto...* E então ela diminuía o gesto. *E um rato.*

Nyame acariciou o corpo de pedras verdes e amarelas do lagarto. Será que o mesmo que tinha acontecido a Dedo Empoeirado estava acontecendo com ele? Era isso que as histórias que você amava faziam? Um dia elas o devoravam? Muitos lugares já haviam lembrado Nyame das histórias de sua mãe: uma clareira na floresta que o fizera ter cuidado com as pessoas de vidro selvagens que ela transformava em heróis com tanto carinho. Uma praia em que ele pensara ter visto nas ondas os sereios sobre os quais ela falava. Sua mãe nunca havia contado nada sobre Mulheres da Floresta, nem sobre uma Leitora de Sombras, mas Nyame tinha certeza de que as flores na testa de Lilia a teriam inspirado a contar uma história. Como tudo o que ela ouvia, via ou cheirava. "É de família", era tudo o que ela costumava responder quando alguém lhe perguntava de onde vinha esse dom. "Minha avó contava histórias na corte de um rei do deserto até que precisou fugir porque ele queria se casar com ela. Pelo menos era isso que ela sempre me contava, e todas as histórias são verdadeiras de algum jeito, não são?"

A casa parecia abandonada. A porta de madeira que emoldurava o mosaico estava gasta pelo tempo, e o cadeado na corrente, vermelho de ferrugem. Nyame observou a viela adiante. Por um momento insano, pensou ter visto a mãe parada lá no fim dela, mas era só a silhueta de Lilia, com sua sombra sendo projetada na calçada pelas lanternas. Baptista e Jehan estavam ao lado da garota.

— Nyame! — Baptista acenou para ele com urgência, mas quando ele não se moveu, todos voltaram. — O que está esperando? Ainda tem lugar na hospedaria — disse o amigo.

— Acho que deveríamos dormir aqui.

Baptista olhou em volta, preocupado.

— Pensei que você só arrombasse masmorras e castelos — murmurou. — Posso ganhar dinheiro facilmente no mercado com meus bonecos se estiver preocupado com o preço da hospedaria.

— Eu conheço esta casa — respondeu Nyame. — Não me perguntem como. Mas ela parece abandonada, então por que não podemos passar a noite aqui?

Lilia se aproximou do mosaico com um sorriso e passou os dedos sobre as pedras coloridas.

— Acho que seria um bom esconderijo — disse ela, sorrindo para Baptista.

— Tudo bem, vocês que sabem — resmungou ele, lançando um olhar desconfiado para a fachada. Baptista estava fazendo o possível para esconder o quanto gostava de Lilia, mas já havia se mostrado a ela sem máscara algumas vezes, o que costumava provar que tinha alguém em alta conta.

A fechadura enferrujada deu pouco trabalho a Jehan. A porta de madeira estava deformada pela chuva e pela geada, mas ele conseguiu abri-la antes que alguém descesse até a viela à noite e os pegasse de surpresa. Atrás da porta estava frio e escuro, e o véu de teias de aranha empoeiradas mostrava que a casa devia estar abandonada havia muito tempo. Pertencia agora aos camundongos e às traças, mas mosaicos coloridos também adornavam as portas no interior dela, e aqui e ali se podia encontrar a imagem de um lagarto entre os ladrilhos lisos do piso.

A casa tinha até um pequeno pátio, sobre o qual uma figueira formava um teto de galhos. A fonte lá embaixo lembrou Nyame mais uma vez de uma história que sua mãe havia lhe contado. *Era uma vez uma fonte que se lembrava de todos os rostos que já tinham sido refletidos em suas águas.* Naquela fonte, ele encontrou apenas gelo e folhas congeladas, mas o estreito friso de azulejos sob a borda era azul e branco, exatamente como sua mãe sempre o descrevera. *Palavras que tinham virado pedra.* Nyame estava tão cansado da luta com os mercenários da estrada e da longa viagem que permitiu ao próprio coração que imaginasse que dormiriam naquela noite em meio aos contos de fadas que ouvira quando criança. A manhã espantaria bem depressa tais pensamentos.

Montaram acampamento no maior cômodo da casa. Havia uma lareira e três janelas estreitas que davam para o pátio. Os pilares esguios que sustentavam o teto azul eram manchados como o tronco de árvores jovens e entrelaçados por ramos de vinhas esculpidos na pedra, como se os moradores daquela casa quisessem se sentir ao ar livre. Nyame entendia muito bem esse desejo.

— Vou buscar lenha logo pela manhã — soltou Jehan —, e provisões, é claro. Vi cortinas em um dos quartos do andar de cima que podemos usar como cobertores extras.

Lilia acariciou as vinhas que se enroscavam nos pilares e subiu o olhar para o teto azul.

— Como você conhece esta casa? — sussurrou ela para Nyame.

— De um conto de fadas — sussurrou ele de volta. — Mas não me entregue.

A garota pareceu gostar da resposta.

— Um dia, vai ter que me contar esse conto de fadas — disse ela, bem baixinho. — Não poderíamos ter encontrado um esconderijo melhor.

Ela tinha razão.

Nyame foi até uma das janelas e olhou para o pátio.

Era uma vez uma fonte que se lembrava de todos os rostos que já tinham sido refletidos em suas águas.

Dedo Empoeirado também teria gostado da casa. Agora Nyame só precisava encontrá-lo para mostrá-la a ele.

29. Tão frio

Existem prisões piores do que as palavras [...].
Carlos Ruiz Zafón, *A sombra do vento*

A cor o devorou. O cinza devorou tudo o que ele já havia sido. Apenas a marta permitia que se lembrasse de qual era a cor do fogo. Tentou invocá-lo, mas sua voz era feita de cinzas, e Roxane e Brianna estavam longe demais.

De vez em quando, o empregado de Orfeu vinha e enfiava algumas colheres de sopa em sua boca. Dedo Empoeirado conseguia se sentar, se o fizesse bem devagar e reunindo bastante esforço, mas suas mãos eram as de um homem velho. *Não... estão mais para as de um homem morto.* Uma vez pensou ter visto Orfeu parado na porta do porão. Mas talvez só tivesse sido enganado pela névoa que obscurecia seus olhos.

Quanto tempo teria se passado desde que o homem de vidro colocara aquele pincel sobre o pergaminho? Horas? Dias? Semanas? Ele não sabia dizer.

E quanto a Nyame? Estaria morto, junto com Jehan, na estrada pela qual viajavam por causa dele?

Ele estava com tanto frio, e o mundo estava tão vazio.

Cravou os dedos no pelo ardente da marta.

30. Não era o planejado

> [...] *a vida não é justa. Ela só é mais justa que a morte, e nada mais.*
>
> William Goldman, *A princesa prometida*

Rinaldi tinha conseguido vender a corrente pomposa e os talheres de prata do ilustrador com facilidade e por um bom preço. A maldita mão, porém (o espólio que ele considerara mais promissor) lhe rendera apenas uma vigorosa negativa com a cabeça do único ourives de Grunico. Os prateiros, muito mais numerosos, pelo menos haviam examinado com admiração os dedos perfeitamente formados e o dorso da mão, coberto de finas veias de ouro tão vivazes. Mas assim que Rinaldi perguntava quanto estavam dispostos a pagar, limitavam-se a balançar a cabeça, achar graça e explicar que decerto não encontrariam clientes para uma obra de arte tão estranha.

Obra de arte estranha... Rinaldi fechou a porta de Aldo Argenta, o joalheiro de maior prestígio da cidade, com tanta força que esperava que algumas coisas caíssem das belas vitrines. Os cinco concorrentes de Argenta haviam dado a mesma resposta negativa, malditos fossem todos eles.

Rinaldi jogou a bolsa com a mão do Grande Balbulus por cima do ombro e procurou a taverna mais próxima. Então ao que parecia ele mesmo teria que derreter a maldita coisa, e ainda tinha chance de que a peça não fosse feita inteiramente de ouro, mas um metal revestido. Rinaldi praguejou tão alto que recebeu alguns olhares indignados. Por que acabava sempre voltando para o mesmo lugar? Estava na hora de dar as costas à cidade onde tinha nascido de uma vez por todas. Suas finanças não estavam piores do que o normal, mas se realmente perdesse Orfeu como cliente, as coisas mudariam bem rápido. E estava se tornando cada vez mais cansativo descobrir quem estava em busca dos serviços de um ladrão, cobrador de dívidas ou assassino na alta sociedade de Grunico. Os príncipes eram os que tinham mais dinheiro, é claro, mas infelizmente também costumavam ter os próprios assassinos contratados.

Rinaldi se esquivou de um limpador de rua que arrastava um carrinho de esterco de cavalo pela calçada esburacada quando quase tropeçou em um homem que escondia o rosto sob uma máscara de couro. Ele já não o vira antes? Ah, isso mesmo! Em Ombra, no acampamento dos menestréis, ao lado do Príncipe Negro. Ah, não.

Ah, sim, Baldassare! Lá estava ele, apenas um passo atrás do mascarado: o Príncipe Negro, inconfundível, em toda a sua glória, apesar de parecer cansado.

Droga! Todos os esforços que havia empreendido para manter o rei dos farrapos longe de Grunico tinham sido claramente em vão. Nem os homens de bem de Ombra, nem os mercenários haviam feito seu trabalho. E sem dúvida não demoraria muito para que o nobre príncipe descobrisse quem tinha apanhado Dedo Empoeirado como um coelho e o trazido para cá. Será que tentariam libertá-lo? *Você realmente não sabe, Baldassare? O que mais acha que eles vieram fazer aqui?* Bom, provavelmente também queriam o livro.

Rinaldi cobriu mais o rosto com o capuz. Eles pareciam estar trazendo lenha e outras provisões. Além do mascarado, havia um jovem e uma moça no grupo. Ele os seguiu, escondido, até uma casa que ficava no bairro dos estrangeiros. O príncipe olhou uma última vez em volta, vigilante, antes de desaparecer lá dentro, porém Rinaldi se escondeu no vão de uma porta bem a tempo. Será que o rei dos menestréis tinha aliados em Grunico? Algum velho companheiro de armas, talvez? Mas a casa não parecia estar habitada.

Se Orfeu descobrir que o Príncipe Negro não está no livro, mandará a Leitora de Sombras para cima de você, Baldassare!

Rinaldi estremeceu.

E se avisasse Orfeu? Talvez as coisas entrassem num tom um pouco mais conciliador... Será que o Príncipe já sabia onde Orfeu estava morando?

O garoto não entrou na casa com os outros. Virou-se na direção da

praça onde Orfeu havia se instalado recentemente. O que estaria pretendendo fazer? *Não importa, Baldassare. O que você vai fazer agora?*
Não era uma decisão fácil.

31. Um ferreiro para Orfeu

❦

Pois, com base naquela dúzia de palavras, compreendi que a vida de todos os homens honestos a bordo dependia unicamente de mim.
Robert Louis Stevenson, *A ilha do tesouro*

❦

Sim, não havia dúvidas de que Orfeu recuperara sua riqueza. Jehan olhou para a fachada robusta e imponente que nem a luz da manhã tornava mais amigável. Tinham descoberto o endereço exato com um comerciante de vinhos, mas nem Baptista conseguira extrair dele o motivo pelo qual pronunciava o nome de Orfeu com tanto desgosto.

Jehan não tinha muitas lembranças do homem que lhe roubara sua mãe e sua irmã, mas se recordava muito bem do pavor no rosto de Brianna ao desaparecer diante de seus olhos.

Tinha sido fácil convencer os outros de que ninguém melhor do que ele para espionar a casa de Orfeu. Na época em que o inimigo estava fazendo suas maldades em Ombra, Jehan era uma criança, e, mesmo que Orfeu lembrasse que Roxane tinha um filho, dificilmente o reconheceria. Além disso, Jehan tinha uma boa desculpa para se apresentar ao *signore* Gemelli, como Orfeu passara a se autodenominar. Ao subir os degraus da entrada, examinou os elementos de prata que a adornavam. O trabalho era medíocre. Isso ajudaria.

— Meu nome é Jehan Belanoire — falou, assim que um olho mágico se abriu no círculo prateado acima dele. — Estou aqui para oferecer meus serviços de ferreiro ao seu mestre.

O olho que o examinou com desconfiança era de um azul pálido.

— Nós já temos um ferreiro.

— Sim, mas ele é um incompetente. Se as fechaduras que funde forem tão ruins quanto essas ferragens, qualquer ladrão da cidade pode tentar a sorte aqui. É muito perigoso para um homem com tantos inimigos quanto o mestre de vocês.

O olho ainda o observava.

Ótimo.

Jehan apontou para a maçaneta da porta.

— Até você consegue ver como ela foi mal forjada, não? Quando faço uma maçaneta como essa, moldo-a como a cabeça de um leão. Porque aí, se alguém tentar usá-la sem ser convidado, terá a mão mordida.

— Duvido! — veio o grito através da porta. — E onde você aprendeu a fazer isso? Está tentando me enganar.

Jehan deu de ombros.

— Que seja. Eu cobro caro pelo meu tempo. — Lançou um último olhar de desdém para a porta e se virou. — Ah, sim, o vizinho à esquerda daqui — falou por sobre o ombro — me encomendou as ferragens e a maçaneta para a porta de entrada dele. Tudo em ouro. É minha especialidade. Quando eu terminar o trabalho, seu patrão vai ficar com muita inveja dessas portas.

Como esperado, ele desceu apenas dois degraus.

— Volte aqui! — O guarda que abriu a porta era quase uma cabeça mais alto que Jehan, mas provavelmente não muito mais velho. A espada que ele carregava não era ruim, apesar de não ser páreo para as que Jehan havia forjado... a menos que o guarda de Orfeu fosse um espadachim muito melhor que o Príncipe Negro. Todos imaginavam que não seria possível libertar Dedo Empoeirado sem lutar.

— O que está esperando? Entre. — O guarda acenou impacientemente para ele.

Jehan examinou os parafusos com discrição enquanto fechava a porta atrás de si. Havia três trancas e dois cadeados. Até para ele seria impossível abri-los pelo lado de fora sem que o guarda percebesse.

No átrio da casa, artesãos e fornecedores se aglomeravam em torno de um homem que estava visivelmente insatisfeito com seus serviços. Olho Duplo... o antigo apelido de Orfeu o denunciou. Jehan não conhecia ninguém, além de Violante, que usasse óculos. Os de Orfeu tinham uma armação de prata. O átrio que ecoava com suas instruções rispidas era pelo menos dez vezes maior que o da casa onde eles haviam se abrigado.

— O que é isso, Grappa? — Orfeu repreendeu o guarda quando ele se aproximou com Jehan. — Não dei ordens expressas para não deixar nenhuma visita entrar hoje?

A voz que saiu da boca irritada e que quase não abriu ao falar era de fato notável. Jehan só conhecia outra tão bela quanto essa: a do Gaio, como ele ainda chamava secretamente Mortimer Folchart.

Grappa não pareceu se abalar com a raiva de seu senhor. Permaneceu calmo, como se estivesse acostumado a explosões como aquela desde criança.

— Ele não está aqui para visitar; é um ferreiro, senhor. Afirma que pode fazer maçanetas que mordem a mão de visitantes indesejados. Isso parece muito útil, não acha? O vizinho aqui do lado o contratou, então achei melhor trazê-lo até aqui.

Uma ambição sem limites e o medo de ser superado. Jehan esperava ter apostado na carta certa. Tudo o que via ao entorno indicava um desejo de ser superior aos outros.

Orfeu franziu a testa.

— Você é tão bom assim ou quer apenas desperdiçar meu tempo contando vantagem?

Jehan deu de ombros.

— Farei a maçaneta para seu vizinho no formato da cabeça de um unicórnio, que enfiará o chifre em qualquer mão que se aproximar da porta sem ser solicitada.

Jehan vira o unicórnio que Orfeu tinha obtido como recompensa pela caça do Pardal. Por dias não tinha conseguido parar de pensar no corpo ensanguentado.

Os olhos por trás dos óculos de aro prateado se estreitaram.

— Está falando de magia?

Jehan negou com a cabeça.

— Sou um ferreiro, nada mais. Mas um ferreiro muito bom.

Então olhou em volta como se inspecionasse tudo o que era feito de metal e julgasse que nada ali chegava a ser sequer acima do medíocre. Orfeu não tirava os olhos dele. A mansão revelava que seu dono não sabia nada sobre o que era um lar de verdade. A casa em que Jehan havia crescido cabia no corredor da entrada de Orfeu, mas tinha sido um lar maravilhoso. Agora estava vazia por causa do homem que o observava.

— Você é muito seguro de si. Valorizo essa qualidade. — Orfeu lhe fez um aceno de aprovação. — As fechaduras e os ferrolhos do meu porão são velhos. Prove o que sabe fazer lá embaixo e deixarei que forje uma nova maçaneta para minha porta de entrada. Mas só vou pagar se gostar do seu trabalho. Talvez você seja apenas um jovem fanfarrão que ouviu dizer que Orfeu está prestes a se tornar o homem mais rico e poderoso de Grunico.

Jehan enfiou a mão no bolso.

— Trouxe uma amostra de minhas habilidades para você.

A fita delicada que ele entregou a Orfeu era feita de fios de ouro.

— Coloque isso aqui entre os dedos, senhor.

Orfeu soltou uma risada zombeteira, mas obedeceu. A fita de ouro se enrolou em seu dedo até se fechar em um anel e formar a cabeça de um leão no centro.

Orfeu levantou a mão e olhou para o próprio dedo, fascinado.

— O rei dos animais. Está tentando me bajular?

Jehan deu de ombros. Mas quando viu que Orfeu tirava o anel do dedo, disse:

— Pode ficar. Faço essas coisas de olhos fechados.

Orfeu acariciou a boca dourada do minúsculo leão, visivelmente impressionado.

— Mostre a ele a adega — instruiu a Grappa — e as fechaduras que precisam ser trocadas. Tirando a da última câmara.

Grappa assentiu, mas Jehan sentia o olhar atento dele. O guarda não disse uma palavra enquanto desciam a escada íngreme. As abóbadas do porão pareciam ser tão vastas quanto a casa, até onde Jehan podia ver na escuridão. Pilares rústicos sustentavam o teto baixo que se estendia entre eles em abóbadas cruzadas. Ele acreditou ter visto uma abertura gradeada atrás da escada e um conjunto de portas baixas de madeira.

— Você é muito esperto, por isso se acha grande coisa. — Grappa se aproximou tanto que Jehan teve que olhar para ele. — Mas qualquer um perceberia que você não é daqui, e meu pai me ensinou que é melhor não confiar em forasteiros.

O guarda se virou e apontou para as portas na parede de pedra úmida atrás dos pilares.

— As fechaduras estão bem enferrujadas. É úmido aqui embaixo. Melhore a segurança delas. Meu senhor não guarda apenas mantimentos aqui.

Era óbvio que Grappa estava ansioso por contar mais. Tinha orgulho de seu senhor e dos segredos que guardava. Mas também era inteligente o bastante para saber que não podia revelá-los. Jehan decidiu tentar fazer uma pergunta de todo modo, enquanto inspecionava uma das fechaduras enferrujadas.

— Ouvi dizer que seu senhor está metido com uma Leitora de Sombras?

Grappa voltou o olhar para a escada, como se estivesse preocupado que Orfeu pudesse ouvi-los. Mas, no fim, o desejo de provar a Jehan como o homem a quem ele servia era importante foi mais forte que sua cautela.

— Até meu pai tem medo dela, mas não Orfeu Gemelli. Não mesmo. Claro que ele só entrega a ela garotas de quem ninguém sente falta. Escravas, indolentes, a última tinha um pé aleijado... Meu pai sempre diz: se, com os animais, matamos primeiro os fracos e os feios de uma ninhada, por que não fazer o mesmo com as pessoas?

— Sim, por que não? — Jehan tremia, e não só pelo frio. Grappa era um rapaz estranho e parecia ter um pai ainda mais estranho. Jehan ficou atento à escuridão. — Parece que tem uma garota por aqui neste momento. — Ele achou que tinha ouvido alguém respirar. — Ela é bonita?

Grappa piscou para ele de um jeito conspiratório.

— Você chegou tarde demais. A garota já foi embora há muito tempo. Tem apenas um homem aqui embaixo no momento. Supostamente ele é capaz de falar com o fogo, mas está meio morto desde que o levei até Orfeu lá em cima. Você tinha que ver as mãos e o rosto dele quando voltou. Da cor das cinzas, e mal conseguia ficar de pé. — Grappa baixou o tom de voz. — Às vezes tenho a impressão de que vejo uma marta de fogo sentada sobre o peito dele, mas com certeza é só minha imaginação.

Ele soltou uma risadinha e endireitou os ombros. Tinha falado mais do que pretendia.

— Agora vamos! Você já olhou demais para essa fechadura enferrujada. Sem dúvida Orfeu está se perguntando onde estamos.

Foi difícil, para Jehan, dar meia-volta e seguir o guarda até as escadas sem ir atrás daquela respiração no breu. *Mas está meio morto desde que o levei até Orfeu lá em cima.* Jehan ficou surpreso ao notar que a frase lhe causara um aperto no coração, apesar da raiva que sentia do padrasto.

— As fechaduras estão em péssimas condições — disse ele em voz alta, na esperança de que Dedo Empoeirado reconhecesse sua voz. — Voltarei amanhã para trocá-las.

***

Grappa fechou a porta cravejada de prata atrás de Jehan instruindo-o de que deveria chegar às oito horas da manhã seguinte, quando todos começavam a trabalhar. Jehan prometeu que viria. *Você tinha que ver as mãos e o rosto dele quando voltou. Da cor das cinzas, e mal conseguia ficar de pé.* O que isso significava? Será que o feitiço da Leitora de Sombras não se restringia mais ao livro? Jehan passou a mão por sobre a pele involuntariamente, como se tivesse trazido o feitiço com ele da casa de Orfeu.

— Com licença, será que você viu minha irmã naquela casa?

Jehan levantou os olhos.

A garota que o observava com um misto de esperança e preocupação vestia uma roupa verde pálida, como a das mulheres que trabalhavam no asilo de moribundos em Ombra.

O que ela havia lhe perguntado? Seus pensamentos continuavam no porão de Orfeu. Quando o Príncipe Negro ouvisse o que ele tinha a relatar, com certeza iria querer libertar Dedo Empoeirado naquela mesma noite.

— Ela se chama Ayesha. — A garota deu um passo na direção dele. — É minha irmã mais velha. Não é do feitio dela desaparecer desse jeito. Ela tem cabelo escuro como o meu, mas é um pouco mais alta. A gente sempre ri do fato de eu realmente ser a irmãzinha menor.

O medo nos olhos dela fez Jehan se lembrar de si mesmo quando Brianna desaparecera.

— Ela manca um pouco com o pé direito — acrescentou a garota. — Você deve ter visto, será que não?

O que ele podia lhe responder?

— Não, mas o guarda me falou sobre ela, disse que não está mais aqui faz tempo. — Jehan não tinha ideia do que mais poderia dizer sem mentir.

— Mas não pode ser! — gaguejou a garota, consternada. — Meu tio disse que agora Ayesha trabalha aqui.

Teria sido melhor mentir? Os olhos dela imploravam para que ele dissesse a verdade. Mas e se a verdade fosse terrível demais?

— O dono da casa... — hesitou Jehan. — Ele não é um homem bom, não mesmo. Está envolvido com coisas sinistras. É melhor manter uma boa distância dele e dessa casa.

A garota pareceu tão chocada que ele se arrependeu no mesmo instante de ter proferido aquelas palavras.

— Eu sinto muito. Mesmo — murmurou Jehan. — Mas é melhor não se aproximar demais desse lugar.

Então saiu correndo pela praça, embora achasse cruel deixá-la ali parada daquele jeito. Porém, ele precisava relatar ao Príncipe o que tinha descoberto.

32. Uma barganha

☙ · ❧

Eu gostaria de amar meus inimigos; mas não posso amá-los até que tenha me vingado: só então meu coração se abrirá para eles.

Heinrich Heine, *Pensamentos e divagações*

☙ · ❧

E se eles tivessem chegado tarde demais? Nyame se apoiou na fonte que tanto lembrava a que sua mãe havia descrito e desejou ter acompanhado Jehan. *E agora?* Será que estava sendo tolo por pensar que Dedo Empoeirado ainda estava vivo?

— Ah, aí está você. — Baptista parou no batente da porta estragada que dava para o pátio. — Temos visita. Acho que vai querer falar com ele.

O homem que esperava na rua parecia familiar a Nyame, mas ele não conseguia se lembrar de onde tinha visto aquele rosto envelhecido antes.

— O rei dos menestréis em Grunico. — O visitante fez uma reverência, inclinando-se de forma exagerada. — Vossa alteza está aqui para roubar de nossos comerciantes de prata e dar a mercadoria deles aos pobres? — Então deu uma piscadela conspiratória para Nyame. — Baldassare Rinaldi, poeta e trovador. Apresentei minhas canções ao senhor no acampamento dos menestréis. Infelizmente não lhe agradaram.

Nyame decidiu que era melhor não comentar, mesmo que as palavras de Rinaldi trouxessem lembranças de melodias reaproveitadas e versos autoindulgentes.

O trovador examinou a casa.

— Conheço este lugar. Está vazio há muito tempo. Ou o Príncipe Negro tem agentes secretos na minha velha cidade natal? — Ele abaixou a voz. — Estou aqui para barganhar. Mas seria melhor não discutirmos isso no meio da rua.

Barganhar. Baptista e Nyame se entreolharam. O amigo também não gostava nada daquilo, mas não parecia uma boa ideia bater a porta na cara daquele visitante, considerando quem estava se escondendo atrás dela. Rinaldi olhou ao redor com uma curiosidade indisfarçada quando Nyame fez sinal para que entrasse. Foi interceptado depois de alguns passos por Baptista, enquanto Nyame fechava a porta atrás de seu visitante não convidado. O homem mascarado conseguia sentir a maldade que Rinaldi trazia consigo, e ela não pertencia àquela casa. Havia tristeza ali, mas também muito amor.

— Que tipo de barganha? — Nyame examinou o rosto abatido de Rinaldi. Por que ele estivera em Ombra? Sem dúvida não fora apenas para recitar seus versos para o Príncipe Negro.

Lilia se posicionou ao lado de Nyame. Rinaldi lhe lançou um sorriso malicioso e penteou o cabelo para trás. O gesto revelou um homem vaidoso que não tinha percebido ainda que a própria beleza estava se esvaindo.

— Vocês encontraram uns mercenários no caminho para cá? Ou os safados levaram meu dinheiro suado sem fazer o que lhes paguei para fazerem?

As outras pegadas de cavalo.

— Eles deram seu melhor. Três morreram por causa desse dinheiro. — Baptista se posicionou atrás de Rinaldi, de modo que pudesse agarrá-lo facilmente.

— Deram seu melhor? Estavam em seis, vocês são quatro. Eu os vi na rua. E isso inclui essa coisinha bonita. — Rinaldi lançou um olhar tão cheio de cobiça para Lilia que Nyame quase o socou.

— Que tipo de barganha? — repetiu ele. — Suponho que Orfeu esteja lhe pagando?

— Palpite certeiro. — Rinaldi abriu um sorriso astuto. — Sim, eu trouxe seu amigo cuspidor de fogo até ele. Está preso no porão de Orfeu, mas se chegarmos a um acordo, mostro a vocês como podemos mudar isso.

— Então ele está vivo?

Rinaldi deu de ombros.

— Caso não esteja, vou lhes dar uma oportunidade de vingá-lo.

Trabalhei para o antigo proprietário da casa em que Orfeu vive agora. Ele fazia questão de que seus vizinhos não me vissem quando me encomendava algum trabalho, então eu tinha que usar passagens secretas para entrar escondido.

Rinaldi agarrou a faca quando bateram na porta da frente, mas era apenas Jehan quem Baptista deixou entrar. Ele parou abruptamente assim que viu Rinaldi.

Nyame o chamou para uma das salas adjacentes.

— Não faço ideia de como podemos entrar na casa — sussurrou Jehan. — A porta é muito bem protegida, e o guarda de Orfeu é fiel ao patrão. Ele não vai facilitar as coisas para nós. Devo começar a trabalhar como ferreiro amanhã, talvez possa ganhar a confiança dele e, em algum momento, colocar você lá dentro, mas isso levará dias, e Orfeu parece estar pegando pesado com Dedo Empoeirado.

Dias. Não, eles não podiam esperar tanto tempo. Nyame torceu para que seu rosto não denunciasse o quão preocupado ficara com o relato de Jehan quando voltou ao corredor.

— Que passagens secretas eram essas que você usava para entrar na casa? — perguntou. — É do tipo de rota de fuga que os ricos gostam de construir em Ombra também?

Rinaldi parecia desapontado com o fato de Nyame ter pensado nisso por conta própria.

— Sim, mas a entrada fica tão distante da casa que você não poderá encontrá-la sem mim.

Nyame trocou um olhar com Jehan. Se tivessem tempo, talvez. Mas não tinham tempo algum.

— Bom — falou então —, qual é o seu preço?

Rinaldi indicou a bolsa presa no cinto de Nyame.

— Isso aí parece bem cheio. Seis moedas de ouro de adiantamento. Todos sabem que o Príncipe Negro faz magia com a espada, mas ouvi dizer que o guarda de Orfeu é especialista em matar.

Nyame contou as moedas na mão.

— Hoje à noite. Encontre-nos aqui assim que anoitecer.

Rinaldi fez uma reverência irônica.

— Como vossa majestade desejar. É uma pena que o senhor não tenha gostado das minhas canções. Se tivesse, eu teria lhe ajudado de graça.

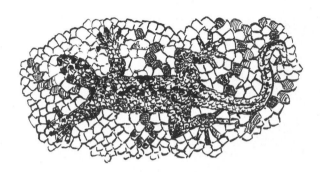

33. Pele e penas

❧

Era preciso assumir a forma humana para lidar com as coisas humanas. Isso era difícil.

Larissa Lai, *When Fox is a Thousand*

❧

Lilia ainda não tinha tido notícias de Volpe e de Civetta. Os outros provavelmente estavam contentes com isso, mas ela sentia falta das mulheres com quem havia passado quase metade da vida, e seu coração se alegrou quando, ao entrar no pátio, viu Civetta sentada na figueira desfolhada. A coruja voou até a garota e se empoleirou na borda da fonte, embora tenha tido dificuldade de se prender aos ladrilhos lisos dali usando as garras.

— Até que enfim! Achei que tivessem escapado de novo. — Lilia acariciou as penas pintadas de Civetta. — Não vou negar que os outros não receberam vocês da forma mais calorosa.

— É melhor ir se acostumando com isso se quiser continuar sendo uma de nós. — A coruja passou o bico pelas próprias penas com um farfalhar. O ruído invocou a floresta. Lilia gostava da casa que lhes servia de abrigo, mas sentia falta das vozes que não podem ser ouvidas entre paredes. O mundo tocava uma música diferente quando não era feita por humanos.

— E então, o que você viu? — Lilia perguntou à coruja. — Com seus aguçados olhos amarelos?

— Um empregado que odeia seu mestre, um jovem guarda que sabe tudo sobre matar e muitos homens que amaldiçoam Orfeu. Mas todos eles o temem. — A voz de Civetta era suave e calorosa. Não revelava quão afiados eram as garras e o bico da coruja.

Ela levantou a cabeça, ouvindo, antes que Lilia avistasse a raposa. Volpe saiu tão silenciosamente de trás de um arbusto que crescia na frente da casa que a garota, não pela primeira vez, considerou-se sortuda por não ser uma de suas presas. Sempre quisera perguntar à raposa como ela tinha conseguido o casaco de pele. Mas havia algo de inacessível em Volpe, tanto na forma animal como na humana, e dessa vez, como sempre, seu rosto estava quase ilegível quando ela se transformou. Foi apenas quando Lilia contou sobre o acordo com Rinaldi que a mulher não conseguiu esconder a raiva.

— O Príncipe perdeu o juízo? Não se deve negociar com esse tipo de homem. Tenho certeza de que ele assassinou não só o ilustrador como também a aia de Violante.

— Ele está preocupado com Dedo Empoeirado — Lilia defendeu Nyame. — Vão tentar libertá-lo hoje à noite. Entendi que ele não quer esperar mais. Sugeri que vocês duas poderiam vigiar a entrada da casa. Para o caso de Orfeu tentar escapar com o livro. Fariam isso?

— Para que Orfeu não vá de novo pedir ajuda à Leitora de Sombras? — Volpe trocou um olhar com Civetta. — Claro. O resto de vocês deverá estar com as mãos ocupadas libertando Dedo Empoeirado. Embora... — Ela se voltou para Lilia. — Você vai entrar escondida na casa com o Príncipe e Jehan? E Baptista também?

Lilia balançou a cabeça.

— Baptista e eu tentaremos distrair Orfeu e o guarda dele. Talvez possamos garantir que Jehan e o Príncipe passem despercebidos até que Dedo Empoeirado esteja livre.

Volpe examinou as janelas da casa. Lilia achou que tinha reconhecido a silhueta de Nyame atrás de uma delas. Ele tinha lhe devolvido algo que ela havia perdido com a morte da mãe: o sentimento de segurança. Às vezes isso a assustava. Tinha sido difícil aprender a lidar com as coisas sozinha, e Lilia temia a fraqueza que se sentir protegida trazia.

— O que acha que seu nobre herói fará se conseguir libertar Dedo Empoeirado hoje à noite? Ele se contentará com isso e voltará para Ombra, ou tentará acabar com a Leitora de Sombras?

Lilia a encarou, surpresa.

— Rospo foi muito enfático ao alertá-lo para não fazer isso. Você estava lá. Nenhum de nós pode competir com ela — falou.

Volpe deu de ombros.

— Essa é a opinião de Rospo. Mas e os outros? E todos os amigos deles que estão no livro? Em algum momento o cinza irá devorá-los. Isso ela não mencionou, não é?

Não, ela não tinha mencionado. Lilia estremeceu. Lembrou-se de como Roxane cantava para ela dormir quando a menina era tão pequena e estava tão perdida que só queria morrer. E de como ficara feliz por encontrar uma irmã em Brianna e um irmão em Jehan.

— Vamos salvá-los. Vamos dar um jeito! — disse Lilia. — Mas eu acredito em Rospo. Ela nunca mentiu para mim! E temos que salvar Dedo Empoeirado e encontrar o livro antes que Orfeu possa destruí-lo, caso contrário todos estarão perdidos de qualquer jeito, não é?

Volpe ficou em silêncio.

— Sim, claro — disse a mulher por fim. — As pessoas se perdem rapidamente. E nem toda a nossa magia poderia trazê-las de volta. — Ela olhou de novo para Lilia de um modo que a garota não conseguia decifrar.

Então se metamorfoseou tão depressa que foi como se a raposa nunca tivesse saído dali.

— Voltarei antes de vocês encontrarem Rinaldi. Avise o Príncipe — disse ela.

E escapuliu.

34. Uma figura inofensiva

❧ ❧

Conto com sua compreensão para que eu siga meu sombrio caminho.

Robert Louis Stevenson, O médico e o monstro

❧ ❧

Ah, a traição era uma coisa tão prazerosa! O que Orfeu achava? Que Baldassare Rinaldi não entendia de vingança? As escadas que levavam à antiga fábrica de tijolos ao lado da muralha da cidade eram tão íngremes que ele tropeçou algumas vezes ao imaginar, com muita alegria, o que o Príncipe Negro faria com Orfeu. Ah, sim, o ingrato mancha de tinta se arrependeria de ter feito de Baldassare Rinaldi um inimigo. Quem precisava de livros enfeitiçados para se vingar? Uma lâmina afiada, além de, neste caso em particular, a ira de um herói, eram suficientes.

Rinaldi subiu os últimos degraus e olhou ao redor com atenção. Ótimo, nenhum sinal de vida, com exceção de alguns corvos que voaram ao notá-lo. Ninguém ousava entrar naquelas ruínas que antes forneciam tijolos para as melhores casas de Grunico, até que um dos fornos quase reduzira a muralha da cidade a escombros. Fogo... Rinaldi era obrigado a admitir que as chamas o aterrizavam, a não ser que estivessem queimando dentro de um forno. Por sorte, o Dançarino do Fogo não sabia disso quando ele o apanhara.

O mato que crescia entre as paredes carbonizadas tinha se tornado ainda mais denso desde a última vez em que ele estivera ali. Ao abrir caminho entre os galhos espinhosos, eles encharcaram as roupas de Rinaldi de neve derretida. Droga! Estava tão farto do frio. No sul, diziam que havia príncipes vivendo em palácios ensolarados, os quais pagavam trovadores com ouro e escravas, pois os honravam mais do que seus ministros e generais. Isso era muito mais de seu agrado do que aquela cidade gelada, que se resumia a prata, seda e provisões para o inverno. Não, ele queria ver coqueiros e praias de areia branca. Não era mais nenhum garoto, e o maldito frio fazia seus ossos doerem. Em certos dias mal conseguia fechar os dedos pela manhã.

A saída da rota de fuga ficava atrás do pátio onde costumavam secar os tijolos. Havia um muro ali com várias aberturas gradeadas. Sem conhecimento prévio, ninguém tinha como saber que por trás de uma delas existia algo além de uma velha fábrica. A passagem que começava atrás das barras enferrujadas levava diretamente aos depósitos do porão que Orfeu agora chamava de seu. O proprietário anterior da casa havia mandado construí-lo para o caso de seus negócios o obrigarem a fugir da cidade em algum momento. Saindo por aquele lado, o trajeto até o portão sul da cidade era mais rápido.

Rinaldi começou a cantar para si mesmo enquanto arrancava alguns espinhos congelados na frente da grade e removia os tijolos que tinha empilhado diante dela como camuflagem adicional em sua última visita. Será que Orfeu já teria mandado instalar uma nova fechadura no portão? Não. Baldassare só precisou sacudi-lo um pouco e ele se abriu. Muito bem. Com sorte, a que ficava na saída para o porão de Orfeu ainda era a antiga. Rinaldi precisou se abaixar para entrar na passagem, que se perdia na escuridão. Não ocorrera nenhum desmoronamento, pelo que ele podia ver. Isso era bom. Deixaria o Príncipe e seus ajudantes irem na frente para enfrentar os ratos. O filho do açougueiro também ficaria a cargo deles. Grappa com certeza não era um adversário fácil e, enquanto estivessem ocupados esfaqueando uns aos outros, Baldassare Rinaldi encheria a bolsa com o ouro e a prata que Orfeu exibia tão descaradamente em sua nova casa. Talvez surgisse até uma oportunidade para que ele mesmo derrotasse o Príncipe e acabasse com o próprio Orfeu. Ah, isso seria um grande prazer!

Rinaldi empurrou a grade e olhou o entorno. Precisariam de tochas. Ele não havia escondido um lampião no arbusto da última vez? Ajoelhara-se para procurá-lo quando ouviu um ruído atrás de si. Sacou a faca depressa ao se levantar. No entanto, viu apenas uma raposa farejando uma trilha por entre as pedras do pátio. Aqueles bichos podiam transmitir raiva e eram ainda mais espertos que os ratos. Criaturas imundas. Rinaldi guardou a faca e pegou uma pedra.

A raposa ergueu a cabeça e o encarou.

Rinaldi não gostou nem um pouco do olhar dela.

Ela se transformou tão subitamente que ele soltou a pedra e buscou de novo a faca com a mão. Droga. Tinha ouvido falar de seres que se metamorfoseavam, mas nunca tinha visto um. A mulher, que estava a poucos passos dele, era alta e tinha olhos de raposa. Uma Leitora de Sombras. Sim, o que mais poderia ser? Ainda que não fosse tão assustadora quanto aquela jovem a quem ele entregava as garotas. Rinaldi ficara dias sem conseguir cantar uma canção que fosse depois de tê-la encontrado pela primeira vez.

Não, essa era diferente. Mas também era sinistra.

— Que belo truque. — Ele limpou a garganta para tirar o último resquício de choque da voz. — Como você faz isso? Ouvi dizer que você deve comer o coração do animal no qual quer se transformar, verdade?

A mulher sorriu como se nunca tivesse ouvido algo mais estúpido.

— Você capturou o Dançarino do Fogo para Orfeu, certo? E provavelmente também matou o ilustrador e a aia de Violante.

Rinaldi gostava mesmo de se gabar do próprio trabalho. Mas teria preferido esconder isso dos olhos cor de âmbar que o encaravam.

— Não sei do que está falando. Sou um trovador. Um forjador de versos, um cantor. — *Vamos lá, Baldassare!*, ele se irritou consigo mesmo enquanto apertava a faca com ainda mais força. *Você não pode estar com medo dela. É só uma mulher, e ainda por cima nem é tão jovem.* E, certo, às vezes ela podia ser uma raposa.

— A ama... — A mulher deu um passo na direção dele. — Você fez com que ela se apaixonasse por você antes de matá-la? Você a jogou no rio, não é? Descartou-a como se fosse lixo.

— Não sei mesmo do você está falando, minha linda. Deve estar me confundindo com alguém. — Rinaldi passou a faca de uma mão para a outra. — Adoraria continuar conversando, mas tenho um compromisso hoje à noite.

Então girou o corpo para partir, mas ela impediu que ele seguisse pela passagem.

— Sei exatamente do que estou falando. Há alguns meses você tentou violentar uma de nós. Atrás da tecelagem, em Ombra. Por sorte ela sabia se defender. Mas tenho certeza de que não foi a primeira e não será a última.

O jeito como ela olhava para ele! Feito um verme venenoso que tinha rastejado pra fora de algo podre. Baldassare queria agarrá-la e mostrar que lhe devia respeito. E sim, ele se lembrava da louca atrás da tecelagem. Estivera se sentindo solitário naquela noite, e daí? Só queria um beijo e talvez algo mais, o que tinha de errado nisso? A pele dele ficara ardendo por dias graças ao que ela jogara em seu rosto.

A raposa ainda o encarava. De onde todas elas tinham saído, afinal? Sem dúvida, nos últimos tempos, a vida dele estava cheia de mulheres assustadoras.

— Essa passagem secreta fica mesmo bem escondida. — Ela apontou para a porta gradeada atrás dele. — Eu provavelmente não a teria encontrado sem a sua ajuda.

Mate-a logo, Baldassare! Uma facada. Não, estrangule o pescoço dela. Ainda que no caso dela com certeza isso não fosse ser tão fácil como havia sido com Donatella.

A mulher-raposa sorriu como se conseguisse ler a mente dele. O boato era de que podiam mesmo. Rinaldi tentou agarrá-la, mas ela pressionou as mãos em seu rosto e, quando ele recuou, a pele de seu corpo todo começou a coçar. Ardia como se estivesse se dissolvendo em seus ossos. Rinaldi praguejou e tentou cravar a faca no peito traiçoeiro dela, mas suas mãos não o obedeceram e tudo ao redor ficou vermelho-ferrugem feito o pelo da raposa.

— Vou te dar uma nova forma, Baldassare Rinaldi — ele a ouviu dizer. — E depois a raposa irá te caçar. Será uma oportunidade mais justa do que a que você costuma conceder a suas vítimas. No entanto, faz muito tempo que a raposa não deixa uma presa fugir.

Rinaldi tropeçou e caiu de joelhos. As costas dele se curvaram. Pelos brotaram de sua pele. Era a pior dor que ele havia sentido na vida. Seus dedos viraram patas, e o punho da faca de repente era grande demais para que o segurasse.

Volpe se metamorfoseou.

A ratazana que se agachava diante dela arreganhou os dentes.
— Corra! — ronronou a raposa.
Mesmo sabendo que era muito mais rápida.

35. Com cordas

⁌ ⁌

Todo o cuidado é pouco na escolha dos inimigos.
Oscar Wilde, O retrato de Dorian Gray

⁌ ⁌

Já chega, Orfeu! Ele travava uma luta interna contra a urgência que sentia de descer de novo ao porão. Não conseguia pensar em mais nada além da figura perdida lá embaixo. O Dançarino do Fogo, de quem havia roubado as chamas.

Se Dedo Empoeirado ao menos tivesse olhado para ele. Mas não! A marta de fogo lhe sibilara algo assim que Orfeu surgira na porta, e então ele só ficara ali deitado, o rosto voltado para a parede. A marta o aquecia. Ela costumava se deitar no peito dele, mas as mãos de seu mestre ainda estavam cinzentas e permaneciam ao seu lado como pássaros mortos.

Por que será que aquela visão não lhe trouxera satisfação? Satisfação, triunfo, a excitação da vitória... Orfeu esperava tudo isso, mas o coração era uma coisa traiçoeira, insidiosa. Experimentava apenas um sentimento amargo e vazio. Será que todos os ditados tolos sobre vingança eram verdade? Que ele não estava sentindo um pingo de satisfação porque ela, no fim, nunca compensava, mesmo?

Talvez o sentimento fosse outro se tudo tivesse ocorrido do jeito que planejara. Se Dedo Empoeirado tivesse se tornado apenas uma imagem como as outras, disponível sempre que Orfeu abrisse o livro e quisesse olhar para ele. Mas aquela coisa lá em seu porão... não. O que deveria fazer com aquela criatura destruída? O Dançarino do Fogo era apenas uma sombra. O herói de sua infância havia desaparecido, o único amigo de verdade que já tivera, para ser sincero.

Você fez tudo errado, Orfeu!, a voz sussurrava em sua cabeça. *Tudo! De-*

veria ter escrito uma história nova para Dedo Empoeirado, uma que você pudesse ler e reler, não uma história triste, mas uma maravilhosa, na qual pudesse, como antes, ficar tão imerso que se esqueceria de todo o resto! Ah, é mesmo? Mas ele não conseguia mais escrever. Nunca soubera escrever de verdade, a não ser quando roubava palavras do velho que ele também havia transformado em pergaminho.

Brilho de Ferro se recusava a guardar o vidro com a tinta cinza desde que vira o que ela tinha o poder de fazer. Nem Rudolf queria tocá-lo. Maldição! E se Orfeu fosse até a Leitora de Sombras e pedisse um feitiço para dissipar o cinza e curar Dedo Empoeirado? *Bobagem, nada pode quebrar o feitiço! Você mesmo estabeleceu essa condição.* Será que sua própria alma já tinha manchas cinza? Às vezes achava que conseguia senti-las, como se algo estivesse morto dentro dele. Mesmo o vinho caro que agora podia comprar parecia incolor desde que Dedo Empoeirado fora levado até ali embaixo e mal se movia.

Talvez devesse dar mais uma olhada nele.

Não, Orfeu! Você queria vingança e conseguiu.

Ele se dirigiu ao suporte de prata sobre o qual estava o livro, sempre aberto, para exibir o que Orfeu estava fazendo com seus inimigos. Eles o encaravam de volta de dentro das páginas como borboletas que alguém havia apanhado e espetado ali. Orfeu abria uma página diferente a cada hora para que todas as suas vítimas pudessem desfrutar de sua zombaria e seu triunfo. No momento, a honra era da filha do encadernador, Meggie. Atrevida e Língua Encantada como o pai. Orfeu sentiu uma vontade enorme de cuspir no rosto cinzento dela.

A ideia lhe trouxe o apetite de volta e o fez se esquecer do prisioneiro no porão pelo menos por um curto período. Ele destrancou a porta e foi até a balaustrada.

— Rudolf! — gritou em direção ao pátio. — Me traga algo para comer!

Como sempre, Grappa estava de guarda ao lado da porta, obedientemente, ereto como um soldadinho de chumbo. O filho do açougueiro provou ter sido um golpe de sorte, ainda que às vezes pudesse ser um pouco rude. Os mendigos agora mantinham uma distância respeitosa da porta da frente de Orfeu, e até os operários trabalhavam de forma mais confiável com Grappa de olho neles. O rapaz matava todos os pombos que ousavam defecar no parapeito da janela, todos os ratos, todas as aranhas que passavam pela soleira da porta — mas não pelo prazer de matar. Orfeu já tinha visto esse tipo de prazer o bastante para reconhecer isso. Não, Grappa só parecia se irritar quando algo invadia seu espaço sem avisar. Matar era como arrumar a casa para o filho do açougueiro. Às vezes ele observava até mesmo os trabalhadores com um semblante muito tenso. E parecia que mal precisava dormir. Perfeito. Sim, ele era o guarda perfeito.

No início, é claro, tinha contratado Grappa por causa dos inimigos que as cartas lhe haviam trazido. Mas, até o momento, os negócios tinham corrido surpreendentemente bem, e Orfeu de fato se sentia bastante seguro, apesar de todas as ameaças balbuciadas por suas vítimas. Também não tinha mais que se preocupar com nenhum amigo de Dedo Empoeirado: ele já não tinha mais nenhum. No fim das contas, gostava de ver os rostos cinzentos deles no livro todos os dias. Então, por que estava dormindo tão mal? Seriam as ameaças de Rinaldi? Sim, só podiam ser. Ou (e esse pensamento sempre deixava Orfeu muito nervoso) será que o feitiço da Leitora de Sombras estava em sua casa desde que Brilho de Ferro havia misturado a maldita tinta cinza, corroendo lentamente tudo ao seu redor?

Que bobagem!

Orfeu ficou escutando, atento e nervoso, os sons que vinham do andar de baixo. Talvez fosse o caso de descer mais uma vez até o porão para conferir como estava seu prisioneiro?

— Mestre! Venha ver isso — disse Brilho de Ferro, diante da janela. Em noites frias como aquela, a praça na qual ficava a casa de Orfeu costumava não ter vivalma, porém hoje... — Está vendo aquilo ali? Uma performance a essa hora da noite! Não é estranho? — O homem de vidro apertou o nariz contra a vidraça.

Orfeu o empurrou para o lado com brutalidade e limpou o vidro com a manga da roupa. O material não era muito bom no mundo em que estavam. Era turvo e manchado, mas mesmo através daquele vidro marcado era possível distinguir uma figura com uma tocha flamejante no centro da praça.

Será que era o...

Por um tolo instante, Orfeu se flagrou torcendo para que Dedo Empoeirado tivesse escapado de seu porão e estivesse se preparando para uma apresentação. Mas isso era absurdo! A ideia de fato lhe trouxe alegria, mas desapareceu assim que ele percebeu que se tratava de uma garota.

Apesar do frio, as pessoas começaram a se reunir em torno do círculo brilhante que a tocha projetou no chão. Um homem se aproximou da garota. Era uma máscara aquilo no rosto dele?

— Você os reconhece? Desembucha! — gritou Orfeu para Brilho de Ferro.

Os homens de vidro tinham olhos mais aguçados que os de um falcão. Mais uma prova da arbitrariedade com que Fenoglio atribuía características a seus personagens — se é que havia criado os homens de vidro com palavras. *Pare com isso, Orfeu. Fenoglio é apenas pergaminho e tinta cinza.* Esse pensamento era sempre reconfortante.

Brilho de Ferro aproximou tanto o rosto da janela que ela ficou embaçada e ele começou a limpá-la freneticamente.

— Não, mestre, não conheço a garota, mas o homem... — Ele olhou espantado para Orfeu. — Está usando a máscara do Gaio!

— Senhor! — Rudolf bateu apressado na porta. — Grappa diz ter ouvido um barulho vindo do porão!

— Então mande-o ver do que se trata! — respondeu Orfeu. — Talvez seja a maldita marta. Diga a ele para jogar um balde de água nela. Isso deve ajudar, não? Afinal de contas, é um animal feito de fogo.

A máscara do Gaio... Orfeu abriu o baú em que guardava uma luneta que havia mandado fazer anos antes em Ombra. O vidraceiro fizera muitas tentativas inúteis até finalmente chegar a uma lente satisfatória. Bem, na verdade lentes como aquela só existiam em outro mundo.

Orfeu correu de volta para a janela com a luneta. Confirmou o que o homem de vidro havia relatado. O sujeito na praça de fato estava usando a máscara do Gaio.

— Juro ao senhor, mestre! — clamou Brilho de Ferro. — O Gaio está no livro. Ele...

— Fique quieto! — Orfeu o repreendeu. — Acha que meus olhos não servem? É óbvio que aquele não é Mortimer.

O homem era muito mais corpulento. Por que então seu coração, apesar disso, batia com uma rapidez tão desagradável? A garota acendeu mais três tochas e o círculo que desenharam na praça se ampliou. O falso Gaio enfiou a mão na bolsa e tirou algo de lá.

Ha! Orfeu soltou uma gargalhada aliviada. Uma marionete! Eram titereiros. Deviam estar passando fome para se apresentar num frio daqueles e àquela hora da noite.

— Ah, não — disse Brilho de Ferro, com as mãos apoiadas na janela. Ele lançou um olhar de choque para Orfeu.

— O quê?

— A marionete... Ela se parece com o senhor, mestre!

— Que bobagem! — Orfeu apontou de novo a luneta para o mascarado, mas a multidão ao redor das tochas estava mais densa e lhe atrapalhava a visão o tempo todo. Ali! A garota jogou algo no chão e flores de um dourado pálido, que brilhavam ainda mais que as tochas, abriram-se entre as pedras. A noite foi tomada por exclamações de *ah* e *oh*, e o homem com a máscara do Gaio tirou outra marionete da bolsa.

— Dedo Empoeirado. — Orfeu sussurrou o nome como se o prisioneiro em seu porão o tivesse espremido dele.

Mas o Dedo Empoeirado que se agitava ali embaixo, movido por fios invisíveis, não era opaco e cinza; ele vestia as roupas vermelhas e pretas dos dançarinos do fogo. Vaias e gritos de raiva irromperam pela praça quando o boneco de Orfeu o agarrou. A garota tirou outro boneco da bolsa. Tinha o rosto negro e uma espada na mão. Urros e gritos de incentivo ecoaram pela noite quando o Príncipe Negro — sim, por mil diabos, quem mais poderia ser? — enfiou a espada de madeira no peito da marionete de Orfeu.

Brilho de Ferro gemeu e lançou um olhar inegavelmente culpado a seu mestre.

— Desembucha! — Orfeu agarrou o homem de vidro e o chacoalhou. — O que você sabe sobre a farsa ali embaixo?

— Eu juro, mestre! — Brilho de Ferro tentou desesperadamente se desvencilhar de suas garras. — Foi por culpa de Rinaldi que o Príncipe escapou.

— Escapou? — Dessa vez, Orfeu o sacudiu com tamanha violência que seus membros se chocaram uns contra os outros. — Mas a imagem dele está no livro! — Ele apontou para o suporte de prata. — Eu o insultei hoje de manhã. — *E ainda por cima usando nomes muito imaginativos*, pensou ele, em um autoelogio.

— Rinaldi nunca entregou o pedaço de madeira do Príncipe a Balbulus — confessou Brilho de Ferro, ofegante. — Por isso a pintura não ficou tão boa, e o Príncipe não desapareceu como os outros.

— E quando pretendia me contar isso?

Mentiroso, mentiroso de vidro! Primero ele tinha permitido que Rinaldi apanhasse Dedo Empoeirado, e mais essa agora.

Orfeu baixou a voz até um sussurro ameaçador.

— Você e Rinaldi transformaram minha vingança em uma farsa. Em um espetáculo de marionetes com Orfeu, o bobo da corte. E aquela sombra no porão? O Príncipe não vai acabar com você, mas comigo, quando descobrir o que vocês, seus bandidos, fizeram com o amigo dele. Mas agora basta!

Brilho de Ferro adivinhou o que aquilo significava. Ele mordeu a mão de Orfeu com tanta força que o sangue escorreu por entre seus dedos. Mas isso só fez com que Orfeu o agarrasse ainda mais impiedosamente. Arremessou o homem de vidro contra a parede com a mesma força com que tantas vezes arremessara uma taça de vinho quando estava com raiva. O efeito foi o mesmo.

Traído. Enganado. Feito de bobo!

Orfeu limpou o sangue da mão e observou com uma satisfação perversa os cacos cinzentos que haviam sido um homem de vidro. Depois foi até a janela e encarou a praça onde os cidadãos de Grunico riam ao ver o Príncipe Negro agarrá-lo e metê-lo em um saco.

Ele se afastou da janela. Será que o Príncipe já estaria a caminho? Aqueles lá embaixo com certeza eram seus amigos malabaristas. Orfeu respirou fundo. De raiva? Ou de medo? Não importava. Tinha que encontrar Giovanna imediatamente! Precisava de muito mais proteção contra o Príncipe Negro do que Grappa poderia oferecer. Os cacos de Brilho de Ferro chiaram sob suas botas enquanto ele pegava sua capa e corria para a porta. Mas antes de empurrar os ferrolhos, parou mais uma vez. O livro!

A filha do encadernador o encarou quando ele tirou o objeto do suporte.

— Ah, sim, você vem comigo — sibilou Orfeu —, e seu pai e sua mãe também.

Ele nunca os deixaria partir. Pelo resto da vida, a cada dia que vivesse, iria se deleitar com as fotos deles como um caçador com os troféus empalhados de sua presa. Mesmo que o Príncipe tivesse escapado dele e Dedo Empoeirado fosse um fantasma em seu porão, aqueles que eles amavam estariam para sempre em seu poder, o poder de Orfeu. Ah, sim.

Não achou Grappa em canto nenhum quando desceu as escadas

apressado. Apenas Rudolf estava no pátio, olhando preocupado por entre os pilares que o cercavam.

— Grappa desceu até o porão, senhor — gritou o empregado para cima. — Como o senhor mandou. Mas tem certeza de que não ouviu apenas a marta. Disse que eram vozes. As vozes de dois homens.

Orfeu desceu os últimos degraus e encarou a porta do porão. O túnel secreto. O dono anterior tinha jurado que ninguém sabia da existência dele. *O dono anterior, que você chantageou, Orfeu?*

Dois homens...

Lá fora a multidão ria, e Orfeu sentiu como o sangue corria de sua cabeça até os pés. Sim, ele não podia negar: estava tremendo de medo.

— Vá até lá em cima e se tranque em meu escritório! — gritou para Rudolf. — Finja que sou eu que estou escondido lá.

— Mas, senhor! — Rudolf olhou preocupado para a porta do porão.

— Faça o que estou mandando!

O empregado subiu as escadas cambaleando e Orfeu ficou escutando o som que vinha lá de baixo, onde a porta que dava para as câmaras do porão se abria para a escuridão. *São ladrões, apenas ladrões comuns, Orfeu.* Se ao menos ele conseguisse acreditar nisso. Mas não esperaria para descobrir a verdade. Ah, não.

Puxou o capuz forrado de pele de sua capa por sobre o rosto antes de destravar a porta de entrada. Não tinha a menor intenção de ser reconhecido pela multidão barulhenta do lado de fora, que celebrava o fato de uma réplica de Orfeu estar se debatendo por entre as cordas de um titereiro. Ele escreveria o nome de todos eles! Todos!

Lançou uma olhada ao redor uma última vez. Sua casa. Sua esplêndida casa nova. *Você vai voltar, Orfeu. Com um feitiço de proteção terrível. A Leitora de Sombras há de pensar em algo.*

Um vento gélido o apanhou quando empurrou a porta com esforço. Toda aquela prata pesava muito.

Uma raposa estava sentada no degrau largo.

Ela o encarou com olhos selvagens e, por um momento, Orfeu teve certeza de que o animal nojento o atacaria. Em vez disso, a raposa se levantou e sumiu de vista como se estivesse apenas esperando que ele aparecesse.

Metade da cidade estava reunida em volta do titereiro e da garota. Como ela teria feito aquele truque das flores? *Esqueça isso, Orfeu.* Mas a gargalhada do público o acompanhou enquanto ele ia, a passos apressados, na direção do cemitério. Orfeu não notou a coruja que o seguia num voo silencioso. Estava com muita pressa para chegar à lápide de onde invocava Giovanna. Costumava levar uma ou duas horas até que ela aparecesse no amieiro de prata. Mas aquela não era hora de se contentar com a aprendiz. Dessa vez exigiria que ela o levasse até sua mestra.

36. Jovem demais

❧ ⋅ ❧

Há uma razão muito boa para a luta: se um outro homem a começa.

T. H. White, The Once and Future King

❧ ⋅ ❧

— Foi fácil de encontrar. — Volpe não disse mais nada quando mostrou a eles a entrada do túnel. — Por que você pagaria um assassino para mostrar isso?

Não explicou onde estava Rinaldi, e Nyame não perguntou. Será que podiam confiar na raposa? Foi o que se perguntou mais de uma vez enquanto seguia com Jehan pela estreita passagem, mas de novo se tranquilizou pensando no fato de que Lilia confiava nela.

A luz bruxuleante de uma tocha tornou-se visível diante deles. Ela projetava a sombra de uma grade no chão do corredor. Jehan parou e, juntos, prestaram atenção aos sons na escuridão. Nyame sentiu-se tentado a chamar o nome de Nardo apenas para dissipar o silêncio. O que ele faria se Orfeu o tivesse matado? A mera ideia daquilo encheu seu peito e sua mente de tanto ódio que não tinha a menor ilusão de que seria capaz de controlá-lo. Ao contrário de Orfeu, Nyame não acreditava em vingança. Já tinha cansado de ver como as sombras dela perseguiam as pessoas. Mas se Orfeu tivesse levado o amigo que era a outra metade de sua alma, ele sem dúvida se esqueceria da própria crença na misericórdia e no perdão.

Pare com isso, Nyame. Você ainda não sabe se ele está morto.

Jehan precisou de um tempo para abrir a porta gradeada. A ferrugem a selava melhor que a própria fechadura. O rapaz fez algumas pausas quando os ruídos de suas ferramentas ecoaram alto demais no silêncio, mas ninguém apareceu e, finalmente, a porta se abriu.

As abóbadas do porão em que estavam eram vastas e havia muitas portas. Mas apenas uma delas emanava um brilho incandescente que escapava pela soleira.

A marta de fogo que lhes mostrou os dentes afiados era muito parecida com Gwin. Havia se enrolado ao lado de Dedo Empoeirado e parecia estar tentando protegê-lo, usando o próprio calor, do que quer que tivesse entrado no corpo de seu mestre. Nyame pegou a mão cinza que mal podia ser reconhecida como a de seu amigo e escutou seu peito. O coração ainda batia, mas o som era fraco, como o de uma vela se apagando.

— Nardo — sussurrou enquanto a marta se esfregava nele, como se reconhecesse um amigo ali.

Dedo Empoeirado abriu os olhos.

Nyame quase desmaiou de alívio quando viu seu reconhecimento.

— O que aconteceu, Nardo? — Ele segurou as mãos frias do amigo. Se Orfeu estivesse atrás dele agora, sem dúvida o teria matado.

Dedo Empoeirado tentou sorrir.

— Acho que os planos de Orfeu eram um pouco diferentes — falou baixinho. — O homem de vidro tentou me pintar no livro, mas, como você pode ver, ainda estou por aqui. Provavelmente também graças a ele. — Então fez um esforço para erguer a mão, e a marta alcançou logo seus dedos que a buscavam.

Jehan estava postado em pé na porta, prestando atenção aos sons no escuro. Evitou olhar para o padrasto.

— Príncipe, temos que ir!

O barulho de passos ecoou no porão. Vinham da escada que levava ao andar de cima. Jehan sacou a espada antes que Nyame pudesse impedi-lo. Talvez a escaramuça com os bandidos da estrada o tivesse feito criar gosto pelo combate. Ou talvez quisesse evitar que o padrasto percebesse o quanto ainda estava zangado com ele. Não adiantava tentar dissuadir Jehan da raiva que sentia. Ela não desapareceria até que sua mãe e irmã estivessem de volta.

Nyame passou o braço em volta dos ombros de Dedo Empoeirado.

— Você consegue ficar em pé?

— Vou tentar — respondeu o amigo.

Com a ajuda ele se levantou, mas precisava de muito esforço para ficar ereto. A marta saltou através da porta, indo na frente.

Do lado de fora, um jovem muito alto estava no pé da escada. Ele mediu Jehan com um olhar surpreso.

— Vejam só, eu não estava ouvindo mal. O ferreiro mágico. Eu sabia que você não era confiável.

Havia algo no rosto dele que Nyame conhecia bem até demais. Alguém treinara o rapaz a não se importar com a dor, fosse a dele mesmo ou a dos outros. Aquilo, unido ao fato de ele ser jovem o suficiente para ainda se acreditar imortal, era uma mistura perigosa.

Muito perigosa.

Jehan se esquivou do primeiro golpe de espada, mas o segundo quase o atingiu no ombro. Ele escapou por um triz.

— Ajude-o, Nyame! — murmurou Dedo Empoeirado.

O amigo tinha razão. Nyame o soltou com relutância. Dedo Empoeirado estava tão fraco que teve dificuldade de se manter em pé mesmo apoiando as costas na parede. No entanto, Jehan quase já não conseguia se defender do guarda de Orfeu. Ele tropeçou e caiu de joelhos. Nyame sacou a espada e se posicionou diante dele, protegendo-o.

O guarda de Orfeu ficou visivelmente surpreso quando viu seu novo oponente. E não gostou nem um pouco da facilidade com que o Príncipe Negro se defendeu da espada dele.

Ele era jovem demais.

— Suma daqui. Você ainda tem tempo. — Nyame escutou o ódio na própria voz, o ódio pelas mãos cinzentas de Dedo Empoeirado e pelo buraco úmido que era o porão em que estavam, por todos os rostos cinza num pequeno livro. Mortimer, Meggie, Doria, Farid... Queria acabar com todos os homens que, assim como Orfeu, semeavam a dor e o medo. Mas aquele garoto não era um deles. Só tinha um coração gelado e partido. Nyame respirou fundo para domar a raiva antes que ela se tornasse tão enorme que ele não se importaria mais com quem estava matando.

— Ande logo. — Ele abaixou a espada. — Volte lá para cima, de onde veio, e eu levarei meu amigo. Ninguém ficará sabendo do que aconteceu aqui. Você está servindo ao homem errado, e é jovem demais para morrer.

— Meu nome é Grappa. — O guarda apertou os lábios e segurou a espada com mais força. — Apenas para que saiba quem te matou. E o prisioneiro fica aqui.

O próximo golpe que o garoto desferiu não foi ruim, mas Nyame tinha enfrentado muito mais lutas do que ele. Tão jovem. Lembrava-se muito bem de como aquilo tinha o poder de tornar uma pessoa imprudente.

Jehan havia se erguido.

— Leve Dedo Empoeirado pelo túnel secreto — ordenou Nyame, sem tirar os olhos de Grappa. — Eu alcanço vocês.

Jehan hesitou, mas o obedeceu. Algo dentro dele o fez se lembrar de que era um artesão, e não um guerreiro. Nyame se alegrou ao ver a percepção daquilo no rosto do rapaz. Mas o que o teria transformado em um guerreiro? O ódio que sentira na noite em que sua irmã morrera? Não, desde sempre ele quisera proteger todos que amava. A morte de Haniah apenas o ensinara que isso nem sempre era possível.

Ele se esquivou de novo da espada de Grappa.

Jehan tinha conseguido chegar ao túnel com o padrasto, que gritou:

— O livro, Nyame! Você precisa encontrá-lo!

O que ele pensava? Que era o único que não havia se esquecido dos outros? Se tudo acontecesse conforme o planejado, Lilia estaria esperando por Nardo e Jehan na saída do túnel. Grappa viu os dois desaparecerem. A raiva causada pela fuga de Dedo Empoeirado tornou seus ataques tanto mais precipitados como mais perigosos. Talvez Nyame pudesse levá-lo para a câmara onde o amigo fora aprisionado e trancá-lo lá. Mas Grappa se deu conta do plano e voltou para os degraus.

— Preciso de ajuda! Ele está fugindo! — gritou escada acima. — Pela passagem secreta!

Será que estava esperando que Orfeu fosse ajudá-lo? Não sabia que seu mestre era um covarde?

O livro, Nyame. Você precisa encontrá-lo! Ele deu apenas uma olhada rápida para o alto da escada, mas Grappa viu aí uma oportunidade. O ataque que desferiu foi tão rápido que Nyame só tinha uma maneira de se salvar. A espada de Jehan foi cravada profundamente entre as costelas do jovem guarda. O sangue escorreu por seus lábios enquanto ele caía.

— Sinto muito — sussurrou Nyame, mas era provável que Grappa já não pudesse ouvir. Ele parecia surpreso. Imortal...

Nyame deixou a espada cair e encarou o morto. Cada morte tornava seu coração mais pesado. Como se permanecessem com ele. Nyame examinou os ferimentos que havia sofrido. Nenhum oferecia risco. Limpou o sangue de Grappa da lâmina que o matara e olhou para o túnel secreto. Jehan e Dedo Empoeirado tinham desaparecido.

Ele encostou o corpo na parede. Ainda queria matar Orfeu, mas agora o desejo estava em desacordo com o de seguir o amigo. Ainda assim, dirigiu-se até a escada íngreme. Queria o livro, não apenas por Jehan e Dedo Empoeirado. Queria voltar até a oficina de Mortimer e escutar sobre as aventuras da viagem de Meggie com Doria. Queria ver Elinor aplaudindo com entusiasmo a arte dos equilibristas na corda bamba e Darius beijando um deles. Queria sentir o calor do fogo de Farid na pele e ouvir sua risada barulhenta, ver as crianças prenderem a respiração ao ouvirem as histórias de Fenoglio, testemunhar Jehan abraçando a irmã e Dedo Empoeirado afundando o rosto nos cabelos de Roxane. Aquilo tinha que acabar. Orfeu havia feito aqueles que amavam reféns de sua vingança por tempo suficiente.

Nyame sentia como se todos estivessem com ele enquanto subia as escadas do porão de Orfeu. O pátio interno estava silencioso e deserto. Nada se mexia atrás das balaustradas dos outros andares também.

— O Príncipe Negro! — Um homem pequeno e magro esticou a cabeça sobre o parapeito do primeiro andar.

Nyame olhou em volta, alerta. É claro, os servos. Será que seriam corajosos o bastante para lutar? Aquele ali não parecia, pelo que tudo indicava. Encarava a espada na mão do Príncipe.

— Então o senhor existe mesmo? O protetor dos pobres? O terror dos poderosos... — disse o empregado, que olhava tão incrédulo ali para baixo que era como se Nyame tivesse pulado de um conto de fadas que se lia para crianças. Porém, logo sua expressão tornou-se hostil. — Ah, que nada, Rudolf. Olhe para ele! Deve estar só atrás de ouro. Os pobres inventam canções sobre heróis nobres e altruístas para se esquecerem da fome. Meu filho mais velho também as canta, mas elas não passam de mentiras. Igual ao teatro de marionetes lá fora.

Nyame não contradisse Rudolf. Nunca tinha se sentido um herói, ainda que cantassem músicas sobre ele, e certamente não se sentia nobre nem altruísta depois de ter matado Grappa. O Gaio compreenderia tudo isso, mas agora Mortimer era apenas uma imagem num livro. E então ele voltou: o ódio.

— Onde está o seu senhor, Rudolf? Não vai acontecer nada com você, mas não saio daqui sem Orfeu. Sem ele e sem o livro. Um livro pequeno e cinza.

Rudolf deu uma risada triste.

— O senhor chegou tarde demais. Orfeu fugiu e levou o livro com ele. Estou feliz que ele tenha ido embora. Temi todos os dias que eu pudesse levar para casa o feitiço contido ali, e que meus filhos fossem atingidos por ele como aconteceu com o prisioneiro de Orfeu.

O prisioneiro de Orfeu... A mão de Dedo Empoeirado ficara tão fria, e o rosto dele, tão cinza. E o amigo não pudera invocar o fogo para enfrentar Grappa. Nyame precisava encontrar Orfeu.

Ele apontou para a porta adornada em prata.

— Seu senhor escapou por aquela porta?

Rudolf confirmou.

— Ele provavelmente foi ao encontro da Leitora de Sombras! — gritou enquanto Nyame empurrava a porta. — Para comprar proteção contra o senhor e todos que o estão ajudando. Não vai desistir tão fácil de sua vingança. Orfeu só pensa nisso desde que trabalho para ele.

Havia medo na voz do empregado. Medo de quem? De Orfeu ou do Príncipe Negro, que invadira a casa de seu senhor e matara o guarda dele? Nyame conhecia muitos homens e mulheres que gostavam quando as pessoas sentiam medo delas. Ele sempre se sentira péssimo com isso.

Espreitou o lado de fora pela porta aberta.

Não havia mais sinal da raposa ou de Orfeu. Nyame tinha sido bem enfático com Volpe de que queria Orfeu vivo. A praça estava deserta. Baptista e Lilia também haviam ido embora, e com eles todos os espectadores. Será que tinham conseguido levar Jehan e Dedo Empoeirado para um lugar seguro?

Com certeza. Tudo está indo de acordo com o planejado, Nyame. Não, tinha sido fácil demais. Ele não conseguia se livrar desse pensamento enquanto caminhava pelos becos noturnos de volta para a casa que conhecia as histórias de sua mãe.

37. Roxane

Recorda-te de mim quando eu embora
For para o chão silente e desolado;
Quando não te tiver mais ao meu lado
E sombra vã chorar por quem me chora.

Christina Rossetti, *Remember*

Não era possível que o tivesse perdido de novo. Como? Quando? Mas tudo estava tomado pela neblina. Ela havia engolido tudo, a casa, a floresta, suas plantações. E Nardo.

Roxane chamou pelo nome dele. E pelo de Jehan e Brianna. O cinza, porém, preenchia sua boca e seus olhos. Até o coração dela estava tomado por ele.

Fazia tudo desvanecer, como se tivesse sido apenas um sonho. Sua vida inteira e tudo que ela amava, nada além de um sonho.

Roxane fechou os olhos para vasculhar as próprias lembranças. Mas mesmo nelas as cores tinham desaparecido, e ela não conseguia trazê-las de volta. As plantas haviam sido verdes, certo? Já não sabia mais o que aquilo significava.

Só sabia que as canções continuavam lá. Roxane as ouvia dentro de si, e começou a cantar, ainda que o cinza pintasse seus lábios e sua voz soasse perdida demais em meio a toda a névoa que a envolvia.

38. Traição

☙ ❧

Toda traição começa com a confiança.
Martinho Lutero

☙ ❧

Sim, Dedo Empoeirado estava livre. Quando Nyame retornou, ele estava deitado na cama que Baptista fizera, em frente à lareira, para que as chamas o aquecessem. Jehan serrava um banco no pátio para alimentar o fogo, e a marta seguia deitada no peito de Nardo, como no porão de Orfeu, uma prova vermelho-dourada de que o fogo não havia abandonado o dançarino.

Nyame se ajoelhou ao lado de Dedo Empoeirado e puxou o cobertor que costumava mantê-lo aquecido mesmo ao ar livre. O cinza se aninhava nos olhos do amigo como fumaça.

Orfeu.

Nyame lançou um olhar de interrogação para Baptista, embora achasse que já sabia a resposta.

Baptista balançou a cabeça.

— Nenhuma pista de Volpe e da coruja. Nenhuma pista de Orfeu. — A máscara do Gaio ainda ocultava seu rosto, mas a voz dele entregava a raiva por ver Dedo Empoeirado deitado ali. — Ela também não sabe onde as duas estão.

Apontou para a janela. Lilia estava no pátio. Parecia muito perdida.

— Talvez a raposa tenha feito Orfeu desaparecer no ar, como fez com o trovador — disse Baptista com escárnio.

Nyame não sabia se gostava dessa ideia.

— Pelo menos conseguimos o livro? — A marta pulou do peito de Dedo Empoeirado quando ele fez um esforço para se sentar.

— Não. Orfeu está com ele. — Nyame odiou ter que dar aquela resposta. Poderiam ter sido mais rápidos? Ele deveria ter procurado Orfeu primeiro? Como o homem tinha escapado? Orfeu não era nenhum guerreiro, Volpe e Civetta poderiam tê-lo detido com facilidade.

Jehan trouxe a lenha que havia cortado. Pareceu muito aliviado ao ver que Nyame sobrevivera quase ilesa à luta com Grappa. Mas então olhou para a janela e seu rosto se fechou.

Do lado de fora, no pátio, havia uma raposa.

Volpe se transformou quando Lilia caminhou na direção dela. Não conseguiam ouvir o que diziam, mas a garota estava com raiva. Nyame a viu agarrar a raposa pelo braço, mas Volpe apenas lhe deu as costas abruptamente.

Quando as duas entraram no cômodo em que todos esperavam, Lilia passou pela mulher sem dizer uma palavra. A raposa, no entanto, permaneceu de pé entre os pilares, como se estivesse se preparando para um ataque.

Ela apontou para Dedo Empoeirado.

— Então vocês conseguiram libertá-lo. Ótimo.

— Sim, mas minha mãe e minha irmã seguem presas no livro. Onde ele está? — Jehan foi o primeiro a perguntar. — E onde está Orfeu?

— Ande, fale para eles! — gritou Lilia para Volpe.

Nyame nunca a tinha visto tão furiosa. Furiosa. Horrorizada. Envergonhada. Culpada?

Volpe endireitou os ombros.

— Deixamos Orfeu escapar.

Todos gritaram com ela: Baptista, Jehan, até Lilia. O horror que viu no rosto jovem dela tornou mais suportável a amargura que tomou conta de Nyame. Era óbvio que ela não sabia nada sobre as intenções das outras duas.

Dedo Empoeirado se esforçou para ficar em pé.

— Parece que perdi alguma coisa — disse ele. — Quem é ela? Uma ajudante de Orfeu?

A marta pulou na direção de Volpe e arreganhou os dentes.

— Orfeu? Não me importo com ele — disse a raposa, com desdém. — Você teria cavalgado de volta para casa se também tivesse pegado o livro, na esperança tola de encontrar alguém ou alguma coisa lá para tirar o cinza do rosto de seus amigos. Orfeu! Ele é apenas um menino malvado que ganhou um brinquedo perigoso. Mas a verdadeira responsável por torná-los cinza é quem molda o mal e o liberta no mundo. Um livro, uma pena, um vestido envenenado, um sapato que faz você dançar até a morte... Ela é como uma fonte que jorra desespero e dor para o mundo. Vocês tomaram apenas um gole do veneno dela, mas muitos outros morreram por conta dele, e ninguém nunca a puniu por tudo que ela vem fazendo há décadas. Isso precisa acabar! O mundo já está escuro o suficiente sem a...

— A mãe e a irmã de Jehan estão no livro, Volpe! — Lilia a interrompeu, com raiva. — Elas são como mãe e irmã para mim também. Como ousa sacrificá-las desse jeito? Sua magia sempre foi mais raivosa do que a minha, mas eu confiava em você e em Civetta!

— Minha filha Mia não era muito mais velha do que você quando foi para Rabbia! — estourou Volpe. A voz dela estava rouca de exasperação. — Sim, foi assim que ela ficou conhecida: Rabbia. Raiva. Mia sempre teve medo do mundo, e minha magia era fraca demais para ela. Estava convencida de que apenas as Leitoras de Sombras poderiam entender essa escuridão e protegê-la. A última notícia que tive da minha filha foi que ela havia encontrado Rabbia e se tornado sua aprendiz. Isso foi há três anos, e eu não sabia onde procurá-la. Até que Lilia nos contou sobre as imagens cinzentas e que você suspeitava de que a origem do feitiço estava em Grunico.

Lilia escrutinou Volpe como se contemplasse a verdadeira forma dela pela primeira vez. Não era a raposa; não era a Mulher da Floresta. Mas uma estranha.

— Por que ainda está aqui se está procurando sua filha? Por que não seguiu Orfeu? Com certeza ele a teria levado à Leitora de Sombras. — A voz de Lilia ainda soava hostil, mas Nyame notou que ela também estava sentindo pena de Volpe. Assim como ele.

— Não posso só ir ao encontro dela. Rabbia não é estúpida a ponto de deixar que qualquer uma de nós se aproxime dela. A menos que eu leve algo que ela deseje tanto que descuide da própria cautela. — O olhar da mulher procurou Nyame. — Mia nunca quis acreditar em mim: as Leitoras de Sombras temem a escuridão da qual se alimentam. Sabem que um dia serão devoradas por ela. Por isso, roubam a luz de outras pessoas, como as meninas que Rabbia recebe como pagamento. Isso a protege por algumas semanas, mas depois...

— Não quero ouvir mais uma palavra! — Jehan se posicionou ao lado de Lilia, de forma protetora. — Está querendo que ela vá com você até a Leitora de Sombras para servir de isca! Enlouqueceu!

Volpe o olhou, surpresa.

— Ela não, seu tolo! — E apontou para Nyame. — Ele, é claro.

Dedo Empoeirado e Baptista se posicionaram ao lado de Nyame antes que ele de fato compreendesse o que a raposa havia dito.

— O Príncipe Negro. — Volpe sussurrou o nome como se fosse um encantamento. — Protetor de todos os indefesos e famintos. Confesso que pensei que tudo isso fosse apenas fachada, mas ele realmente é como todos o descrevem. Altruísta. Compassivo. Desprovido do desejo de matar pelo qual, uma hora ou outra, tantos heróis serão dominados, ou da fome de poder. A luz de milhares em um só homem. É por isso que todos o seguem, por isso que tantos morrem por ele. Rabbia verá isso assim que ele entrar em sua casa. A luz do Príncipe a cegará, e eu a matarei e levarei minha filha comigo.

— Suma daqui, raposa! — Baptista se aproximou dela e agarrou seu braço. — Antes que eu me esqueça de que tenho horror a matar. E você e a coruja... acho bom nos trazerem o livro. E Orfeu!

Mas Volpe era forte e se soltou. *Me ajude*, ela implorou com os olhos a Nyame. *Você teria cavalgado de volta para casa se também tivesse pegado o livro, na esperança tola de encontrar alguém ou alguma coisa lá para tirar o cinza do rosto de seus amigos*. Sim, esse teria sido o plano dele. Afinal, o alerta que Lilia trouxera da floresta tinha sido claro. Mas, para ser sincero, ele já não vinha considerando, desde sempre, que precisariam enfrentar mais do que Orfeu ali em Grunico? Desde que Jehan e Lilia tinham lhe contado sobre a Leitora de Sombras?

Dedo Empoeirado o observava. Ele sabia o que se passava na cabeça do amigo. O Dançarino do Fogo já o havia salvado de muitas decisões estúpidas. Era um milagre que o Príncipe Negro tivesse sobrevivido durante todos aqueles anos sem ele. *Não!*, alertaram os olhos do amigo. *Dessa vez não, Nyame*.

Baptista se manteve ao lado de Volpe, pronto para expulsá-la da casa.

— Solte-a, Baptista — disse Nyame. — Ela tem razão. Irei com ela.

Baptista olhou para ele tão espantado quanto Jehan e Lilia. Só Dedo Empoeirado não ficou surpreso. *A luz de milhares. Ah, sim,* o olhar dele dizia. *Você, entretanto, também conhece as sombras intimamente e nunca deixará de lutar contra elas.*

O amigo oscilou e Nyame o ajudou a voltar para a cama improvisada na frente da fogueira. Iria com Volpe por Dedo Empoeirado, por Mortimer e por todos os outros. Mas não apenas por eles. *Uma fonte que jorra desespero e dor para o mundo*. Também iria pelas garotas com que Orfeu havia pagado a Leitora de Sombras, e pela filha de Volpe. Talvez os contos de fadas de sua mãe tivessem reforçado demais as histórias de heróis que lutavam pela luz e contra a escuridão. Não importava que hoje ele soubesse quão raras eram as vezes em que eles saíam vencedores.

Baptista tirou a máscara do rosto. A máscara do Gaio. Mais um nobre ladrão que se colocava em perigo pelos outros. Nyame se perguntou se teria deixado Mortimer ir até a Leitora de Sombras.

— Não pode confiar nela! Será que ela já não deu provas o suficiente disso?

— Baptista tem razão. — Jehan olhou para a raposa de forma tão hostil quanto Baptista.

Só Lilia não disse nada. Nyame ficou comovido com o quanto ela já o conhecia. Sabia que ele já havia se decidido.

— Você e Jehan ficarão com Dedo Empoeirado — disse Nyame a Baptista. — Para o caso de Orfeu voltar da Leitora de Sombras antes de nós. Vai saber o que ela vai dar a ele como proteção, e Dedo Empoeirado ainda está muito fraco para se proteger sozinho.

O fato de Nardo mal ter protestado provava como estava combalido. Baptista e Jehan não gostaram da incumbência que receberam do Príncipe, mas se calaram. Será que era o certo a ser feito? Nyame não tinha certeza. Mas ele não enxergava outro caminho.

— Vou com vocês — disse Lilia, preenchendo o silêncio.

Dessa vez Jehan protestou, mas a marta de fogo pulou no ombro da garota como se quisesse mostrar sua aprovação.

Lilia sorriu para Nyame.

39. Um caminho escuro

❦

[...] *e livros, que me contaram tudo sobre a vespa,
exceto o porquê.*

Dylan Thomas, *A Child's Christmas in Wales*

❦

Volpe os conduziu por quase uma hora através da densa floresta na montanha que cercava Grunico até chegarem a uma clareira no centro da qual havia um velho amieiro. Ao redor da árvore, o chão estava coberto de moedas e anéis, braceletes, pequenos baús, cálices e travessas, cuja prata manchada capturava a luz da manhã. O povo dos menestréis contava muitas histórias sobre os amieiros de prata e os elfos que supostamente viviam dentro deles e concediam desejos sombrios... Nyame deixou seu olhar vagar por todas as oferendas de prata. Quantos desejos sombrios. Ele quase conseguia senti-los como uma chuva fria na pele.

— Não toque na prata — sussurrou Lilia para ele —, e mantenha distância da árvore.

Nyame não ficou nem um pouco tentado a se aproximar. Os galhos nus se estendiam no ar como garras.

Civetta já esperava por eles. A coruja estava empoleirada a uma distância segura do amieiro em um choupo que crescia na borda da clareira. Ela evitou olhar para Nyame e para Lilia antes de abrir as asas e deslizar, em silêncio, por entre as árvores. Seguiram-na até uma ravina que se abria sombriamente entre as encostas. As coníferas altas escondiam o céu. Pessoas de vidro selvagens despontavam da vegetação rasteira entre eles, além de duendes da floresta e fadas da grama como as que habitavam as florestas ao redor de Ombra, mas Nyame também avistou rostos peludos que nunca tinha visto antes. Incontáveis rastros de javalis, lobos e ursos cruzavam seu caminho, prova de que a Leitora de Sombras não parecia incomodar os outros habitantes da floresta. Ela era só mais um predador.

 Lilia se mantinha bem próxima a Nyame e não dirigia um olhar sequer a Volpe. Talvez tivesse sido a primeira vez que alguém em quem ela confiava a havia traído. Era um sentimento com o qual não era fácil se acostumar. Volpe permaneceu em sua forma humana, como se isso a aproximasse da filha, enquanto seguia a coruja. Saudade. Esperança. Medo. O rosto dela revelava tudo isso. Mas, ainda que a filha dela estivesse viva, o que teria se tornado?

 Não é fácil seguir uma coruja, embora Volpe o fizesse com tanta naturalidade que era como se estivesse transformada e coberta por sua pelagem. Civetta piou algo para ela algumas vezes, e Nyame desejou, não pela primeira vez, que pudesse entender a língua dos animais. O último pio da coruja soou tão insistente que ele estava prestes a pedir que Lilia o traduzisse quando Volpe parou de repente. Alguém atravessava a vegetação rasteira e ofegava tão alto que só podia se tratar de um humano.

 Nyame tinha certeza de ter reconhecido Orfeu na silhueta que surgiu a certa distância entre as árvores, e estava prestes a segui-lo quando viu a expressão no rosto de Volpe. Uma segunda figura havia aparecido entre as árvores, e os olhos da raposa, muito mais apurados que os humanos de Nyame, arregalaram-se em choque.

 A coruja continuou a planar, antes que Nyame pudesse perguntar o que tinha visto, e Volpe a seguiu, enquanto as duas figuras misteriosas desapareciam atrás das árvores mais uma vez. Lilia alcançou Volpe e sussurrou algo para ela. Mas a raposa apenas balançou a cabeça em resposta e continuou a seguir a coruja a passos tão ligeiros que era como se estivesse sendo perseguida por algo de que não podia escapar.

 Nyame ainda estava se sentindo tentado a dar meia-volta e correr atrás de Orfeu e da pessoa que o acompanhava quando, de repente, a floresta se abriu e quatro enormes pilares de pedra se ergueram em direção ao céu diante deles. Eram as sobras de uma ponte desmoronada. No passado, devia cruzar a ravina pela qual a coruja os havia levado. Algo pendia dos restos da ponte até o chão da floresta. Parecia um ninho de vespas gigante que preenchia completamente o espaço entre dois dos pilares. As paredes cinza-claro exalavam um cheiro adocicado e, apesar do frio do inverno, o ar vibrava com o zumbido dos insetos que se aglomeravam ao redor deles.

Sem dúvida todos eles tinham imaginado que a casa da Leitora de Sombras seria bem diferente. Mais humana, talvez? Afinal, ela era mortal assim como Volpe, Civetta e Lilia. Mas aquela mulher provavelmente abandonara sua humanidade fazia muito tempo.

A única entrada visível era uma abertura escura no pé do ninho, e toda a esperança desapareceu do rosto de Volpe. Não havia como voltar daquela casa e, caso a garota ainda estivesse viva, já não era mais sua filha. A raposa olhou para o Príncipe. O desespero não ajudava em uma batalha que dificilmente poderia ser vencida, Volpe também devia saber disso. A perda da esperança tornava as pessoas imprudentes. Mas estava tarde demais para voltar atrás, e Nyame se lembrou do rosto cinzento de Mortimer ao estender as mãos para a raposa. Pelo bem das aparências, ela o prendeu com uma corrente que ele mesmo era capaz de abrir. Lilia observava aquilo com evidente desconforto. Havia prometido a Nyame que, por enquanto, ficaria em segundo plano e fingiria ser aprendiz de Volpe. Grappa contara sobre a aprendiz de Rabbia a Dedo Empoeirado no porão de Orfeu, mas eles não sabiam o quanto ela já tinha aprendido com a mestra.

Qualquer portão de castelo vigiado por uma centena de soldados pareceria mais convidativo do que a abertura diante deles, e não havia nada, nada mesmo, no plano de Volpe que agradasse a Nyame, porém ele não tinha um plano melhor.

— Você ainda nos deve uma resposta antes de entrarmos — cochichou ele para ela. — Quem era o homem com Orfeu?

— Depois! — respondeu a raposa, mas Lilia agarrou o braço dela.

— Conte para ele! Rabbia criou um duplo para Orfeu, estou certa? Volpe soltou o braço.

— Provavelmente.

— Criou um reflexo dele, intocável e sem medo ou consciência, com a força de uma dúzia de homens. Com tudo que há de ruim em Orfeu, mas cem vezes pior. — O rosto de Lilia estava rígido de ódio. — Eu nunca vou te perdoar, Volpe. Você alguma vez chegou a conhecer Roxane? Ela era melhor que você, muito melhor.

— E se conseguirmos matar Rabbia, talvez você a reencontre — sibilou Volpe de volta.

As duas se mediram de maneira hostil, e Nyame se perguntou se a raiva de Lilia lembrava a raposa da raiva da própria filha. Ele examinou o ninho enorme. E se não voltassem dali? E se Orfeu e seu duplo pegassem Dedo Empoeirado? Será que ele cometera um erro ao ir até aquele lugar com Volpe?

Civetta havia se acomodado em um galho acima deles.

— Ela irá nos avisar caso Rabbia peça ajuda à floresta — sussurrou Volpe. — Homens do Lago, íncubos...

Nyame olhou para a coruja. Esperava que ela levasse essa vigia mais a sério do que a que havia feito na porta de Orfeu. Será que Civetta sentia-se confortável com a ideia de matar? Por que mais teria escolhido aquela forma? Uma raposa teria certa noção do assunto, mas Nyame se viu pensando que preferia ter entrado no ninho das vespas com a coruja.

Não havia cobertura enquanto caminhavam na direção delas. As paredes pálidas eram como as que as vespas comuns construíam com a polpa da madeira mastigada, mas esses insetos não eram amarelos, e sim cinza, como as mãos de Dedo Empoeirado, o rosto de Mortimer e a neve suja que roubava as cores do mundo ao redor deles. Até mesmo o céu acima parecia refletir a cor da Leitora de Sombras.

As vespas se aglomeraram ao redor, mas não atacaram. A jogada de Volpe parecia estar funcionando. Os guardiões alados identificaram que aquela visita não solicitada trazia um presente para a senhora deles. A única questão que restava era se depois os deixariam partir.

40. Adentrando a casa da Leitora de Sombras

É mais escuro quando a luz se apaga do que seria se ela nunca tivesse se acendido.

John Steinbeck, *The Winter of Our Discontent*

As vespas não os seguiram quando eles passaram pela abertura. O cheiro doce pairava no ar dentro do ninho, tão pegajoso quanto mel derretido. Nyame viu estruturas de favos de mel escuros nas paredes que o cercavam. Nada no enorme cômodo sem janelas lembrava uma moradia humana; no entanto, ele viu, quase irreconhecíveis no emaranhado de insetos, poltronas e mesas de formato imponente, alguns pilares que terminavam no nada e escadas que levavam aos favos superiores e pareciam feitas de origami. Tudo tinha cheiro e gosto de loucura. A escuridão escorria dos favos, muitos deles apenas pela metade, e a matéria-prima das vespas pendia do teto em fragmentos disformes, como se elas tivessem se esquecido do que a mestra havia ordenado que formassem.

A figura que se ergueu de uma das poltronas era tão cinza que, à primeira vista, também parecia ter sido feita pelas vespas. Tudo nela era daquela mesma cor: a pele, o cabelo longo e solto, até o bordado de seu vestido. Rabbia não fazia qualquer esforço para esconder a idade, mesmo que, sem dúvida, fosse capaz de tal proeza. Apenas as luxuosas joias de prata ao redor do pescoço e nos braços conferiam à aparência dela um brilho de luz, como se ela quisesse, com eles, proteger-se da escuridão da própria vida.

Os poucos passos que a mulher deu em direção a eles foram rígidos. Pareciam lhe causar dor física. Cada movimento parecia difícil, até a virada de cabeça e o gesto de pentear os longos cabelos para trás. Volpe reprimiu um sorriso triunfante. *Cuidado!*, Nyame queria sussurrar para ela.

Talvez essa inimiga não esteja se camuflando de juventude e beleza, mas de idade e decadência. Mas nem mesmo ele conseguia impedir o pensamento de que a Leitora de Sombras já estava perdida na escuridão em que havia buscado poder.

— Visita? Não costumo ter esse prazer duvidoso. E vocês não são meus primeiros hóspedes hoje. — A voz que saiu dos lábios incolores soou como se emanasse das paredes do ninho, e não do corpo gasto diante deles. Os olhos que fitavam Nyame eram tão cinzentos quanto o vestido de Rabbia e traziam de volta cada dor que ele já tinha sentido como um enxame de vespas furiosas. Involuntariamente, ele quis se posicionar na frente de Lilia para protegê-la daquele olhar, mas a garota o lembrou, com uma expressão de advertência, dos papéis que cada um estava desempenhando ali.

De todo modo, Rabbia parecia mais interessada em Volpe do que na moça com a testa tatuada. A raposa, no entanto, limitou-se a ficar parada e examinou o entorno, o ódio e a ansiedade em seu rosto como duas cores em disputa. Quantas vezes a raposa teria imaginado esse momento?

— Onde ela está? Mia. Minha filha. — A voz dela soou frágil, como se tivesse que montar as palavras a partir de fragmentos. — Você a aceitou como aprendiz faz muitos anos. Quero vê-la. Não importa no que a tenha transformado.

Rabbia a encarou com grande desdém, como se Volpe fosse só mais uma de muitas mães que tinham vindo até ela com essa pergunta.

— Mia? Sim, eu me lembro. Por que você está aqui? Está esperando que ela vá voltar para casa com você? — A Leitora sorriu. — Que boa mãe você é. E me trouxe até um presente em troca dela.

O olhar dela destrinchou Nyame como se ele fosse um animal capturado. Mas, dessa vez, os olhos cinzentos não estavam em busca da dor, e sim de todo o amor que ele havia recebido na vida, tão profundo e de tantas pessoas. Os rostos e vozes deles, a alegria e a gratidão que haviam demonstrado, a devoção que lhe tinham dedicado porque o Príncipe dera pão a seus filhos famintos, por ter lhes devolvido a coragem quando tudo parecia perdido e por tê-los protegido daqueles que semeavam o desespero, como a mulher cinzenta diante dele. Nyame sentiu todos como um mar de vida e luz dentro de si, apesar da escuridão que o cercava, e Rabbia passou os dedos pelos longos cabelos como se parte daquela luz já tivesse se instalado neles.

— Eu te agradeço. Ele é realmente um presente formidável — disse ela a Volpe, enquanto olhava satisfeita para Nyame, como se já conhecesse todos os segredos dele. — E chegou na hora certa. Há dias em que eu mesma mal consigo encontrar o caminho de volta das sombras, e o que leio nelas só revela o meu fim. É necessária uma luz como a dele para me aventurar ainda mais fundo na escuridão, onde novos segredos sussurram e esperam que eu os descubra.

A Leitora deu um passo em direção a Nyame.

— Então, agora só resta uma pergunta. — Ela apontou para as mãos amarradas dele. — Como é possível que essa Mulher da Floresta cansada, com pele de raposa, tenha capturado um herói como você?

Ela se inclinou para a frente.

— Ela não te capturou, não é mesmo? — sussurrou Rabbia, em tom conspiratório, para Nyame. Fez isso alto o suficiente para que Volpe pudesse ouvi-la e silenciou seus protestos com um aceno de mão. — Aquela garota ali — apontou para Lilia —, imagino que seja sua aprendiz. Tem mais conhecimento no dedo mindinho do que você tem em seu âmago. Ela de fato mereceria ter uma mestra mais talentosa, mas isso pode ser consertado.

Rabbia abriu um sorriso convidativo para Lilia.

Não. O coração de Nyame acelerou. Ele não tinha pensado nesse perigo. E se Lilia quisesse saber mais sobre as sombras, como a filha de Volpe? Lançou, então, um olhar furtivo a ela. *Você me conhece tão pouco assim, Príncipe?*, debocharam os olhos da garota.

— Giovanna! — Rabbia se virou. — Cadê você?

Uma jovem saiu de um dos corredores que se abriam entre os favos de mel.

— Esta é a única aprendiz que tenho no momento — disse Rabbia a Volpe. — Ela é mimada e desinteressada, mas muito mais talentosa que sua filha, que relutava em fazer tantas coisas que a matei depois de algumas meras semanas.

O ódio e a dor tingiram o feitiço que Volpe lançou na direção dela. Rabbia o limpou de seu vestido cinza como se fosse ferrugem. Em seguida agarrou a raposa e pressionou a mão magra sobre o coração dela.

— O que você imaginou que poderia fazer comigo? — perguntou a Leitora de Sombras. — Com certeza nunca esteve pronta a pagar o preço necessário pela minha arte. Mande lembranças minhas para sua filha igualmente burra.

Ela retirou a mão e Volpe caiu no chão. A aprendiz de Rabbia a observou morrer com o mesmo interesse que dedicaria ao fim de uma mariposa.

Nyame livrou as mãos da corrente e puxou Lilia para o seu lado. Ela ainda olhava para a massa sem vida que era Volpe quando ele girou o anel.

O metal que Jehan tinha moldado ficou quente quando Nyame chamou o nome de Dedo Empoeirado. O fogo veio com a força que ele havia previsto. Irrompeu do chão como uma mão com dedos em chamas, formando um círculo protetor em torno dele. Nyame pensou ter ouvido a voz do amigo sussurrando entre as labaredas, falando de amizade e de afeto, de coisas que as sombras não conheciam. Não teria surpreendido Nyame se elas tivessem assumido a forma de Nardo. Dedo Empoeirado o chamara tantas vezes para protegê-lo. Mas ele também sentiu Jehan ao seu lado, o garoto de quem, como dele, o fogo havia roubado alguém infinitamente precioso e que, ainda assim, tinha aprendido a compreendê-lo e transformá-lo em ouro.

Rabbia tentou esconder a ira que sentia, mas Nyame a reconheceu como um tremor no ar. A aprendiz dela tentou atravessar o círculo de fogo, mas tropeçou para trás com um grito raivoso quando o fogo queimou suas roupas e sua pele.

— Que tipo de fogo é esse? — perguntou ela à mestra. — Dá para ouvir uma voz nele, e tem gosto de ouro.

Rabbia olhou para Nyame através das chamas.

— Os dois que o deram a ele não gostam um do outro, mas não podem se separar. Infelizmente, o fogo entendeu isso tão bem quanto o ouro. Que seja. — Ela deu de ombros. — Um deles carrega minha magia no corpo. O tempo dele está contado. Estou certa, Príncipe da Noite?

Nyame se recusou a acreditar nela.

— Eu devia ter ajudado Volpe — sussurrou Lilia ao lado dele. — Mas não pude fazer nada. — A garota enterrou o rosto no ombro dele quando ele a envolveu com o braço. Como poderia ter permitido que ela viesse a um lugar como aquele? Ele a veria morrer.

Rabbia o encarava através das chamas, e então vieram as imagens das tendas incendiadas e de sua irmã, sem vida, com o rostinho coberto de fuligem. Nyame invocou desesperadamente outras lembranças, memórias de Haniah rindo e ouvindo as histórias de sua mãe. *Era uma vez um príncipe que partiu para servir ao bem.* Ele se agarrou às palavras dela, tão familiares, ouvidas tantas vezes, e as usou para passar por cima das imagens sombrias. Palavras de amor, amizade, esperança, alegria.

As vespas vieram ao auxílio de sua rainha. Um enxame de milhares delas voaram através da abertura, mas o fogo de Dedo Empoeirado as queimou. Rabbia berrou de ódio, e sombras rastejaram de dentro dos favos. Brotavam como fumaça em direção ao círculo de fogo que protegia Nyame e Lilia, mas o vermelho e o dourado não permitiam que entrassem. Isso deu coragem a Nyame. E esperança.

— O cliente que estava com você antes de nós... — disse ele, as chamas de Dedo Empoeirado o envolvendo como um manto quente —, ... você o ajudou a fazer um livro no qual todos os nossos amigos estão presos. Explique como libertá-los e eu ficarei aqui com você.

Lilia o encarou, atônita.

— Não! — ela murmurou para ele. — Nunca! Por favor.

Porém, Rabbia apenas riu.

— Ah, mas você vai ficar comigo, Príncipe das Luzes — ronronou ela —, quer queira ou não, e no que diz respeito às imagens... Orfeu também me perguntou sobre isso. Ninguém pode libertar quem as imagens representam. Meu cinza sufocará todos eles, primeiro suas memórias e depois tudo o que são. Mesmo as imagens desbotarão, até que mal seja possível reconhecer quem elas mostram. Orfeu ficou muito satisfeito com a resposta. Mas com certeza você pensa diferente.

Mortimer, Meggie, Resa com Dante nos braços... As chamas começaram a se dissipar. A cada rosto que Nyame lembrava, o círculo de proteção ficava mais fraco, mas seu coração continuava a sussurrar os nomes deles: Roxane, Brianna, Elinor, Farid, Darius, Fenoglio.

— Olhe para mim! — Lilia segurou o rosto dele entre as mãos. — Não pense no que ela está fazendo você ver!

Mas ali estava o rosto de Dedo Empoeirado, cinza novamente, como no porão de Orfeu. Rabbia se aproximou tanto das chamas que elas avermelharam sua pele.

— Não existe ninguém mais forte que meu cinza, Príncipe da Luz. — O sorriso dela cortava como vidro afiado. — Você não poderá salvar todos eles, assim como não pôde salvar sua irmã. Mal posso esperar para roubar sua luz e fazer daquela garota minha aprendiz. E estou certa de que não precisarei esperar muito. Meu cinza matará seu amigo de fogo em breve, e aí o que poderá proteger você de mim?

41. Lilia

❦

Ninguém que diga "eu avisei" já foi, ou algum dia será, um herói.

Ursula K. Le Guin

❦

Claro que Civetta também tinha sentido a morte de Volpe.

As vespas que o fogo não havia queimado a atacaram com zumbidos furiosos quando ela passou pela abertura. Aglomeraram-se em volta da coruja feito fumaça enquanto ela circulava o corpo sem vida de Volpe, gritando como se pudesse acordar a raposa com sua voz.

Rabbia encarava Civetta irritada. Mais uma visitante. Que raios de dia era aquele? Ela só tinha se distraído por alguns instantes com a coruja lamuriosa, mas Lilia viu ali sua chance.

As chamas não a morderam quando ela pulou através do fogo. Pelo contrário, Lilia teve o sentimento de que aumentavam sua força, como se Jehan as tivesse incumbido disso. O Príncipe Negro parecia tão chocado que a garota ficou preocupada que ele pudesse segui-la. Mas o fogo os ajudou mais uma vez. Ele ardia tão alto que Nyame tentou em vão pular através dele também e permaneceu impotente entre as labaredas protetoras.

As vespas se aproximaram de Lilia, mas ela invocou o cheiro de folhas e flores em seus dedos e o poder das raízes em seus pés. Magia verde. Volpe sempre dizia isso com desprezo. Era a única magia que crescia, criava raízes e tinha gosto de luz solar. As vespas cambalearam, entorpecidas pelo cheiro, e Rabbia, assim como sua aprendiz, pressionou as mãos sobre a boca e o nariz com ansiedade.

Civetta se aproveitou da fraqueza da Leitora de Sombras e a empurrou, mas toda a sua magia amarela furiosa de coruja apenas ricocheteou inutilmente.

Rabbia deu um passo em direção a Lilia, e o fogo não foi mais capaz de conter o Príncipe. A garota o viu pular, embora as chamas queimassem suas roupas e sua pele. Ele sacou a faca que havia escondido em uma bainha sob a camisa, apesar de Volpe e Lilia terem lhe assegurado que ela não serviria de nada contra a Leitora. Ela o mataria, assim como tinha feito com a raposa. Lilia sentiu o desespero paralisar sua mente. Era tudo culpa dela. Havia confiado em Volpe. A coitada da Volpe. Olhou então para o corpo imóvel da raposa, mas não era o momento para isso, ou logo todos estariam caídos no chão daquele mesmo jeito.

Onde elas estavam? Tão espinhosas, tão cheias de vida. Lilia enfiou a mão no bolso do vestido à procura. Mas de repente dedos agarraram seu pescoço.

— Ela não precisa de outra aprendiz! Não vai achar nenhuma melhor do que eu.

Lilia lutava para respirar. Giovanna a apertou com mais força, e Lilia percebeu que ela fazia aquilo com gosto. Mas o que quer que fosse que Rabbia tivesse ensinado à aprendiz, felizmente ela não sabia nada sobre os segredos que Lilia aprendera ouvindo aqueles que brotam e criam raízes. A garota espalhou urtigas entre os dedos de Giovanna e atraiu ramos de amoreira, que prenderam a aprendiz de Rabbia como um pássaro entre suas gavinhas espinhosas, não importava o quanto ela gritasse e amaldiçoasse Lilia.

Civetta estava tão densamente cercada por vespas que havia se refugiado no alto do teto, e Nyame se encontrava sozinho diante da Leitora de Sombras, a faca pendendo, inútil, da mão. Onde elas estavam? Lilia enfiou a mão no bolso mais uma vez com dedos trêmulos, acreditando, por um momento de pânico, que havia perdido, durante a luta que travara contra Giovanna, a única coisa que poderia talvez salvá-los.

Nyame caiu de joelhos, gemendo, enquanto Rabbia o atava com as dores que encontrou no coração dele.

Mais rápido, Lilia! Ali estavam. Os dedos dela enfim encontraram o que buscavam. Tão ásperas e rebeldes. Até se sentiu mal de alívio. E de medo.

Rabbia tinha se esquecido de tudo ao redor em sua ganância pela luz de Nyame. Deu as costas a Lilia, e a garota sentiu, em cada passo, o medo de que ela se virasse. Nyame tentou se endireitar, mas toda aquela dor que a Leitora invocava o fazia se contorcer, como se ela o segurasse por cordas, tal qual uma das marionetes de Baptista.

Lilia deu só mais um passo e se colocou bem atrás da Leitora de Sombras.

A semente do cardo agarrou-se ao cabelo grisalho e se emaranhou mais e mais conforme Rabbia tentava pegá-la, assustada. Ela tentou arrancá-la freneticamente, mas a semente já estava produzindo folhas famintas. Elas comiam seu poder como o solo que a nutria, fazendo brotar em flores azuis para cada segredo que encontravam em seu coração.

O cinza de Rabbia se tornou verde. Seu corpo se cobriu de folhas e flores, sobre as quais suas vespas se instalaram, mas os cardos continuaram a crescer até que a própria forma dela se dissolvesse e se tornasse apenas um matagal de plantas brotando em sua casa cinza.

Nyame respirava ofegante quando Lilia se ajoelhou ao lado dele, e seus olhos carregavam toda a dor que Rabbia trouxera de volta. Ele precisou do apoio de Lilia para se levantar.

— A aprendiz — a voz dele estava rouca —, ela se transformou num pássaro e escapou da gaiola que você fez. Civetta foi atrás dela.

A pele escura dele estava manchada pelo feitiço de Rabbia, mas quando ele viu o matagal de cardos floridos que antes fora a Leitora de Sombras, envolveu o ombro de Lilia com um braço e sorriu.

— Você a derrotou! E sozinha!

Lilia retribuiu o sorriso do Príncipe, tão brilhante naquela casa escura.

— Eu não estava sozinha. Tinha você, Civetta e os cardos. Sem falar em Dedo Empoeirado e Jehan.

O círculo de fogo agora era apenas brasas fumegantes, mas adicionava o vermelho e o amarelo ao verde e ao azul dos cardos. Todas as cores do mundo. Lilia queria reuni-las nas próprias mãos e esfregá-las nas bochechas acinzentadas de Brianna e Roxane. *Meu cinza sufocará todos eles, primeiro suas memórias e depois tudo o que são.* E se Jehan ficasse sabendo dessas palavras? E Dedo Empoeirado? Ela e Nyame voltariam sem qualquer esperança, ainda que tivessem sobrevivido.

Os cardos floresceram tão azuis em meio a todo aquele cinza que Lilia ficou tentada a pegar um e levá-lo consigo, mas não o fez, preocupada que neles houvesse demasiada magia de Rabbia. Para longe dali. Ela só queria ir para longe da casa das vespas. Mas, de repente, levantou a cabeça e ficou escutando. Nyame também tinha ouvido.

Uma voz suave cantava.

Eles foram atrás de sua origem, por entre os favos, enquanto as vespas zumbiam sobre os cardos como se estivessem procurando pela dona delas entre as flores. A escuridão dos favos de mel era terrível, e a jovem que por fim encontraram em um deles mal conseguia ficar em pé. Nyame ainda estava fraco demais para carregá-la sozinho, mas juntos conseguiram ajudá-la a sair daquele lugar.

Ainda era dia. Ou será que já estavam em outro dia? Quanto tempo teriam passado na casa de Rabbia? Não sabiam dizer. Só pararam para descansar quando não podiam mais avistar o ninho. Nenhum deles disse qualquer palavra por um bom tempo. Ficaram apenas sentados ali na grama selvagem, olhando para o céu, tão brilhante depois da escuridão da qual tinham escapado.

Civetta não os acompanhou.

42. Duplo

❦

Em uma noite de inverno, ouço o sino da Páscoa.
Bato nas tumbas e perturbo os mortos.
Até que, enfim, me vejo em um túmulo.

Vyacheslav Ivanov, *Winter Sonnets: XI*

❦

Jehan havia recolhido mais lenha. A lareira era muito grande e cheia de correntes de ar. Não era fácil manter o fogo aceso ali, mas as chamas pareciam estar, de fato, devagar, mas de forma constante, expulsando o cinza de Dedo Empoeirado. O fogo acariciava seus dedos, mesmo quando ele os mantinha diretamente nas chamas, e sussurrava coisas que só ele entendia.

É claro. O fogo o salvaria. No fim, Dedo Empoeirado escaparia da vingança de Orfeu. Jehan precisou admitir que esse pensamento não o deixava apenas aliviado, mas também amargurado. Não haveria tal salvação para sua mãe e sua irmã. Nem mesmo o padrasto se atreveria a pedir ao fogo que acariciasse o pergaminho.

— Sei o que está passando pela sua cabeça, menino de ouro! — sussurrou Baptista para ele a certa altura. — Pare de culpá-lo pelo que aconteceu. Foi Orfeu quem fez sua mãe e sua irmã desaparecerem, ninguém mais.

É claro que ele estava certo. Mas a amargura no coração de Jehan permaneceu. E Lilia e Nyame ainda não tinham voltado. Logo até o homem mascarado ficou sem piadas para disfarçar sua preocupação com eles.

E se Volpe os tivesse traído de novo? E se a Leitora de Sombras tivesse matado todos eles? A casa abandonada que lhes oferecia refúgio de repente só falava daqueles que estavam perdidos, e chegou um ponto em que Jehan simplesmente precisava de ar puro e do céu aberto sobre ele.

— Vou tentar descobrir se Orfeu voltou — falou a Baptista. — E, caso tenha voltado, com que tipo de proteção. É melhor que a gente se informe sobre isso, não é mesmo?

Baptista não gostou muito da ideia.

— Não, é melhor esperar pelo Príncipe! — disse ele.

Mas Dedo Empoeirado advogou a favor de Jehan.

— Deixe que ele vá, Baptista — disse o Dançarino do Fogo. — Eu iria e veria com meus próprios olhos se pudesse, e Jehan costuma saber o que está fazendo. Acho que ele provou isso, não?

Sim, Jehan estava feliz por Dedo Empoeirado estar melhorando. Ainda assim, era bom sentir o ar frio em seu rosto lá fora e não apenas ficar sentado esperando. Brianna e sua mãe, e agora Lilia... Ele se sentia terrivelmente sozinho, e estava muito cansado de se preocupar com aqueles que mais amava.

A porta principal de Orfeu não revelou se ele estava de volta. Também não havia qualquer sinal de vida atrás das janelas. Era um dia normal de trabalho em Grunico, e ninguém prestou atenção em Jehan quando ele se reclinou na entrada e começou a observar a casa. Em algum momento, alguns trabalhadores bateram na porta, mas ninguém abriu. Não, Orfeu não estava de volta. *Nem Nyame e Lilia.* Por que ele não tinha tentado convencê-la a não ir com o Príncipe?

Mais de uma hora devia ter se passado quando Jehan percebeu que mais alguém observava a casa de Orfeu. A garota que havia perguntado a ele sobre a irmã estava de pé ao lado da porta de uma loja de tecidos. Como na última vez em que se encontraram, ela trajava o uniforme do asilo de moribundos. Provavelmente tinha acabado de chegar de seu turno de trabalho lá. A moça se virou assustada quando Jehan se aproximou dela. Mas seu rosto relaxou um pouco quando o reconheceu. Jehan imaginou como o moldaria em ouro, as maçãs do rosto largas, o nariz fino... A boca da garota parecia gostar de sorrir, mas provavelmente não o fazia havia algum tempo. Tinha sombras profundas ao redor dos olhos. Eram olhos muito bonitos. *Jehan! Você se esqueceu do motivo pelo qual está neste lugar?*

— O que está fazendo aqui? — O olhar dela era cauteloso, embora Jehan tivesse a sensação de que ela estava feliz em vê-lo.

— Ele também roubou minha irmã de mim. — E apontou para a casa de Orfeu. — Meu nome é Jehan.

215

A garota hesitou antes de apertar a mão que ele estendeu.

— Meu nome é Hyvin. — Ela olhou para a casa de Orfeu novamente. — Alguma coisa aconteceu lá dentro — sussurrou para Jehan. — O filho do açougueiro que trabalhava como guarda está morto. A mãe dele não para de chorar e o pai está catatônico. — A garota esfregou os braços depois de estremecer. — Que tipo de homem é esse Orfeu? Essa história toda de Leitora de Sombras deve ser mentira. Ele não pode ser tão malvado quanto todo mundo diz.

— Ah, pois ele é, sim! — respondeu Jehan, em voz baixa. — E o filho do açougueiro está morto porque não se importou com o que seu senhor estava fazendo e com o que acontecia com os que estavam presos no porão dele. Acredite em mim, não tínhamos a intenção de matá-lo, mas... — Jehan só se deu conta do que tinha dito quando Hyvin recuou, horrorizada.

— Como assim? Vocês estiveram dentro da casa? — A garota olhou ao redor como se estivesse com medo de que alguém pudesse achar que ela também fosse responsável. Mas no fim, o desejo que sentia de saber mais foi mais forte. — Estão dizendo que alguém foi libertado de lá. Alguém que é capaz de falar com o fogo. — Dessa vez não havia medo, mas esperança, no olhar dela. — Talvez ele tenha visto minha irmã?

O que ele poderia responder? Jehan queria muito ser capaz de expulsar a tristeza do rosto dela. Mas a verdade dificilmente faria isso.

— Ali! — Hyvin agarrou o braço de Jehan e o puxou depressa para trás de um pilar. — É ele, não é?

Dois homens atravessaram a praça. Ela estava certa, um deles era Orfeu. Caminhava tão orgulhoso e pomposo que era como se tivesse crescido um metro da noite para o dia, mas o mais preocupante era que todos se retraíam diante dele e de seu companheiro.

Estavam quase chegando à casa de Orfeu quando o outro se virou e olhou na direção de Jehan.

O coração do jovem ourives parou por um segundo. O homem que o seguia também tinha o rosto de Orfeu.

— Dois são um. Um é dois — sussurrou Hyvin, as palavras como um versinho para crianças.

O duplo passou pela porta cravejada de prata atrás de Orfeu como se fosse sua sombra transformada em carne. Então os dois desapareceram.

O que aquilo significava? Por que eles tinham o mesmo rosto?

Hyvin agarrou a mão de Jehan e o puxou com ela. Percorreu o caminho pelo labirinto de ruas de Grunico como alguém que havia crescido nelas. Hyvin. O nome dela tinha um gosto estranho na língua, do qual Jehan gostava. *Ele prendeu minha irmã em um livro*, queria dizer, mas isso de repente soou estranhamente inofensivo.

A casa diante da qual Hyvin enfim parou estava escondida sob uma das arcadas que cobriam muitas das vielas de Grunico para proteger os habitantes da chuva e da neve. A fachada um dia havia sido pintada, mas os anos tinham desbotado as cores, fazendo com que parecesse mais o fantasma de uma pintura. Jehan viu as duas figuras antes de Hyvin apontar para elas. Estavam paradas entre pinheiros escuros, cercadas pelo que parecia ser fumaça ou um enxame de insetos. Uma delas era o reflexo exato da outra.

— *Dois são um. Um é dois.* — repetiu Hyvin, e continuou:
Dez vezes mais forte.
Vinte vezes mais maligno.
Traga a escuridão.
Expulse a luz.

Jehan olhou para a imagem na parede da casa. Por mais desbotada que estivesse, a malícia nos rostos idênticos ainda era reconhecível. Hyvin parecia tão perdida que ele, sem pensar duas vezes, perguntou se a garota não gostaria de acompanhá-lo. Ela aceitou a oferta de bom grado, e era fácil ver em seu rosto que preferia nunca mais voltar para a casa do tio.

Jehan ainda não conhecia muito bem as ruas labirínticas de Grunico, e demorou um pouco para encontrar o caminho de volta para o esconderijo. Mas quando finalmente parou em frente à porta vermelha desgastada pelo tempo, Hyvin o encarou incrédulo, como se aquela não pudesse ser a casa para a qual ele queria levá-los.

— Ela está vazia há muito tempo — disse Jehan, desculpando-se ao bater na porta. — Mas acendemos uma lareira e posso fazer uma cama com cobertores para você em um dos quartos.

Hyvin seguia paralisada, como se enraizada no chão.

— Esta era a casa do meu avô — disse ela, baixinho. — Depois que meus pais morreram, Ayesha e eu moramos aqui por um tempo. Até que meu avô também morreu. Ele não conseguiu superar a perda do meu pai.

A garota deu um passo em direção ao mosaico e tocou gentilmente as pedras coloridas.

— Não é maravilhoso? A poupa, o rato e o lagarto. Aparecem em uma história de que meu avô gostava muito. Sempre a contava para nós. — Ela passou o dedo pela forma do lagarto. — Ele sabia que meu tio venderia a casa assim que ele morresse, então a deixou para mim e Ayesha. Mas não podemos nos mudar até que uma de nós se case. Essa é a lei aqui.

— Que lei mais estúpida — disse Jehan.

Hyvin sorriu.

— É o que Ayesha costumava dizer. "Hyvin, não ouse se casar a menos que esteja muito apaixonada. E eu também tenho que aprovar o seu noivo."

Jehan não sabia dizer por quê, mas ficou vermelho, e foi um alívio quando Baptista abriu a porta. O homem lançou um olhar de surpresa para Hyvin, mas acenou para que entrassem sem questionar nada. Jehan notou, pela expressão dele, que Lilia e o Príncipe Negro ainda não tinham voltado. Isso não melhorava em nada o que precisavam relatar. Baptista e Dedo Empoeirado escutaram sem dizer uma palavra enquanto os dois descreviam o duplo.

Dez vezes mais forte. Vinte vezes mais maligno.

Dedo Empoeirado começou a discutir com Baptista o que deveriam fazer a partir dali, mas Jehan foi atrás de Hyvin. Ela subiu devagar a escada estreita que levava ao sótão. Quando Jehan a alcançou, a garota estava em uma das câmaras vazias. Um friso de azulejos pintados adornava as paredes nuas. Cada um deles retratava um pássaro diferente.

— Minha irmã e eu sempre dormíamos neste quarto — disse Hyvin. — Meu avô mandou pintar os azulejos especialmente para nós porque Ayesha gosta muito de pássaros. À noite, eu sempre tinha que escolher sobre qual deles ela iria cantar.

— Quando a gente era criança, minha irmã Brianna costumava alimentar os pássaros com as sementes dos vegetais da minha mãe — disse Jehan. — "É para que eles me ensinem a voar", era o que ela dizia quando minha mãe a pegava fazendo isso.

Balbulus não desenhara nenhum pássaro na página de Brianna. Ela devia estar se sentindo tão solitária.

— Onde ela está agora? — Hyvin lançou um olhar questionador na direção dele.

Jehan ainda estava refletindo sobre a melhor forma de explicar tudo a ela quando, de repente, ouviu alguém entrar na casa no andar de baixo. *Por favor*, pensou ao correr para os degraus, embora não tivesse certeza de a quem estava pedindo. *Por favor, que eles tenham voltado.*

O Príncipe estava no pé da escada com Lilia. Ele sorriu para Jehan, embora parecesse tão exausto que era como se estivesse voltando da morte. Em seguida, abraçou Dedo Empoeirado como se tivesse tido a certeza de que não o veria de novo. Lilia aparentava estar igualmente cansada. Parecia ilesa, no entanto Jehan achou que podia ver algo em seu rosto que não estivera lá antes. A jovem olhou para ele como se tivesse feito uma longa jornada da qual queria muito esquecer.

Jehan desceu as escadas para abraçá-la quando uma garota que ele nunca vira antes entrou na casa atrás de Lilia. Hyvin passou correndo por ele com um grito silencioso quando a viu, quase sufocando a estranha com seu abraço.

— Parece que não somos os únicos que têm coisas a contar — falou Nyame ao abraçar Baptista. — É bom ver todos vocês. Muito bom.

Jehan sentiu Lilia tremer quando a puxou para perto de si.

— Ela era horrível, Jehan — sussurrou ela, enfiando o rosto no ombro dele. — Horrível demais. E Volpe está morta.

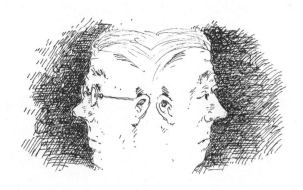

43. Juntos

☙ ❧

Príncipe Negro estava numa caverna afastada das outras, somente na companhia de seu urso, e parecia cansado. Ao ver Dedo Empoeirado, porém, seu rosto se alegrou.

Cornelia Funke, *Sangue de tinta*

☙ ❧

O coração de Nyame estava tão anestesiado depois da luta com a Leitora de Sombras que ele quase não conseguia sentir nada. Mas foi bom ver as duas irmãs se abraçando como se nunca mais fossem se soltar. Quantas lágrimas de alegria. Elas penetraram a dormência que ele sentia da mesma forma que o alívio ao ver Dedo Empoeirado com um olhar alerta e faíscas nos dedos. Rabbia quase o convencera de que ele não seria capaz de salvar o amigo. Como tinha sido capaz de acreditar que o fogo abandonaria o Dançarino do Fogo?

O fato de Ayesha e sua irmã conhecerem a casa que lhes servia de refúgio encheu o coração e a cabeça do Príncipe de mil perguntas. Mas primeiro havia outra história a ser contada. Nyame deixou que Lilia narrasse o que tinha acontecido na casa da Leitora de Sombras. Afinal de contas, ele nunca teria saído de lá não fosse por ela. Quando a garota descreveu como havia jogado a semente de cardo no cabelo de Rabbia, o medo era palpável em sua voz (além da sensação, também, de que ela sabia que só derrotara a mulher mais velha com tanta facilidade porque Rabbia havia muito tempo tinha se tornado vítima da própria escuridão).

Nyame não tinha ideia de como haviam retornado a Grunico. Estavam tão exaustos que os guardas do portão apenas acenaram para que passassem, e ele e Lilia tiveram que se revezar para ajudar Ayesha pelas ruas muitas vezes íngremes até finalmente chegarem à casa. A casa do avô dela. Quando pararam em frente à casa, a moça olhou para Nyame incrédula, como se ele tivesse vindo de seu passado para salvá-la da Leitora de

Sombras. Do passado dela ou do dele? *Era uma vez um menino...* Que mistério era a trama do mundo! Quanto mais velho ficava, menos ele entendia os padrões, embora agora os visse com mais frequência.

— Como o seu avô se chamava? — ele perguntara a Ayesha quando ela tocara o lagarto feito de pedras coloridas, como se assim cumprimentasse o avô.

— Ebo. — Ela sorriu ao dizer o nome, apesar da exaustão.

E Nyame ficara ali parado e se vira novamente como um menino de oito anos. "Por que os heróis de suas histórias sempre se chamam Ebo?", a irmã tinha perguntado uma vez à mãe deles. "Porque esse era o nome do meu melhor amigo quando eu era pouco mais velha que você", respondera ela. "Criei muitas histórias sobre ele, que precisou ir embora a certa altura porque seus pais eram tão pobres que mal conseguiam alimentá-lo. Mas quando a saudade dele aperta, consigo encontrá-lo entre as palavras e espero que ele faça o mesmo. As histórias, meu amor, são como nossas tendas: um lar que você pode levar consigo."

Ayesha foi dormir no quarto dos pássaros. Ela sem dúvida tinha desejado ter asas muitas vezes nas últimas semanas. A irmã se sentou ao lado dela, e Nyame ficou tentado a ir até o poço e olhar dentro dele na esperança de ver um rosto no fundo que pertencia ao melhor amigo de sua mãe. Em vez disso, no entanto, saiu em busca do próprio melhor amigo. As pernas dele mal conseguiam sustentá-lo, e seu coração ainda se lembrava do desespero que a Leitora de Sombras havia invocado. Mas o fogo, que tempos antes lhe tinha roubado tanta coisa, o confortou com seu calor e sua luz quando o Príncipe se sentou ao lado de Dedo Empoeirado.

— Amanhã — disse o Dançarino do Fogo, afinal, enquanto estavam lado a lado observando o teto que o avô de Ayesha um dia pintara de azul, como um céu de verão. — Amanhã vou recuperar aquele livro, mesmo que para isso precise roubá-lo de uma dúzia de Orfeus.

— Não, você não vai — respondeu Nyame. — Eu vou roubá-lo dele. Mas por agora, vamos dormir.

Ele ainda não havia contado a Dedo Empoeirado o que Rabbia dissera sobre o livro. Não encontrara coragem. Contudo, ao fechar os olhos na esperança de encontrar Mortimer e os outros ao menos em seus sonhos, a Leitora de Sombras o estava esperando por lá, e Nyame sentiu de novo a velha dor que ela reavivara dentro dele, tão aguda e fresca que era como se sua irmã tivesse morrido no dia anterior.

Dedo Empoeirado dormia tranquilamente ao seu lado quando Nyame despertou assustado, com medo de voltar a fechar os olhos. Estava prestes a se levantar e sair escondido para o pátio, para não acordar os outros, quando ouviu uma música vindo do andar de cima, a mesma que os tinha levado até Ayesha na casa de Rabbia. A voz dela parecia intocada por toda a dor e todo o medo que a garota havia sofrido. Como se a melodia que ela cantava viesse de um lugar onde nada daquilo existia. O fogo cobria as roupas de Dedo Empoeirado de faíscas como se sentisse que o cinza ainda não tinha sido dissipado por completo, e Nyame pensou ter ouvido as vespas de Rabbia voando sobre ele novamente. Mas a voz de Ayesha enfim as afastou.

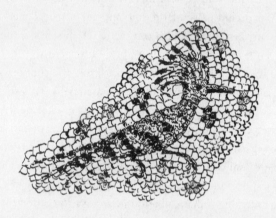

44. Nós

Dizem que quando se encontra alguém idêntico a você, você morre.

P. Wish, *The Doppelgänger*

No fim, não eram assim tão parecidos, não é? Era verdade que, no começo, a semelhança dos dois o havia impressionado. Mas, desde que tinham voltado da floresta, a pele de seu duplo ficava cada vez mais cinza, como se as malditas vespas o tivessem feito. E também tinha aqueles olhos. Não, eles realmente eram muito mais parecidos com os da Leitora de Sombras do que com os dele próprio. Não havia dúvida quanto a isso. Orfeu enxugou o suor do rosto. Não queria pensar nela, nem nela nem naquela casa horrenda. Às vezes ele sentia que quase podia ver as vespas saindo de suas paredes, e aquele zumbido... Olhou em volta sem perceber. Não. Estava vindo de uma mosca doméstica comum. Nunca tinha ficado tão feliz ao ver uma mosca antes.

Será que aquela casa tinha sido sempre assim tão terrivelmente escura antes de ele ter trazido a nova sombra consigo? Estava sendo tomado por uma vontade constante de acender velas! Não que elas fossem ajudar em alguma coisa. O novo guarda dele exalava escuridão da mesma forma que qualquer outra pessoa cheiraria a suor. *Tanto faz, Orfeu. Até você o está achando assustador. Imagine seus inimigos?*

O novo homem de vidro já tinha se esquecido, mais uma vez, do trabalho que deveria desempenhar e estava em pé diante do suporte com o livro. Desde o retorno de Orfeu, o objeto ficara aberto nas páginas com Fenoglio. "O que me diz agora, seu velho?", Orfeu zombou dele enquanto bebia o vinho matinal em frente à imagem. "Quem está contando a história agora? Você precisa admitir que seus vilões ficam muito pálidos perto da

Leitora de Sombras. Certo, tudo bem, eu sei que não a inventei, mas dei a ela um papel fantástico para desempenhar e estou apenas começando! Afinal de contas, agora existem dois de mim. As possibilidades são infinitas."

O duplo o escutou em silêncio, mas seu rosto expressava tudo o que Orfeu sentia ao olhar para Fenoglio. O triunfo, mas também a inveja um tanto desagradável pelo homem ter escrito o único livro que ele amava mais do que qualquer outro. *Chega, Orfeu! Agora, com suas ações, você escreverá uma história melhor do que a do velho!*

— Volte ao trabalho! — ralhou ele com o homem de vidro. — Você não está aqui para ficar olhando imagens!

O homenzinho azul-pálido fez uma mesura em sinal de obediência e voltou correndo à carta que Orfeu tinha lhe dito para escrever. Rudolf havia comprado aquele miserável ridiculamente pequeno no mercado. Ele mal conseguia carregar os envelopes, e sua caligrafia não era nem de longe tão caprichada quanto a de Brilho de Ferro. Mas, bem, nem o melhor vidraceiro seria capaz de colar todos aqueles cacos.

Orfeu se aproximou do livro e examinou as ilustrações que Balbulus fizera em torno de Fenoglio. Constatou que o cinza estava se espalhando, de fato. O sorriso dele parecia ainda mais maligno no rosto de seu duplo. A Leitora de Sombras, portanto, não havia mentido. O feitiço dela não tinha apenas transformado seus inimigos em desenhos. Ele os levaria à morte. Excelente. Orfeu seguiu virando as páginas. Quem seria o próximo alvo de sua zombaria? A filha de Dedo Empoeirado? Não, ela já parecia triste demais. Pena que ele não tinha conseguido vendê-la para a Leitora de Sombras. Passou a página. Sim! O pequeno Demônio do Fogo. Bem, ele já não era tão pequeno, mas Dedo Empoeirado ainda o amava como um filho.

— Olhe só para você! — Orfeu bateu no rosto dele com o dedo. — Nem uma faísca, nem uma chamazinha. E como está cinza!

O duplo sorriu com escárnio.

Orfeu encheu um caneco de vinho (muito melhor do que o de Cimarosa) e brindou a Farid.

— Você foi um servo péssimo — disse ele. — Lembra de como tranquei você em meu porão? Na época, chegou a pensar que tinha escapado de mim, mas olhe só agora.

Orfeu tomou um gole e riu baixinho. Ah, aquele livro era mesmo uma fonte de satisfação e alegria. E não, o Príncipe não conseguira roubá-

-lo! Porque ele, Orfeu, era tão mais inteligente. E mais poderoso. Lançou uma olhada para seu duplo. Sim, ele parecia mesmo assustador. Quem poderia imaginar que isso seria possível com um rosto como o dele?

Orfeu se voltou de novo para o livro. Por que ainda sentia que eles lhe dirigiam caretas, sua própria coleção de borboletas cinzentas? Porque ainda faltavam duas!

Uma, em especial...

Ele franziu a testa e abriu o livro na página em que Elinor o encarava. A visão dela não lhe trouxe nenhuma lembrança dolorosa; afinal, aquela mulher já havia sido sua prisioneira uma vez. No próprio porão da casa dela. E não era ela que sempre desejara estar dentro de um livro? Bem, ele lhe tinha concedido esse desejo!

Orfeu deu as costas ao suporte de prata e se dirigiu à escrivaninha. Era hora de escrever mais alguns nomes. Ganância, inveja, engano e trapaça, atos de crueldade grandes e pequenos... Os cidadãos de bem de Grunico não tinham feito nada para iluminar a escuridão que ele trouxera da Leitora de Sombras. Mas os segredos sombrios da população eram a única coisa que impedia Orfeu de pensar na câmara vazia que tinha no porão. Não conseguia parar de ruminar o momento em que descera as escadas, escorregara no sangue de Grappa e encarara a cama de palha vazia. Ele tinha fugido. Orfeu o havia perdido novamente, o único herói sobre o qual queria ler ou escrever. E não importava quantas vezes se gabasse na frente da ilustração de Fenoglio e dissesse que continuaria a contar essa história — sobre quem ela haveria de ser senão sobre ele? Dedo Empoeirado. A cada nome que escrevia com a pena da Leitora de Sombras, Orfeu sentia como se quisesse apagar aquele único de sua memória. Como se não percebesse o quanto isso era inútil.

Não, não pensaria mais naquele nome. Muito menos iria pronunciá-lo! É claro que havia refletido sobre ordenar que seu duplo procurasse pelo Dançarino do Fogo. Mas isso o deixaria sem proteção caso o Príncipe Negro voltasse para se vingar dele pelo estado lamentável em que deixara seu velho amigo. Não. Era melhor se esconder ali por enquanto e deixar que a iniciativa partisse de seus inimigos. Que viessem! Seu novo guarda acabaria com eles com a mesma facilidade com que Grappa abatia galinhas e porcos.

Ele será seu reflexo, Orfeu ouvira a Leitora de Sombras murmurar, *mas não terá aquilo que te faz ser um covarde ou hesitar. Não conhecerá a moral que te proíbe de desejar ou fazer o que sempre quis fazer. Será imortal, a menos que você morra. E espero que com a ajuda dele você me pague rapidamente.*

Ah, sim, o pagamento. O preço, dessa vez, havia sido exorbitante, porque é claro que ela notara o medo que ele estava sentindo da ira do Príncipe. Dez garotas! Seria perceptível se tantas desaparecessem, e ele só podia torcer para que o conhecimento que devia à pena o protegesse. Isso e sua cópia acinzentada.

Se ao menos não estivesse sentindo tanto medo dessa cópia! O que faria se o duplo o estrangulasse enquanto dormia à noite só porque tinha ficado com vontade? Afinal de contas, era um ser sem consciência. Rudolf disse que sempre se empanturrava de açúcar e mel. Ah, sim, o empregado voltara depois de ter se afastado com tanta covardia. Porque precisava mesmo daquele trabalho. O cozinheiro também estava de volta, bem como a jovem que ele havia contratado para fazer a faxina. Felizmente, não tinha mais necessidade de um novo guardião na porta. Diziam que o pai de Grappa ficara catatônico quando lhe trouxeram o corpo do filho morto como se fosse um dos animais que ele cortava em pedaços saborosos todos os dias. Mas o que ele achara que aconteceria? Que o trabalho de guarda-costas seria tão seguro quanto o de um açougueiro? E que seu filho não merecia ter morrido? Deixara Dedo Empoeirado escapar! E isso depois de todo o trabalho que dera atraí-lo até ali...

Orfeu foi até a janela e examinou, ansioso, todos os homens na praça em frente. *Pare com isso!* Estava se comportando como se ele e o Príncipe Negro tivessem invertido os papéis. Ainda era ele quem queria vingança.

Onde o Príncipe Negro teria metido Dedo Empoeirado, meio morto e cinza? Essa lembrança ainda o fazia estremecer. Talvez devesse ficar feliz por ele ter ido embora! O Dançarino do Fogo sem fogo... Pensando bem, essa vingança era muito pior do que a que havia planejado.

Orfeu se aproximou do homem de vidro, que traçava com todo o cuidado um "O" no fim de mais uma carta de ameaças. Essa era endereçada a um dos guardas do Portão Norte, que estava sendo tolo a ponto de negociar pó de elfo ilegal. A carta o motivaria a fazer vista grossa quando o duplo levasse as meninas para a Leitora de Sombras. Seria complicado demais tirá-las da cidade amarradas e amordaçadas sob um fardo de feno, como Rinaldi costumava fazer.

— Minhas mãos estão doendo, senhor! — falou o homem de vidro.

Os membros dele estavam de fato tão azuis quanto miosótis. — Posso fazer uma pequena pausa?

— Não! — respondeu Orfeu, com aspereza. — Você não para de fazer pausas! Acabei de te pegar fuçando o livro de novo!

— As imagens são muito bonitas — elogiou o homenzinho. — Quase parecem estar vivas.

— Bem, não por muito mais tempo — retrucou Orfeu. — Cinzas, é isso que elas são. Nada além de cinzas. Porque foram tolas a ponto de me tratar como inimigo. Aliás, que isso te sirva de lição. Continue escrevendo ou vou te jogar naquela parede igual fiz com o seu antecessor.

Talvez fosse sábio destruí-los depois de uma semana e substituí-los por novos. Ficavam sabendo de coisas demais por conta das cartas. Sim, era isso que ele faria de agora em diante. Havia homens de vidro mais do que o suficiente procurando trabalho em Grunico. Com a coragem necessária para se aventurar nos lugares menos respeitáveis da cidade, era possível comprá-los às dúzias no mercado.

O homem de vidro ainda o encarava em choque, como se esperasse que Orfeu fosse se desculpar pela ameaça. Rá! Aquele diabinho que esperasse sentado!

— Escreva! — ralhou Orfeu de novo com ele. — Ou acha que estou brincando?

O homem de vidro mergulhou depressa a pena na tinta. Depois de apenas duas palavras, no entanto, parou de novo e ficou encarando a porta. A batida denunciava quem estava ali. Rudolf sentia ainda mais medo do duplo que do próprio Orfeu. Até um camundongo teria batido com mais força.

O duplo abriu a porta. Ele escutou o que Rudolf murmurou e depois bateu a porta na cara dele, como se o empregado fosse seu criado, e aquele, seu escritório. Bem, de certo modo, provavelmente era verdade. O duplo de Orfeu não usava óculos. Ao que parecia os olhos dele não precisavam daquele tipo de auxílio, mas fora isso (sim, Orfeu tinha que admitir)... fora isso o duplo se parecia terrivelmente com ele.

— Tem um garoto na porta. Diz ser o enteado do Dançarino do Fogo. E quer falar conosco.

A voz que saía dos lábios cinzentos soava exatamente como a dele, e o duplo insistia no hábito de usar o plural ao se referir aos dois. Tinha se limitado a encará-lo, sem entender nada, quando Orfeu lhe explicara que eles não eram a mesma pessoa, de jeito nenhum. Será que o duplo acreditava mesmo que eram? Será que ele em breve se sentaria a sua escrivaninha e daria ordens a Rudolf?

— O enteado dele? — Orfeu ajustou os óculos. Que bom que ao menos ainda podiam ser diferenciados por aquilo. Dedo Empoeirado tinha um enteado? Como ele não ficara sabendo disso? O duplo o examinou com os olhos da Leitora de Sombras. Orfeu tinha quase certeza de que ele lia seus pensamentos. Seus pensamentos, seus sentimentos... O que significava que também sabia o quanto o temia. *Orfeu tem medo de Orfeu...*

— Leve-o à sala de visitas.

O duplo assentiu. Na porta, virou-se mais uma vez.

— O garoto é esperto — falou. — Devemos ter cuidado com ele.

E então se afastou sem pressa.

Ele achava que podia lhe dar conselhos? *Que atrevido!*, Orfeu queria gritar atrás dele. *Você é apenas uma cópia minha. Eu sou o original!* Por outro lado... talvez aquele aviso fosse prudente? Afinal de contas, a cópia dele também pensava como ele.

O rapaz que o aguardava na sala de visitas parecia vagamente familiar a Orfeu, mas de onde? Ah, claro. O jovem ferreiro tão seguro de si. Estivera na casa para espioná-lo! Era enteado de Dedo Empoeirado? Isso significava que ele era filho de Roxane. Como podia não ter notado a semelhança dos dois? Orfeu fez um sinal para que o duplo ficasse atrás do garoto.

— Então contou ao Príncipe onde estava Dedo Empoeirado. O que veio fazer aqui? Não vou perdoar o fato de ter sido feito de bobo. Você só tem uma chance de sair ileso desta casa. Diga para mim onde está o Dançarino do Fogo. Ou devo deixar que meu novo guarda cuide de você?

O visitante se virou e analisou o duplo com tanto afinco que ele franziu a testa de irritação.

— Deve ser estranho ser dois assim de repente.

Depois se virou para Orfeu.

— Eu lhe digo onde meu padrasto está escondido se você me der o livro.

Ah, aquilo era interessante.

— O Príncipe Negro está morto. — O rosto do visitante não expressou qualquer emoção ao informá-lo disso. — Assim como Baptista e Lilia. Tentaram enfrentar a Leitora de Sombras. Eu disse a eles que não tinham como sair dessa empreitada com vida. Dedo Empoeirado só continua vivo porque estava fraco demais para ir com eles. Entregue o livro para mim e me diga como quebrar o feitiço. Depois, eu o levarei ao esconderijo dele.

O Príncipe Negro estava morto? Mas que boa notícia! Bem como aquele titereiro imundo, que fizera a marionete de Orfeu se contorcer. Então existia justiça no mundo, afinal. Mas Orfeu escondeu a alegria que estava sentindo como pôde atrás da testa franzida.

— Seu padrasto agora é apenas uma sombra. Por que eu iria querê--lo de volta?

O jovem sorriu. Era um sorriso amargo.

— Ah, ele está bem melhor. O fogo o ajudou. Ele nunca o deixa na mão. Mas ainda está fraco, e esse daí — ele apontou para o duplo — não parece ter medo de um pouco de fogo.

Dedo Empoeirado estava melhor. Orfeu sentiu um calor estranho no coração. Será que nunca se livraria do amor que tinha por ele? Será que teria que matá-lo, afinal, para libertar seu coração tolo de uma vez por todas da adoração infantil que ainda sentia por seu herói?

— Muito bem — disse Orfeu, então. — Leve-nos ao esconderijo dele. O livro é seu assim que ele estiver de volta ao meu porão.

Céus, até ele mesmo estava se referindo aos dois no plural agora? O duplo lhe lançou um sorriso cúmplice.

O garoto, no entanto, balançou a cabeça.

— Primeiro o livro.

O duplo lançou a Orfeu um olhar de advertência. Será que o garoto estava achando que ele era idiota?

— Você só o receberá quando seu padrasto voltar a ser meu prisioneiro. Sem discussão.

O rapaz não gostou disso. Aquele bastardinho astuto. Mas claro que aceitou o acordo. Orfeu decidiu que o duplo o mataria logo depois que ele os levasse a Dedo Empoeirado. Ninguém fazia Orfeu de bobo impunemente.

45. Prontos

❦

*É triste demais quando não há fogo em um coração e lhe falta
a luz irradiada por um coração em chamas.*

Omar Caiam

❦

Dedo Empoeirado sentia o fogo dentro de si quase tão forte quanto antes. Como aquela voz crepitante lhe fizera falta. Será que Jehan conseguiria trazer Orfeu? Todos eles esperavam e temiam isso ao mesmo tempo.

Nyame havia pedido a Ayesha que se escondesse no quarto onde ela e Hyvin dormiam quando crianças. A garota ainda estava muito fraca e, com sorte, ninguém a encontraria lá em cima, mesmo que o confronto com Orfeu e seu duplo tivesse um desfecho ruim. Hyvin insistiu em ficar de vigia na rua, e Nyame se escondeu com Baptista em um quarto perto da porta da frente, para que pudessem bloquear a rota de fuga de Orfeu.

Dez vezes mais forte. Vinte vezes mais maligno.

Esperavam que a morte da Leitora de Sombras também tivesse enfraquecido o novo guarda de Orfeu, mas isso não passava de uma esperança.

Dedo Empoeirado começou a sussurrar ao fogo para que dormisse. Orfeu não podia perceber que as chamas aos poucos voltavam a obedecê-lo. As flores ardentes na lareira, contudo, não eram obra dele. Um sorriso de Lilia provavelmente as fizera florescer. Dedo Empoeirado não sabia como se referir ao que ela fazia. Magia? Assim como Nyame, ele não gostava dessa palavra. Parecia que Lilia só despertava a alegria em todas as coisas, mesmo nas que não tinham vida aparente. Alegria, ou mesmo a própria vida, fosse como se quisesse chamá-la.

Lilia esperava por Orfeu no pátio. Dedo Empoeirado suspeitava de qual seria o motivo para tal recepção, mas tinha certeza de que ela, ainda assim, o surpreenderia. Observava a garota através da janela. Ela ainda carregava o peso do que havia acontecido na casa da Leitora de Sombras, e Nyame tinha tentado, em vão, convencê-la a se esconder no andar de cima com Ayesha.

— E você ficará escondido, por acaso? — ela se limitara a responder. — Pelo contrário. Vai assumir, mais uma vez, um papel mais perigoso do que o de todos nós. Então me deixa fazer minha parte.

A parte dela...

— Isso não é totalmente verdade — comentara ela, com um sorriso, quando Nyame lhe creditara o fato de terem voltado inteiros. Todos estavam preocupados por não saberem quase nada sobre o duplo que protegia Orfeu. Mas Orfeu também não sabia nada sobre Lilia. Esse pensamento trazia conforto. Às vezes as histórias tinham heróis diferentes daqueles que imaginávamos.

Dedo Empoeirado passou os olhos uma última vez pelo cômodo em que a amizade e o fogo o tinham libertado do cinza da Leitora de Sombras. Ainda sobravam alguns vestígios de fuligem nos ladrilhos do chão. Ele os limpou. A marta de fogo já havia se escondido fazia muito tempo. Ela conseguia ler seu coração do mesmo jeito que o próprio fogo. As flores de Lilia tinham se apagado, assim como as brasas da lareira, mas ele conseguiria reacendê-las facilmente. O difícil mesmo era reacender a esperança de que um dia voltaria a ver Roxane, Brianna, Farid e todos os outros. Nyame havia se esquivado quando ele perguntara se a Leitora de Sombras tinha revelado uma maneira de fazer as imagens voltarem a ser pessoas. A resposta, portanto, devia ser não, e Dedo Empoeirado agora tinha mais ódio do que esperança no coração. Nyame percebera isso, é claro.

— Não ceda a essa emoção — sussurrara ele antes de se esconder com Baptista. — Você sabe o que acontece quando o fogo responde ao seu ódio. Nem você será capaz de contê-lo.

Nyame nunca se esqueceria de como as chamas podiam ser mortais e, às vezes, precisava lembrar isso ao amigo. Sobretudo em um dia como aquele, no qual Dedo Empoeirado sentia o ódio por Orfeu perpassar cada célula de seu corpo. *Eu te odeio mais, Dançarino do Fogo*, pensou ter ouvido Orfeu responder.

Ele se reclinou na cama em frente à lareira para que Orfeu pensasse que ainda estava fraco. Em seguida, escutou a batida de Hyvin. E se Jehan tivesse voltado sozinho? E se Orfeu tivesse descoberto que a Leitora de Sombras estava morta e que a história de Jehan era mentira?

Ouviu passos do lado de fora, na rua. Estariam parando? Seus dedos ficaram dormentes de tanta tensão. Não, tinham desaparecido mais uma vez, e Dedo Empoeirado só conseguiu ouvir a própria respiração. A espera era sempre o pior. Ainda mais quando se espera por um perigo que você sabe que virá.

E então ele finalmente escutou.

A batida de Hyvin.

A porta se fechou atrás dela quando entrou escondida na casa e subiu as escadas correndo até o esconderijo de Ayesha. Quanto medo um coração pode suportar? A irmã de Hyvin com certeza experimentara medo o bastante para cem vidas e, ainda assim, quando cantava, não havia dúvida de que o amor e a luz eram sempre mais fortes. Roxane tinha o mesmo poder.

Respire, Dedo Empoeirado. Ele esticou a mão e a segurou sobre as brasas. Mas logo a puxou de volta, com receio de que o fogo sentisse o gosto do seu ódio.

46. Vinte vezes mais maligno

❦

Pergunte aos jovens. Eles sabem tudo.
Joseph Joubert

❦

Um dos medos deles era que Orfeu fosse mandar apenas seu duplo para capturar Dedo Empoeirado de novo. Mas o temor era infundado.

Ambos apareceram entre os pilares nos quais Hyvin e Ayesha haviam gravado seus nomes quando crianças. O duplo era, de fato, a imagem perfeita de Orfeu: o mesmo rosto redondo e infantil, agora com uma barba rala, o nariz levemente arrebitado, o cabelo fino e de um loiro pálido... No entanto, a pele dele era quase tão cinza quanto a que Balbulus tinha pintado em Roxane, e seus olhos não precisavam de óculos. O olhar dele revelava tudo de ruim que havia em Orfeu: toda a raiva que ele normalmente escondia, a sede de vingança e o desejo insaciável de ter um papel importante naquele mundo.

— Então é aqui que você tem se escondido. Seus amigos nobres não lhe ofereceram acomodações mais confortáveis? — Ele examinou com desdém o gesso manchado nas paredes. — Não pode negar que não estava tão pior no meu porão.

Dedo Empoeirado fingiu se sentar com grande dificuldade.

— Ah, você ainda está sentindo os efeitos do cinza dela, não é? Sabe o que a Leitora de Sombras me disse? O cinza irá devorar todos eles, sua mulher, sua filha, o Tecelão de Tinta e o Gaio. Um dia não restará nem a imagem deles. Portanto, pode ficar bem feliz pelo fato de o homem de vidro ter sido tão desastrado e não ter conseguido te pintar no livro.

Tinha sido isso que Nyame não fora capaz de lhe contar? Dedo Empoeirado sentira que o amigo ainda escondia algo dele. Então ele não era o único que às vezes guardava coisas importantes para si.

Um dia não restará nem a imagem deles.

Era tão difícil não invocar o fogo e assistir com prazer a Orfeu queimar até virar cinzas. Mas ele ainda estava com o livro. O livro que encerrava o poder de matar todos eles.

Orfeu deu um passo na direção de Dedo Empoeirado com um sorriso triunfante enquanto seu duplo observava tão à espreita quanto um gato que descobrira um lagarto apetitoso.

— Ouvi dizer que está melhor, mas daqui não se nota. Continua sendo a sombra do seu antigo eu. — A voz dele estava embriagada de poder, o poder que havia adquirido da Leitora de Sombras. Soava encorpada e muito macia, como se houvesse apenas coisas boas no coração de seu dono. — Você nunca vai adivinhar quem me trouxe até aqui. Seu enteado realmente se ressente do fato de que nossa briga lhe custou a mãe e a irmã.

O duplo torceu a boca em um sorriso sarcástico. Mas seu rosto também revelou o que Orfeu tentava esconder atrás das palavras: a adoração que ainda sentia por seu herói e o ódio que nascera dela.

— Hoje começa uma nova história, Dançarino do Fogo — ronronou o duplo. — De agora em diante seu papel será o que nós escrevermos para você.

Orfeu lhe lançou um olhar de advertência, mas o duplo o ignorou e continuou falando:

— Quem se importa que as palavras não nos obedeçam mais? Malditas sejam. A pena da Leitora de Sombras vai te escrever um papel que...

— Cale a boca! — Orfeu o interrompeu com brutalidade. — Nem mais uma palavra! — O rosto dele ficou vermelho de vergonha. — Leve-o. O que está esperando?

O duplo fez uma careta, mas depois deu um passo em direção a Dedo Empoeirado e o agarrou pelo braço. Como Lilia o havia descrito para Nyame? *O reflexo dele, intocável e sem medo ou consciência, com a força de uma dúzia de homens.*

— É melhor você vir voluntariamente — sussurrou ele. — Seus amigos já se foram e nem o fogo pode mais te ajudar.

Dedo Empoeirado sentiu o braço ficar dormente, tamanha era a força dos dedos do duplo. *A força de uma dúzia de homens.*

— Imagine só, seu enteado exigiu o livro como preço pela traição que cometeu — ronronou Orfeu. — Ele deve estar lá fora, na ruela, esperando pelo livro. Mas claro que nunca tive a intenção de entregá-lo a ele.

A risada dele ecoou nos lábios do duplo.

— Ninguém fica inibido de odiar um padrasto. — Orfeu lançou uma piscadela para Dedo Empoeirado. — Quando criança, eu sempre dizia a mim mesmo que meu pai horroroso era só meu padrasto.

Por um instante, Dedo Empoeirado achou que tivesse visto a silhueta de Jehan atrás de Orfeu no corredor que levava à porta da frente. Esperava de verdade que ele não fizesse nada precipitado. Todos tinham concordado que havia só um entre eles que poderia ter uma chance de matar o duplo.

— Foi uma ótima notícia saber que a Leitora de Sombras matou o Príncipe Negro — disse Orfeu, seguindo Dedo Empoeirado e o próprio duplo. — Sempre me incomodou o fato de Fenoglio tê-lo descrito como seu melhor amigo. Essa história é muito melhor sem ele.

A resposta de Dedo Empoeirado tingiu o rosto de Orfeu de um vermelho furioso.

— O Príncipe Negro é o coração desta história. Ela não é nada sem ele — falou.

E foi neste momento que Nyame saiu de seu esconderijo como se estivesse esperando por aquela deixa. A mão de ferro com que o duplo segurava Dedo Empoeirado se afrouxou quando Nyame enfiou a espada em seu peito. Ele desferiu o golpe com tamanha força que a lâmina saiu pelas costas do duplo. O sósia de Orfeu cambaleou e, por um breve momento, todos torceram para que a espada de Jehan pudesse derrotar a criatura da Leitora de Sombras. Mas o duplo rapidamente se recuperou.

Ele agarrou Nyame pela garganta, embora a espada ainda estivesse em seu corpo, e o jogou contra um dos pilares com tanta força que o Príncipe caiu, inconsciente, diante dele. Em seguida, o duplo de Orfeu começou a chutá-lo repetidas vezes, como se não quisesse deixar um osso sequer inteiro naquele corpo. Baptista e Dedo Empoeirado tentaram se unir a fim de arrastá-lo para longe de Nyame, mas ele empurrou os dois para trás com uma força tão brutal que Baptista caiu atordoado ao lado do amigo. Dedo Empoeirado também perdeu o fôlego com o golpe e, enquanto ainda cambaleava, tentando se reerguer, o duplo deu um passo em direção a Nyame novamente e quebrou sua perna estendida com um chute que continha todo o ódio que Orfeu sentia pelo Príncipe Negro.

Dedo Empoeirado gritou de fúria e desespero, mas antes que pudesse ajudar Nyame, alguém agarrou seu cabelo com força por trás e ele sentiu uma faca na garganta.

— Ora, ora. Então seu enteado está mentindo por você! — sibilou Orfeu em seu ouvido. — A Leitora de Sombras não matou o Príncipe. Mas que diferença isso faz? Agora vai poder contemplá-lo enquanto ele morre.

Dedo Empoeirado tentou empurrá-lo para longe, mas a faca cortou sua pele na tentativa.

— Acha que nunca vou te matar, não é? — Orfeu riu. — Mas é aí que você se engana, Dançarino do Fogo. A Leitora de Sombras me ensinou muito sobre mim mesmo.

O duplo deu um passo em direção a Baptista, mas Dedo Empoeirado não tinha se enganado quando viu Jehan no corredor. Ele levou um soco terrível ao tentar atacar o duplo, mas conseguiu se esquivar do golpe seguinte. Pegou a espada que havia caído de sua mão e cortou a mão direita do duplo antes que ele pudesse agarrá-lo.

Baptista voltou a si e se jogou sobre a forma imóvel de Nyame para protegê-lo. O duplo, no entanto, olhava para o coto do próprio braço enquanto tirava a espada de Nyame de seu peito com a mão que lhe restava.

— Essa era a nossa mão de escrever! — rugiu. — Você pagará por isso. — Ele apontou para Jehan. — Quero uma mão de ouro e você a fará para mim. Igual à que Balbulus tinha.

Jehan olhou horrorizado para o coto de braço do duplo causado por sua espada. Vespas cinzentas saíram dele num enxame. Algumas seguiram Jehan quando ele se virou para fugir. O resto atacou Baptista e só o soltou quando o homem caiu ao lado do corpo imóvel de Nyame. Em seguida, os insetos se reuniram no coto do braço do duplo e começaram a construir uma mão para ele.

— Não se atreva! — sibilou Orfeu enquanto Dedo Empoeirado tentava se libertar de novo. — Estou realmente tentado a cortar sua garganta. Talvez eu devesse ter feito isso há muito tempo.

Mas, em vez disso, gritou e deixou cair a faca. A marta havia pulado em seu pescoço e cravado os dentes ardentes em sua mão.

Orfeu cambaleou para trás e seu duplo encarou Dedo Empoeirado com o rosto contorcido de raiva. De repente, no entanto, Jehan estava do lado de fora de uma das janelas que davam para o pátio, acenando para o duplo.

Orfeu se afastou da marta, que continuava a atacar, e Dedo Empoeirado se viu a poucos passos da lareira. *O fogo ainda não te obedece como antes*, sussurrou para si mesmo. *E se ele sentir seu ódio?* Mas tinha que tentar.

No pátio, Lilia ficou ao lado de Jehan, muito pálida devido à exaustão que a Leitora de Sombras havia causado. A marta correu para Nyame e se deitou em seu peito como forma de protegê-lo.

Agora. Dedo Empoeirado disse as palavras tão baixinho que o zumbido das vespas, que no momento estavam se aglomerando ao redor da marta, abafou seu sussurro. Mesmo assim, o fogo as ouviu. As chamas lamberam as brasas, e Orfeu gritou pelo duplo enquanto elas cresciam. Ah, sim, sentiam o ódio que tomava conta de seu mestre. *Um dia não restará nem a imagem deles.* O fogo estendeu os braços ardentes na direção de Orfeu, e Dedo Empoeirado não o chamou de volta, embora ainda se lembrasse do aviso de Nyame. Morto, ele queria Orfeu morto, ele e seu gêmeo. Não conseguia mais pensar. Não queria mais pensar. Mas Orfeu ainda conseguia.

— Chame-as de volta! — gritou, tirando um pequeno livro de debaixo da capa que vestia. — Ou vai querer ver o que queima mais rápido: o livro ou eu?

Lá fora, no pátio, o duplo caminhou em direção a Jehan e Lilia, e as chamas de Dedo Empoeirado se apagaram assim como sua esperança de que afinal não seria Orfeu a escrever o fim daquela história.

— Não é de se admirar que os livros sejam sempre a sua ruína — ironizou Orfeu. — Todo esse seu fogo não serve de nada quando se trata de livros. Essas coisas idiotas queimam com facilidade demais.

Um grito veio do pátio.

Orfeu reconheceu a voz. Era a sua própria. Ele deixou o livro de lado e olhou para fora.

As raízes da figueira saíram por entre as pedras que pavimentavam o pátio e agarraram as pernas do duplo. Tinham feito isso quase que gentilmente, mas por mais que ele as puxasse e chutasse, elas logo o envolveram com uma trama pálida que o puxava para o chão como uma fruta que fora arrancada da árvore.

Lilia estava com a mão pressionada contra a casca da árvore e olhava para a janela atrás da qual Orfeu estava. Era um olhar que não conhecia medo nem raiva, apenas uma força nascida do silêncio. Jehan estava ao lado dela, a testa inchada pelas picadas das vespas.

— Que garota é essa? — gaguejou Orfeu. — Foi a Leitora de Sombras que te deu, não foi? Quanto você pagou a ela?

Dedo Empoeirado não respondeu. Ajoelhou-se entre Nyame e Baptista. As vespas vieram para cima dele, mas a marta as afastou com uma mordida. A perna de Nyame com certeza estava quebrada. Dedo Empoeirado não encontrou outros ferimentos, mas o rosto que ele tanto amava estava cinza, como se o duplo tivesse infectado o Príncipe com o feitiço da Leitora de Sombras. Baptista gemeu quando Dedo Empoeirado o tocou, mas a máscara que usava, como sempre, tinha protegido seu rosto, e o homem já estava começando a se mexer.

— Olhe só para o seu príncipe, maltratado e machucado. Nem mesmo a jovem Leitora de Sombras ali fora poderá salvá-lo. — Orfeu estava parado a uma distância segura do fogo e da marta. O ódio em seu rosto era agora tão indisfarçável quanto o de seu duplo.

Dedo Empoeirado se levantou. O coração dele estava tão dolorido que ele se surpreendeu com a força com que ainda batia.

— Você obviamente não ficou sabendo. A velha Leitora de Sombras está morta. Aquela garota lá fora a matou.

Ele se aproximou de Orfeu e estendeu a mão à espera.

— Me entregue o livro.

Orfeu escondeu o objeto atrás das costas e se afastou depressa.

— Quanto ele está te pagando? — gritou para Lilia quando ela entrou com Jehan. — Eu pago o dobro.

A garota não lhe concedeu sequer um olhar e se ajoelhou ao lado de Nyame. Mas Jehan deu um passo ameaçador em direção a Orfeu.

— Me entregue o livro ou eu mesmo pego.

— Toma aqui, seu menino mentiroso. — Orfeu jogou o livro aos pés de Jehan. — Mas acho que vai ficar bem decepcionado.

Jehan pegou o livro e o folheou. Continha apenas palavras, nenhuma imagem.

— Acha que sou assim tão burro a ponto de carregá-lo comigo? Meus guarda-costas vivem se mostrando uns inúteis. — Orfeu olhou para o pátio, onde a figura de seu duplo estava tão densamente coberta de raízes que se assemelhava a uma lagarta presa em um casulo.

— Inútil! — gemeu Orfeu, com desprezo. — Tão inútil quanto o filho do açougueiro. Eu deveria arranjar um monstro para mim, um monstro de verdade que arrancasse a cabeça de todos vocês.

Então riu como se tivesse feito uma piada muito boa.

Lilia ficou de pé.

— Você de fato tem uma quantidade impressionante de maldade aí dentro. E o pior de tudo é que gosta disso.

Ela se aproximou de um dos pilares que iam até o teto e passou os dedos pela videira de pedra que o adornava.

— Sabe o que o fogo de Dedo Empoeirado me disse sobre você? Que Orfeu não é seu nome verdadeiro e que você não pertence a este mundo. Ele diz que palavras roubadas o trouxeram até aqui e que você só sabe causar estrago.

A videira se desprendeu do pilar e começou a brotar em folhas e flores ao serpentear pelo ar em direção a Orfeu. Ele cambaleou para trás e levantou as mãos em defesa, mas a videira se enrolou em seus braços e ombros como uma cobra. Em seguida, por mais que ele resistisse, ela o puxou em direção ao pilar do qual havia se desprendido e se enrolou ao redor do corpo de Orfeu repetidas vezes com um farfalhar suave até que ele ficou amarrado a ela sem chance de escapar.

— Vai dizer a Jehan onde está o livro? — perguntou Lilia, enquanto Orfeu a chamava de nomes nada lisonjeiros. — Ele vai conseguir encontrá-lo sem você de qualquer jeito, mas aí que motivo a videira teria para soltá-lo?

Orfeu cuspiu uma folha no rosto dela em resposta.

— Derrotado por uma menina das flores! Você chegou no fundo do poço, Orfeu — sibilou ele.

Os óculos que usava haviam escorregado e a raiva que sentia embaçava as lentes.

— Mas que inferno! Pegue esse livro maldito e me deixe finalmente ir embora! Ele está no meu escritório. Não será difícil encontrá-lo. Fiquei ridicularizando e amaldiçoando seus nobres amigos todos os dias. Ninguém ficou de fora. Você verá, o cinza está se espalhando e logo mal conseguirá reconhecer o rosto deles. São mortos-vivos, e não vai demorar muito para que deixem de ser até isso.

Jehan queria atacá-lo novamente, mas Dedo Empoeirado o conteve.

— Diga a Ayesha e a Hyvin que o perigo acabou. Ayesha já passou tempo demais convivendo com o medo, e a irmã dela talvez possa fazer algo pela perna machucada de Nyame. Quer buscar o livro ou devo ir?

— Eu vou buscá-lo.

Nyame abriu os olhos quando Jehan voltou com as duas jovens.

— Vai ficar tudo bem — sussurrou Dedo Empoeirado para ele, embora não soubesse o que o havia motivado a dizer tal coisa.

Hyvin examinava a perna de Nyame com um semblante preocupado, e Ayesha ficou olhando para Orfeu, que praguejava contra as folhas que o cercavam. Lilia tinha se encostado na parede e fechado os olhos, exausta. Tremia como se estivesse com frio. Era difícil encontrar vida e luz na pedra.

Dedo Empoeirado invocou o fogo para envolvê-la com flores que iriam aquecê-la, e a marta se deitou aos pés da garota.

47. Perdas e ganhos

A cor é o toque do olho, a música do surdo, a palavra que vem das trevas.

Orhan Pamuk, Meu nome é vermelho

Hyvin conseguiu aliviar as picadas das vespas e colocou uma tala na perna quebrada de Nyame. Não conseguiu afastar o cinza dele, apesar de toda a experiência que tinha no asilo, mas Dedo Empoeirado esperava que as chamas ajudassem mais uma vez. Lilia acordou os cipós de pedra novamente, e o fogo lhes conferiu folhas em chamas que formaram um teto sobre eles. Montaram uma maca para Nyame no andar de baixo e Ayesha se sentou com ele enquanto Hyvin ia ao asilo atrás de algo para a dor. *Vai ficar tudo bem.* Quando? Por que os bons momentos eram tão facilmente esquecidos, e os difíceis, nunca?

Orfeu não se cansava de exigir, indignado, que o libertassem, até que Dedo Empoeirado enfim se cansou disso.

— Meu melhor amigo está quase morto por sua causa — sussurrou ele para o inimigo por entre as folhas. — Então é muito imprudente da sua parte ficar me lembrando de sua presença com esses gritos.

— Ah, é? E de quem é a culpa por tudo isso ter acontecido? — retrucou Orfeu. — Você já me agradeceu por ter te trazido de volta? Escreveu meu nome no céu com fogo, como eu merecia?

— Merecia pelo quê? — perguntou Dedo Empoeirado em resposta. — Paguei por seus serviços naquela época, e o que você fez depois de me ler de volta pra cá? Tentou matar Farid. Uniu-se a Mortola e Basta e quase causou a morte de Mortimer. Seria possível fazer uma centena de duplos com o tanto de maldade que você tem aí!

Ele precisou dar as costas a Orfeu para evitar golpeá-lo. Quando se virou, viu que Lilia estivera escutando a conversa.

— E tudo isso aconteceu em outro mundo? — perguntou ela. Não parecia difícil, para Lilia, imaginar que havia mais do que apenas o mundo em que viviam. — Ele é muito diferente deste? — Então apontou para Orfeu. — Todos os habitantes de lá são como ele?

Dedo Empoeirado foi obrigado a sorrir.

— Não. Mas lá é diferente. Muito diferente.

Ficou surpreso por ter falado com Lilia sem hesitar sobre algo que não havia contado nem mesmo a seus melhores amigos por tanto tempo. Ela o encarou pensativa e, por alguns instantes, pareceu a Dedo Empoeirado que seus olhos estavam viajando, através das memórias que ele tinha, pelo mundo de Orfeu. Será que Lilia tinha visto a aldeia de Capricórnio e a casa de Elinor? Será que vira a sombra que Mortimer tinha invocado e a faca de Basta? Será que sentira o coração dolorido dele e a saudade de casa que, muitas vezes, quase lhe custara a sanidade?

Sim, os olhos dela pareciam dizer. *Eu vi tudo isso*. Mas então ela sorriu.

— Acho que um mundo só, para mim, já está ótimo — disse a garota —, e há tantos mundos diferentes neste aqui.

Mesmo assim, Dedo Empoeirado ainda via a curiosidade no olhar dela, a pergunta sobre como ela mesma se transformaria em outro mundo.

— Eu vi apenas humanos lá — disse Lilia. — Nenhuma pessoa de vidro, nenhuma fada da grama ou elfo do fogo. E as florestas... são tão jovens. As árvores de lá não envelhecem?

Dedo Empoeirado não teve a oportunidade de responder. Ayesha apareceu em uma das janelas e apontou para o pátio com uma expressão de pânico. As vespas estavam saindo do casulo de raízes que cercava o duplo. Havia cada vez mais delas, e eram cinzentas. Formavam a silhueta de um homem.

Dedo Empoeirado saiu correndo para o pátio. Lilia e Ayesha foram logo atrás. Mas quando saíram, o enxame já estava pairando no alto e logo desapareceu por trás dos telhados ao redor. O casulo de raízes ainda envolvia o corpo do duplo, mas a pele cinza estava cheia de buracos por onde as vespas tinham saído. Lilia balançou a cabeça como se para se livrar da raiva que sentia de si mesma.

— Que imprudência, Lilia! — ela se repreendeu. — Presumiu rápido demais que tudo tinha ficado bem! E se ele assumir uma forma humana novamente, só que em outro lugar?

A ideia de que algo do duplo tivesse sobrevivido não agradou nem um pouco a Dedo Empoeirado, mas ele sorriu ao ver a garota sendo tão dura consigo mesma.

— Sem você, todos nós estaríamos largados aqui, com os ossos quebrados, igual a Nyame. Deveria ter orgulho de si mesma em vez de se repreender.

Ayesha assentiu em concordância.

— Sem você, eu ainda estaria na casa da Leitora de Sombras — disse ela, abraçando Lilia. — Pelo menos foi isso que o príncipe me disse.

Lilia corou, mas Dedo Empoeirado pôde ver como as palavras e o abraço de Ayesha lhe haviam feito bem. Era muito fácil esquecer a juventude de Lilia e que ela estava apenas descobrindo quem e o que era. Uma hora depois, Jehan voltou. Em seu ombro estava um delicado homem de vidro azul, e o pequeno livro, que ele tirou da mochila, tinha uma capa de couro cinza.

— Este é Aquamarin — Jehan apresentou o homem de vidro, que acenou timidamente para eles. — Ao que parece, Orfeu quebrou Brilho de Ferro. Ainda consegui encontrar alguns cacos de vidro cinza embaixo da escrivaninha.

O homem de vidro com quem tudo aquilo havia começado... Dedo Empoeirado desejou que o duplo tivesse um fim tão definitivo quanto o de Brilho de Ferro. Orfeu, é claro, começou a exigir sua libertação de novo assim que viu que Jehan tinha encontrado o livro. Amaldiçoou o homenzinho azul enquanto Jehan tirava da mochila um maço de cartas que Aquamarin havia escrito em seu nome. Ele ficou muito quieto quando o jovem ferreiro colocou uma pena cinza com manchas delicadas sobre as cartas.

— Explique para eles o que essa pena é capaz de fazer — pediu Jehan ao homem de vidro.

Aquamarin limpou a garganta e lançou um olhar temeroso para o antigo mestre.

— Ele escreve os nomes de pessoas importantes da cidade com ela — a voz do homem de vidro se assemelhava à de um passarinho —, e ela lhe conta os piores segredos deles. Depois, ele envia uma carta às pessoas dizendo o que vão precisar pagar por seu silêncio.

— Vou te arremessar pela janela! — gritou Orfeu. — Aliás, melhor ainda, vou te dar para os cachorros da rua comerem...

— Então foi assim que você ficou rico de novo — deduziu Dedo Empoeirado, silenciando-o. — Chantagem.

— E daí? Só o que a pena faz é escrever a verdade. — O dossel de fogo sob o qual Nyame dormia coloriu os óculos de Orfeu de vermelho. — Agora me solte! Vocês já estão com o livro. Querem mais o quê?

— As imagens continuam cinza! — respondeu Jehan, com raiva. — A morte da Leitora de Sombras não mudou nada, e você será um homem morto se não encontrarmos uma maneira de tirar todos eles de lá logo! Juro por minha irmã e por minha mãe.

Isso calou Orfeu por um tempo, e ele olhou nervosamente na direção do livro enquanto Jehan se sentava em um canto com o objeto, contemplando a imagem da irmã. Quando ela começaria a se desvanecer? Orfeu sabia muito bem que seus dias estavam contados se isso de fato acontecesse.

— Por que não o entregamos àqueles que ele chantageou? — Baptista já estava se sentindo tão bem que tinha começado a esculpir uma marionete de Lilia. — Tenho certeza de que isso nos tornaria cidadãos honorários de Grunico.

— Não é má ideia. Mas provavelmente nenhum deles vai querer admitir que recebeu uma carta de chantagem. — O cinza havia desaparecido do rosto de Nyame, mas ele ainda sentia muita dor. Dedo Empoeirado podia vê-la em seu rosto, mesmo que o amigo tentasse esconder. O chute do duplo tinha quebrado sua perna em vários lugares. O que Hyvin trouxera da enfermaria ajudara, mas ele teria que esperar muitas semanas até poder voltar a cavalgar. Mesmo que não quisesse aceitar isso.

— Eu já quebrei vários membros. E cavalguei mesmo assim. — Nyame já havia dito isso várias vezes, mas todos lhe deram a mesma resposta: ficariam em Grunico até que ele pudesse andar sem sentir dor.

Afinal, não tem ninguém esperando por nós em Ombra, não é mesmo?, Dedo Empoeirado sempre queria acrescentar.

Jehan colocou o livro ao lado de Nyame, onde as páginas estavam a salvo das lambidas das chamas. Talvez o fogo pudesse expulsar o cinza do pergaminho, afinal, como havia feito com Dedo Empoeirado e agora com Nyame?

Mas perceberam que o cinza se alastrava pelas páginas e transformava as cores de Balbulus do mesmo jeito que brasas se transformavam em cinzas.

— Não é apenas o cinza da Leitora de Sombras — disse Lilia, quando Jehan lhe perguntou, desesperado, por que as chamas não estavam funcionando. — É também a arte de Balbulus que mantém todos eles aprisionados. Fortalece ainda mais o cinza.

Ayesha havia se ajoelhado diante do livro e olhava as imagens uma a uma.

— Contem-me sobre eles — disse ela. — As ilustrações são tão boas que sinto que quase posso ouvi-los respirar. Mas não sei nem como se chamam.

— Esta é a Elinor — disse Baptista, apontando para a imagem que Ayesha estava olhando. — Ela sempre visita o acampamento dos menestréis. Todos nós gostamos muito dela.

— Até o meu urso — acrescentou Nyame.

Todos começaram a contar histórias sobre Elinor, Darius, Farid, Meggie e Fenoglio, Resa e Mortimer, Roxanne e Brianna. Fizeram um mosaico de palavras, coloridas e cintilantes, para que Ayesha e Hyvin pudessem conhecer os amigos deles como realmente eram, sem aquele cinza. Foi bom poder trazê-los de volta ao menos daquela forma. Lembrar-se das vozes, das risadas. Jehan ficou sentado ao lado de Hyvin o tempo todo. Todos haviam notado a frequência com que os dois procuravam a companhia um do outro. Lilia trocou um olhar cúmplice com Dedo Empoeirado e sorriu para ele. Ela segurava a pena que tinha feito Orfeu enriquecer.

— Não seria melhor jogá-la no fogo? — sussurrou Dedo Empoeirado para a garota, enquanto Baptista relatava a arte do fogo de Farid.

— Provavelmente — cochichou Lilia de volta, e acariciou o objeto delicado. — Mas primeiro me deixe entender melhor o que ela faz. Dizer a verdade é uma habilidade muito rara.

48. Era uma vez

❧

> [...] *este livro* — Orfeu passou a mão na capa — *era o meu preferido quando criança.* [...] *Ele foi roubado da acanhada biblioteca da qual eu sempre o emprestava. Infelizmente, eu era muito covarde para roubar* [...]
>
> Cornelia Funke, *Sangue de tinta*

❧

Não, droga. Tudo não podia ter ido pelos ares! Orfeu cuspiu mais uma das folhas amargas que continuavam entrando em sua boca e procurou na sala escura, iluminada apenas pelo fogo, a figura de Dedo Empoeirado. Ele estava ajoelhado ao lado do Príncipe Negro e olhava fixamente para o livro. Que bom. Que ficasse encarando todos eles até que o cinza preenchesse seu coração. E o rei dos menestréis? O duplo o havia espancado muito, e cada som de dor que ele emitia aquecia o coração humilhado de Orfeu.

Pense, Orfeu! Talvez um acordo pudesse ser feito com a pequena Leitora de Sombras! Ela parecia visivelmente fascinada pela pena que o homem de vidro inútil tinha lhes dado sem nenhuma resistência. E o enteado... Bem, ele o havia atraído para aquela emboscada, mas o bastardinho desonesto não poderia convencê-lo de que toda a raiva que tinha dito sentir pelo padrasto tinha sido apenas uma encenação. E se ele oferecesse ouro ao garoto, muito ouro? Talvez então o soltasse.

Orfeu cuspiu. Droga, será que um inseto havia entrado em sua boca? Tentou forçar a mão através das gavinhas para se coçar, mas a menina das flores o tinha amarrado bem forte com seu feitiço, era preciso admitir.

— Estou com sede! — gritou. — E fome! Que lugar é esse? O calabouço do Castelo da Noite?

Dedo Empoeirado nem se incomodou em levantar o olhar. Todos ignoraram Orfeu. De qualquer forma, o enteado mentiroso só tinha olhos para a garota que cuidava do Príncipe. Ela era mesmo muito bonita.

A Leitora de Sombras a teria recebido de bom grado. E a irmã manca dela — quem poderia imaginar que a veria viva novamente? As moças não costumavam sobreviver por muito tempo, segundo o que a aprendiz da Leitora de Sombras lhe havia dito muitas vezes, e não sem orgulho. Não era possível que sua mestra estivesse morta, era? Só tinham dito isso para irritá-lo. Era bem verdade que a mulher era louca, mas ainda assim, era muito poderosa.

— Não, acho que ela está morta mesmo. Apesar de ainda aparecer nos meus sonhos. E também visitar o Príncipe.

A pequena Leitora de Sombras, para quem as árvores estendiam suas raízes para fora do solo e as videiras de pedra brotavam folhas, colocou-se diante dele e o examinou como um besouro raro. Trazia a pena na mão.

— Essa pena é minha.

— Ah, não é não, ela era de um falcão e está cansada de narrar apenas segredos obscuros.

Como os braços amarrados de Orfeu tinham vontade de agarrá-la e estrangulá-la! A garota sorriu. Será que conseguia ler os pensamentos dele? Que fosse, podia ler à vontade.

Ela acenou para o enteado de Dedo Empoeirado. Ele examinou Orfeu com cara de que adoraria cortá-lo em pedaços enquanto se aproximava dela.

— Há uma despensa nos fundos. Leve-o para lá quando eu soltar as vinhas.

Não. Ah, não. Orfeu tentou fugir assim que os cipós o soltaram, mas o garoto foi mais rápido. Ele agarrou Orfeu e o puxou consigo. Orfeu percebeu que Dedo Empoeirado tinha olhado para ele como se não esperasse voltar a vê-lo nunca mais.

— Eu só mandei fazer desenhos deles! — gritou Orfeu enquanto o garoto o arrastava para a câmara vazia. — Desde quando isso é crime?

O lugar tinha uma janela estreita e gradeada, e em um canto havia algumas garrafas de vinho empoeiradas e caixas vazias. Seria aquele o local em que seria executado? *Que fim mais sórdido, Orfeu!*

A jovem Leitora de Sombras fechou a porta e o enteado de Dedo Empoeirado ficou diante dela. Qual deles seria o carrasco? Orfeu quase vomitou de medo.

— Eu tenho ouro! — gritou ele. — Um monte de ouro! Posso dizer a vocês onde está!

A garota deu um passo em direção à parede branca manchada. Ainda segurava a pena.

— Você sabia que essa pena não só não precisa de tinta, como também não precisa de uma mão para conduzi-la? — Ela acariciou o objeto pálido. — Na verdade, claro que isso não é nenhuma surpresa; afinal, antes era capaz de voar.

A garota colocou a quilha da pena contra a parede e a soltou. Em seguida, deu um passo para trás. O objeto da Leitora de Sombras não caiu no chão, mas sim começou a escrever.

Orfeu observou com horror e curiosidade as palavras que se formavam na parede em branco.

Enrico Scappato nasceu em Bassano del Grappa, em 1978. Seu pai era dono de uma loja de linhas e tecidos finos e batia no filho se o pegasse lendo às escondidas atrás do balcão.

A jovem Leitora de Sombras acenou para que o enteado saísse da câmara. Orfeu os ouviu trancar a porta pelo lado de fora. Mas a pena continuava a escrever palavras na parede em branco, e ele não conseguia impedir seus olhos de as lerem.

A mãe de Enrico tinha medo demais da ira do marido para proteger o próprio filho. Mas entendia o anseio de Enrico pelas palavras impressas e por todas as histórias que elas contavam. Por isso, ela o levava com frequência à biblioteca local e se certificava de que ele nunca ficasse sem palavras.

Orfeu não percebeu que tinha começado a ler em voz alta o que a pena escrevia. Havia se esquecido completamente do quanto gostava de fazer isso. E ficou surpreso ao se dar conta de como era bom, por fim, contar como tudo tinha começado. Sua própria história. Mesmo que fosse triste. Deixou que as palavras soassem, assim como tinha feito com as de Fenoglio havia muito, muito tempo:

Um dia, Enrico encontrou na biblioteca um livro de que gostou mais do que todos os outros que lhe haviam rendido uma surra do pai. O livro contava a história de um homem que podia falar com o fogo. Quando Enrico leu sobre ele, de repente encontrou um amigo e se esqueceu da loja de seu pai e da solidão da própria vida. Pegou o livro emprestado várias e várias vezes, até que suas palavras o envolveram como um manto protetor e que ele só tivesse um desejo: ter a chance de, um dia, entrar no mundo do qual o livro falava. Seu desejo foi atendido. Mas Enrico traiu a história que amava e o homem que falava com o fogo. Ele a tornou cinzenta e triste, e a saqueou até que ela se cansasse dele e o cantasse para longe, como um sonho ruim. De volta para onde ele a havia encontrado.

A pena escrevia e Orfeu lia. Não importava o quanto tentasse, ele não conseguia parar, mesmo quando não estava mais gostando das palavras. Seu corpo se desvaneceu e o mundo do lado de fora da janela gradeada se tornou diferente, mas Orfeu não via nem ouvia nada além do que ele mesmo proferia. Foi apenas quando se viu entre as prateleiras da antiga biblioteca que percebeu o que Lilia tinha feito a pena realizar.

49. Uma canção conhecida

❦

Se o livro e o rouxinol disserem coisas diferentes, escute o rouxinol.

Ditado sufista

❦

Nyame sonhou com a Leitora de Sombras. No sonho, ela soltava o duplo em cima dele e o sósia de Orfeu esmagava todos os ossos de seu corpo, um por um. Ele foi arrancado do próprio sono tão abruptamente que sua perna doía como se tivesse sido quebrada de novo, e o Príncipe Negro temeu que seus gemidos tivessem acordado os outros. Mas Jehan, que antes estivera deitado ao lado dele, havia desaparecido, assim como Lilia, e os outros continuavam dormindo. Hyvin tinha cochilado ao lado de Baptista e Dedo Empoeirado estava deitado tão perto da lareira que era como se o fogo tivesse cochichado para ele dormir ali.

Só Ayesha estava acordada. Os fios grisalhos que cobriam seu cabelo escuro eram decerto resultado do tempo que passara com a Leitora de Sombras, afinal ela era jovem demais para ter cabelos brancos. Ayesha. Hyvin havia dito a eles que o nome de sua irmã significava "viva". Era um milagre que a garota ainda estivesse viva. As lembranças que trouxera consigo da casa da Leitora de Sombras deviam ter tornado seu sono quase impossível. "Tudo o que sei é que ele veio de muito longe", respondera ela a Nyame quando ele lhe perguntara sobre seu avô. "De algum lugar ao sul. E que os pais dele eram muito pobres." Uma poupa, um lagarto e um rato…

Ayesha se ajoelhou diante do livro. Ele estava aberto na página com a imagem de Roxane. Dedo Empoeirado havia falado com ela antes de dormir. Eles todos tinham criado o hábito de falar com as imagens de vez em quando, na esperança de que as pessoas retratadas de algum modo os escutassem e soubessem que não tinham sido esquecidas. As palavras ditas a eles davam a todos a sensação de que continuavam a torná-los parte de sua história e não permitiriam que o cinza escrevesse uma outra.

Nyame estava prestes a perguntar a Ayesha se a Leitora de Sombras tinha voltado aos sonhos dela também quando a garota começou a cantar baixinho. Ele conhecia a melodia. Roxane sempre a cantava. Era uma música sem palavras, e mesmo assim falava de tudo que importa no mundo.

Os sons familiares também acordaram Dedo Empoeirado, mas Ayesha não percebeu que ambos a escutavam, de tão absorta. O livro diante do qual ela se ajoelhara de repente não parecia mais sombrio, e sim precioso, um guardião de memórias, um lugar seguro que sempre protegeria aqueles que amavam e preservaria a memória deles quando todos já tivessem partido.

Ayesha deixou que as últimas notas desaparecessem e sorriu quando percebeu que os dois estavam ouvindo.

— Me perdoem. Espero não ter acordado vocês.

O sorriso dela ainda trazia um traço das sombras que tivera que suportar na casa da Leitora de Sombras. Era cauteloso, como se ela achasse difícil acreditar que a vida estivesse lhe dando um motivo para sorrir novamente.

— As imagens desse livro são maravilhosas — disse Ayesha, com suavidade. — O ilustrador que as pintou deve ser um grande artista. Dá para notar sempre alguma coisa nova, e cada detalhe é muito vívido. Imagens dizem mais do que palavras, não acham? Porque também falam sobre coisas para as quais não há o que dizer. Olhar para elas me ajuda bastante quando a Leitora de Sombras resolve invadir meus sonhos.

Ela trocou um olhar rápido com Nyame. *Você sabe do que estou falando.* Sim, ele sabia, mas só tinha estado na casa da Leitora de Sombras por algumas horas. Ayesha havia passado muitos dias e noites lá. *Ayesha significa "viva".*

— Essa melodia que você acabou de cantar — disse Dedo Empoeirado —, de onde a conhece? Só a ouvi antes na voz da minha esposa.

Ayesha apontou para as páginas do livro.

— A música me vem à cabeça quando olho para a imagem.

Dedo Empoeirado olhou para ela, incrédulo.

Ele se ajoelhou ao lado da garota e afastou as pedras das páginas que mantinham o livro aberto para que fosse atingido pelo calor do fogo e pelas palavras que eles diziam às ilustrações.

Dedo Empoeirado se curvou sobre a imagem que Balbulus havia pintado de Roxane. Estudou-a como se a visse pela primeira vez.

— O que houve? — Nyame estava com medo da resposta. Será que o desenho já estava começando a desbotar? O amigo apenas estendeu o livro para ele.

O vestido de Roxane estava verde-claro, e sua pele voltara a ter uma cor vívida.

— Talvez tenha sido mesmo o fogo — sugeriu Nyame. — Ou todas as nossas palavras.

Por que o amor não podia quebrar feitiços das trevas? Teria sido bom acreditar nisso. No entanto, Dedo Empoeirado balançou a cabeça. Pegou o livro da mão do amigo e começou a folheá-lo com dedos trêmulos. Em seguida, colocou-o de novo diante de Ayesha.

— Esta é minha filha, Brianna. Jehan e eu falamos sobre ela para você. Pode cantar para ela também? — A voz dele soou tão urgente que acordou Hyvin e Baptista.

Ayesha olhou para o retrato que Balbulus havia pintado de Brianna.

— Ela deixa tudo cinza — murmurou a garota —, tão cinza. Como se nunca tivessem existido cores no mundo. Como se nunca tivesse existido amor ou alegria.

Ela fechou os olhos por um momento, como se precisasse se esquecer das lembranças que o cinza lhe trazia. Depois, olhou para a irmã em busca de ajuda.

Hyvin se ajoelhou ao lado dela e pegou sua mão.

Ayesha endireitou os ombros e olhou para a foto de Brianna.

— Ela me faz ouvir uma melodia diferente — disse a jovem —, bonita, mas triste.

Nyame nunca tinha ouvido a melodia que ela cantava naquele momento; no entanto, conseguia escutar a dor no coração de Brianna e todo o amor que ela tinha perdido. O vestido na ilustração ficou tão azul quanto sua tristeza, e a boca dela, vermelha como se tivesse acabado de beijar Cosme.

Ayesha olhou para Nyame e sorriu.

— O cabelo dela... É como se tivesse a cor do fogo com o qual o pai dela conversa. Acho que eu deveria cantar para todos eles, não?

— Só se você puder. — Dedo Empoeirado se sentou ao lado de Nyame.

Baptista, entretanto, segurou o livro para que Hyvin pudesse virar as páginas e encontrar as imagens para a irmã.

A melodia para Farid dançava como o fogo quando o rapaz brincava com ele, colorindo suas roupas de vermelho e preto, tão preto quanto seu cabelo. A canção de Ayesha para Mortimer falava não apenas do encadernador, mas também do Gaio, e quando a voz dela lhe devolveu as cores, Nyame se sentiu tentado a estender a mão para encontrar na página do livro o calor do amigo, que tantas vezes estivera ao seu lado passando por grandes perigos.

Hyvin tinha passado para a página de Meggie quando Jehan se juntou a eles com Lilia. Nyame notou que Orfeu havia desaparecido, mas não perguntou sobre isso. Não lhe importava onde ele estava. Tudo o que restava eram as imagens que Balbulus tinha pintado e as cores que a voz de Ayesha lhes devolvia da mesma forma que o sol voltava a colorir o mundo pela manhã. Os olhos de Jehan se encheram de lágrimas quando Hyvin lhe mostrou as ilustrações da mãe e da irmã.

Nove melodias... Ayesha as escutou nas imagens de Balbulus, e graças a sua voz, a arte dele se tornou de novo algo que preservava as pessoas, e não que as devorava.

A canção de Meggie tinha som de partida e de lugares novos, e a de sua mãe era como a de uma andorinha. Para Elinor, Ayesha cantou com um sorriso, e a melodia de Darius era tímida e gentil como a voz dele.

A última imagem que continuava cinza era a de Fenoglio, e Dedo Empoeirado a olhou por um momento como se desejasse que o velho permanecesse no livro. O Dançarino do Fogo ainda temia o Tecelão de Tinta. Mas Nyame também ouviu na canção de Ayesha tudo o que ele agora sabia sobre o homem graças a Dedo Empoeirado: as risadas das crianças no mercado quando o Tecelão de Tinta contava suas histórias.

Vermelho, laranja, amarelo-solar, verde-folha, azul-celeste, índigo e púrpura... As cores dissipavam o cinza da Leitora de Sombras como um arco-íris que se estende pelo céu depois de um dia cinzento. E quando a voz de Ayesha se dissipou mais uma vez, a capa do pequeno livro não era mais cinzenta, mas vermelha. Como o amor que eles sentiam por todas as pessoas cujas imagens estavam contidas ali.

Olharam uns para os outros e viram a mesma esperança nos olhos de todos.

Nyame ficou com Ayesha e Hyvin enquanto o resto saiu procurando pelos cômodos vazios da casa por aqueles que finalmente pareciam estar vivos nas páginas do livro. A perna dele não permitia que participasse da busca, e o Príncipe Negro estava quase feliz por isso. A esperança pode ser uma coisa terrível, mas, afinal de contas, todos haviam desaparecido tão de repente, por que não deveriam retornar da mesma forma súbita?

A decepção nos rostos contava uma história diferente quando foram retornando um por um.

Também tinham procurado no quarto em que Jehan e Lilia haviam trancado Orfeu. O lugar estava tão vazio quanto os outros cômodos. Só a pena estava no chão, em frente à parede que fora preenchida com palavras. Baptista disse a Nyame que Dedo Empoeirado havia dado as costas àquelas letras tão abruptamente que era como se estivesse com medo de que também o levassem consigo, e Nyame resolveu que algum dia explicaria o porquê disso a Baptista.

Imagens e palavras... Depois daquelas semanas, elas nunca mais seriam a mesma coisa para ele. Ambas pareciam devorar as pessoas com a mesma facilidade. As canções sem palavras de Ayesha tinham soado protetoras na mesma medida, quando comparadas. Nyame ainda podia ouvi-las em seu coração e se perguntava, enquanto estreitava o braço em volta dos ombros de Dedo Empoeirado para confortá-lo, que melodias a jovem teria cantado para os dois. Como teriam soado todas as luzes e sombras de suas vidas? Um dia o Príncipe pediria a Ayesha que cantasse para ele.

Lilia deixou o vento levar a pena que havia escrito Orfeu para longe.

— Eu prometi isso a ela — foi tudo que disse quando Jehan perguntou por que a garota não a guardara.

Então foram todos dormir. Faltavam apenas algumas horas para o amanhecer, e a noite parecia ser o único lugar em que seus amigos desaparecidos estavam vivos. A noite e o livro.

50. Como um sonho

※

— *Já pensou num final?*
— *Sim, pensei em vários, e todos são sombrios e desagradáveis —
disse Frodo.*
— *Ah, esses não vão servir — disse Bilbo. — Livros precisam ter
finais felizes. Que tal este: e todos eles se acomodaram e viveram
juntos, felizes para sempre?*

J.R.R. Tolkien, O Senhor dos Anéis: A sociedade do anel

※

Dedo Empoeirado acordou depois de sonhar com Roxane. Ela estava do lado de fora, sob a figueira, e tirava teias de aranha do cabelo, cinza de poeira. Em seguida, mergulhava as mãos em uma tigela de água limpa. A água foi ficando cinza conforme ela se lavava. Roxane pegou a tigela, despejou o conteúdo e sorriu para o marido.

O coração de Dedo Empoeirado estava batendo tão rápido que ele precisou se sentar. Mas, quando olhou em volta, pensou que ainda estivesse sonhando.

Lá estavam todos eles, não mais apenas imagens em um livro, mas em carne e osso, com membros quentes, a quietude e a paz em seus rostos, e respirando com a calma que só o sono pode trazer. Baptista estava deitado ao lado de Mortimer, Resa e Dante. Jehan, entre Elinor, Fenoglio e Darius. Hyvin, ao lado de Meggie e Doria, como se aquela não fosse a primeira noite que passavam uns com os outros na casa guardada por uma poupa, um lagarto e um rato. E ali, dormindo juntas, estavam Roxane e Brianna, com Farid à esquerda. Ele havia se enrolado como um gatinho durante o sono, como de costume, e estava deitado ao lado de Ayesha, com um sorriso no rosto e um pouco de fuligem nos dedos.

Volte a dormir, pensou Dedo Empoeirado consigo mesmo. *Continue sonhando. Não pare de sonhar, para sempre.*

Mas então seu olhar encontrou o de Nyame, e nos olhos dele enxergou aquele mesmo medo de acreditar no que via.

— Acho melhor não os acordar. — Lilia se ajoelhou ao lado de Roxane e Brianna. — Precisam de tempo — sussurrou ela. — O sonho e o sono os ajudarão a não voltar tão depressa.

Então abriu um sorriso.

— Está tudo bem. Você não acha? O que poderia ser melhor do que ser chamado de volta por uma música quando se está perdido?

Dedo Empoeirado viu Mortimer alcançar a mão de Resa durante o sono. Dante estava deitado entre eles como um filhote de pássaro em um ninho seguro, e Meggie dormia nos braços de Doria. Elinor riu baixinho em algum sonho. Fenoglio franziu a testa no dele, enquanto Darius sussurrava palavras carinhosas para alguém.

Acho melhor não os acordar. Não, claro que não. Dedo Empoeirado olhou para o rosto adormecido de Roxane, para o de Brianna e o de Farid, e depois para o livro que ainda estava aberto ao lado de Nyame. O objeto os havia roubado dele. Mas também os mantivera seguros entre suas páginas, de modo que a voz de Ayesha conseguira encontrá-los ali, intactos e inalterados, ao que parecia. Assim como o outro livro, que tinha guardado seu mundo, com tudo o que amava nele, até que tivesse sido trazido de volta.

Talvez os livros não fossem tão ruins assim, no fim das contas.

Dedo Empoeirado se levantou em silêncio. Passou por cima das pessoas que dormiam e se sentou ao lado de Nyame. Lá fora, o dia estava amanhecendo. Lilia saíra para o pátio a fim de cumprimentá-lo.

— Então uma nova história está prestes a começar? — murmurou Nyame. — Agora que esta, assim espero, foi contada até o fim?

— Acho que ainda é a mesma — sussurrou Dedo Empoeirado de volta. — Pela minha experiência, histórias nunca terminam. Só os heróis delas é que mudam. Mas, de qualquer jeito, prefiro deixar esse papel para os outros. Talvez você também devesse tentar fazer isso por um tempo.

Nyame respondeu apenas com um sorriso.

51. Imagens novas, palavras novas

A escrita é a pintura da voz.
Voltaire

Há um livro na biblioteca do castelo de Ombra ao qual Violante, a princesa da cidade, concedeu um lugar muito especial. Algumas das imagens que ele contém são o último trabalho concluído do Grande Balbulus, considerado um dos melhores ilustradores de sua época. Mas essa não é a única razão de Violante ter dado ao livro um suporte de ouro no centro de sua biblioteca.

É um livro pequeno. Ainda é bem fácil de manusear por uma mão humana, mesmo que o famoso encadernador Mortimer Folchart há pouco tempo tenha lhe adicionado mais de vinte páginas. O livro se lembra bem. Ninguém jamais o havia tocado com tanto cuidado, e quando Mortimer cortou as linhas da costura dele e estendeu todos os seus cadernos sobre a mesa grande, que cheirava a cola de livro e papel recém-cortado, o objeto acabou se esquecendo de seu receio inicial. Pois percebeu que aquelas mãos o fariam crescer e que finalmente teria permissão para fazer o que tanto desejava. Contar histórias.

Mortimer já dera roupas novas a muitos livros. Mas para ele, aquele ali era mais importante que todos os outros, pois o próprio encadernador estivera perdido dentro dele. Perdido e reencontrado.

Ele tirou, de entre as páginas do livro, as que estavam em branco, e encadernou-o de novo no melhor papel que conseguiu encontrar. Depois, entre as imagens que havia removido cuidadosamente da encadernação antiga, colocou quatro novas pintadas por sua esposa Resa. Mortimer gostou delas ainda mais do que gostara das do Grande Balbulus. Mostravam o Príncipe Negro, o enteado de Dedo Empoeirado, Jehan, com sua noiva Hyvin, a irmã dela, Ayesha, por quem Farid tinha se apaixonado, e uma jovem com flores na testa, Lilia. Resa também acrescentou duas figuras às ilustrações já presentes. No início, hesitara em cometer tal sacrilégio, mas a filha dela, Meggie, insistira, assim como seu irmão mais novo, Dante, que agora estava ao lado da mãe no quadro que Balbulus havia pintado, segurando a mão dela, enquanto Doria envolvia Meggie num abraço apertado.

Mortimer deixou de fora uma imagem que Balbulus pintara em vez de encaderná-la novamente no livro. Mais tarde, Elinor Loredan a penduraria em sua parede em uma moldura de ouro que Jehan forjara para ela. Mostrava um comerciante mouro que Balbulus tinha tentado fazer passar pelo Príncipe Negro.

Resa pintara o retrato de Nyame com um cuidado especial, pois todos deviam tanto a ele que era difícil encontrar palavras para isso. Nyame ainda mancava, e Hyvin não tinha certeza se a perna dele voltaria a ter mobilidade total. Resa o havia pintado atrás de um N, pois agora chamavam o Príncipe Negro pelo seu primeiro nome.

Lilia tinha sido pintada por Resa atrás de um L, formado pelas trepadeiras com as quais ela tinha amarrado Orfeu. Atrás dela havia uma raposa, e no topo da letra, uma coruja.

Ayesha segurava o livro para o qual Mortimer preparava novas imagens e novas páginas, e Resa a tinha cercado de pássaros, que eram conhecidos por seu belo canto.

O livro amou as novas ilustrações, mas foi a filha de Mortimer, Meggie, quem lhe deu o que ele sempre desejara. O pai dela havia designado duas novas páginas em branco para cada figura e, depois que o encadernador devolveu ao livro sua capa antiga e fez uma nova lombada, a filha preencheu as páginas vazias com palavras.

— Você deveria escrevê-las — dissera Meggie a Fenoglio.

Mas o Tecelão de Tinta balançara a cabeça.

— Ah, não, eu invento histórias. Essa, no entanto, realmente aconteceu. Deixe que cada um lhe conte parte do que vivenciou e depois junte todas as histórias. Você é uma costureira muito talentosa. Basta imaginar que está costurando um cobertor grande e quentinho com diferentes tecidos e linhas que seus leitores terão prazer em usar para se cobrir. Lamento que precise adiar sua viagem com Doria de novo. Mas essas histórias precisam ser escritas antes que sejam esquecidas, não é mesmo?

— Sim, precisam mesmo — respondera Meggie. — E Doria e eu já fizemos uma viagem juntos, embora tenha sido bem diferente da que planejávamos.

Há um livro na biblioteca do castelo de Ombra. Ele contém imagens maravilhosas, e tudo que narra de fato aconteceu.

O que aconteceu antes

Os eventos que antecederam esta história preencheram mais de 1500 páginas de livros. Quebrei a cabeça à toa por um bom tempo para resumi-los em poucas páginas a fim de facilitar que as leitoras e os leitores retornem ao Mundo de Tinta. *Por que simplesmente não consultar a internet, Cornelia?*, pensei comigo mesma. *Não faltam resumos por lá.* Mas então Dedo Empoeirado me trouxe duas páginas de pergaminho cobertas de escritos que seu enteado, Jehan, havia descoberto na escrivaninha de Orfeu.

Elas oferecem exatamente o que eu estava procurando: um resumo dos acontecimentos que precederam este livro. É claro que Orfeu os descreve do próprio ponto de vista, portanto eu aconselharia lê-los com cautela. Mas ainda acho que o que vem a seguir ajudará o leitor a entender por que os eventos descritos em *A cor da vingança* ocorreram.

Vamos lá...

Eu, Orfeu Gemelli, não venho do Mundo de Tinta. Mas consegui grandes feitos nele, mesmo que meus inimigos façam de tudo para garantir que meus méritos caiam no esquecimento. Malditos sejam eles e suas mentiras!

Eis o que de fato aconteceu:

Tudo começou quando Dedo Empoeirado, também conhecido como Dançarino do Fogo, foi levado de seu mundo para um outro contra a própria vontade. Ah, sim, isso é possível. O responsável foi o encadernador Mortimer Folchart, que em Ombra também é chamado de Gaio. Mortimer não gosta de admitir, mas ele é um Língua Encantada. Sei disso porque tenho o mesmo dom. Podemos dar vida às palavras com nossa voz. Mortimer, ao contrário de mim, sempre usou seu talento de forma muito displicente. Ele perdeu a esposa por tê-la lido acidentalmente para o Mundo de Tinta, e Dedo Empoeirado passou mais de dez anos solitários no mundo errado porque o encadernador simplesmente não conseguia lê-lo de volta para casa.
O homem que enfim conseguiu fazer isso fui eu, Orfeu Gemelli.
O único que já recebeu com propriedade o título de Língua Encantada.

Eu conhecia Dedo Empoeirado muito antes de encontrá-lo em uma solitária estrada do interior em outro mundo, pois havia lido sobre ele em um livro. Coração de tinta. Foi escrito por um homem chamado Fenoglio. Ele vive em Ombra sob o nome de Tecelão de Tinta. Suas próprias palavras o trouxeram até aqui, e ele usa as habilidades que tem como escritor para trazer de volta à vida príncipes inúteis como Cosme, o Belo, e fazer com que gigantes desçam das montanhas. Fenoglio é um velho sem escrúpulos cujas palavras só causam danos. Mas eu ainda não sabia disso

quando li seu livro. <u>Coração de tinta</u> conta a história de Dedo Empoeirado, o Dançarino do Fogo. O que ele não conta é que esse homem é um mentiroso e um traidor, e então o considerei o herói da minha infância. Meu coração chegou a disparar no dia em que o vi na minha frente em carne e osso e ele implorou para que eu o mandasse para casa usando minha Língua Encantada. Para o mundo que o livro de Fenoglio narrava. De volta para sua esposa e filha.
Ah, como fui tolo! Confiei nele. Pensei que fosse meu amigo porque tinha lido sobre sua história. É bem verdade que aceitei uma pequena quantia como pagamento por meus serviços. Mas e daí? Realizei o desejo mais profundo do homem. Graças a mim agora ele é celebrado em Ombra pelas brincadeiras que faz com fogo. Graças a mim tem sua linda esposa de volta.
Mas ele me agradeceu? De jeito nenhum.

Dedo Empoeirado rejeitou minha amizade. Ele preferiu entregar seu afeto a um garoto maltrapilho chamado Farid, que tinha sido lido por Mortimer de um conto árabe. Dedo Empoeirado ensinou ao ladrãozinho astuto tudo o que sabia sobre o fogo. Chegou até a morrer por ele! E quem o trouxe de volta à vida?
Eu, Orfeu.
Mas nem por isso fui digno da sua amizade. Pelo contrário: Dedo Empoeirado espalhou para o mundo inteiro que Mortimer tinha sido o seu salvador!
Mortimer, o encadernador, que também só veio para Ombra graças à minha arte da leitura, colocou uma máscara de penas no rosto e fez o papel do nobre ladrão! O Gaio! Pff! Ele continua sendo apenas um enca-

dernador de livros, embora tenha trocado sua ferramenta por uma espada naquela época.

Dedo Empoeirado também lhe ofereceu a amizade que tinha negado a mim, o homem que o chamou de volta dos mortos!

Traição e ingratidão.

Todos eles deveriam ter essas duas palavras tatuadas na testa.

Dedo Empoeirado, Mortimer e Fenoglio, o qual tantas vezes me ridicularizou com suas palavras.

E os três tiveram muitos ajudantes: a filha de Mortimer, Meggie, que infelizmente herdou a Língua Encantada do pai; sua esposa Resa, que criou asas para lutar comigo no castelo em meio ao lago; a tia dela, Elinor, que me insultou de forma grosseira mais de uma vez quando fui hóspede em sua casa, e seu bibliotecário magricela, que supostamente também é um Língua Encantada. Uma coleção de mentiras e maldades. Todos se uniram contra mim quando fiz fama e fortuna neste mundo por merecimento. Ainda que tenha sido a minha voz que trouxe tantos deles para cá!

Até a esposa de Dedo Empoeirado, Roxane, e a filha deles, Brianna, me trataram com desprezo, embora eu tenha lhes devolvido o marido e o pai.

Traição.

Ingratidão.

Eles não permitiram nem que Orfeu Gemelli se beneficiasse do patrocínio do Cabeça de Víbora, um príncipe que valorizava seus dons mais do que eles. Naquela época, eu sonhava em reescrever o futuro deste mundo, e Dedo Empoeirado seria seu herói. Ainda estava disposto a perdoá-lo. Mas o que ele fez? Derrubou o Cabeça de Víbora com seu fogo, junto com Mortimer e o Príncipe Negro, seu amigo de infância. "Orfeu se lembra!", gritei para eles. "Mesmo que vocês contem ao mundo uma outra história."

Eles colocaram Violante, a filha feia do Cabeça de Víbora, no trono de

Ombra. Mas tive que escapar como um ladrão na noite e abandonar tudo que possuía. Riqueza e influência, até mesmo minha voz e o poder que ela me dava sobre as palavras. Na época, perdi tudo.

Enquanto isso Dedo Empoeirado e seus amigos tão nobres comemoravam a vitória e retornavam a uma vida pacífica em Ombra.

Mas eu vou me vingar. E a história será contada do ponto de vista de Orfeu.

Orfeu Gemelli

Quem é quem

❦

A Bondosa	ver *Violante*
A Feia	ver *Violante*
Aquamarin	novo homem de vidro de Orfeu, depois que ele quebrou Brilho de Ferro
Ayesha	prisioneira da Leitora de Sombras e irmã de Hyvin
Balbulus	ilustrador do castelo de Ombra, conhecido também como o Grande Balbulus
Baldassare Rinaldi	trovador malsucedido e assassino de aluguel
Baptista	menestrel, ator, fabricante de máscaras e homem de confiança do Príncipe Negro
Brianna	filha de Dedo Empoeirado e Roxane, aia de Violante
Brilho de Ferro	homem de vidro de Orfeu
Cabeça de Víbora	o mais terrível dos príncipes do Mundo de Tinta, pai de Violante
Castelo da Noite	castelo do Cabeça de Víbora
Cimarosa	comerciante de vinhos em Grunico
Civetta	uma das mulheres boas da floresta, pode assumir a forma de uma coruja
Cosme, o Belo	marido de Violante e amante de Brianna
Damas Brancas	serventes da morte
Dançarino do Fogo	ver *Dedo Empoeirado*

Dante	filho mais novo de Mortimer e Resa
Darius	bibliotecário de Elinor
Dedo Empoeirado	menestrel, cuspidor de fogo, andarilho entre os mundos
Donatella	aia na corte de Violante
Doria	ladrão, irmão mais novo do Homem Forte e companheiro de Meggie
Duplo	a cópia de Orfeu
Elinor Loredan	tia de Resa, tia-avó de Meggie
Enrico Scappato	o nome verdadeiro de Orfeu
Farid	lido por engano para fora de *As mil e uma noites*, aprendiz de Dedo Empoeirado
Fenoglio	criador do Mundo de Tinta, autor do livro *Coração de tinta*
Gaio	ladrão lendário criado por Fenoglio, ver *Mortimer*
Giovanna	aprendiz da Leitora de Sombras
Grappa	o guarda-costas de Orfeu, filho de um açougueiro de Grunico
Grunico	lugar no norte para onde Orfeu fugiu
Gwin	marta com chifres de Dedo Empoeirado
Haniah	irmã mais nova de Nyame
Homem Forte	menestrel e ladrão, um dos mais fiéis acompanhantes do Príncipe Negro; ver *Lázaro*
Hyvin	a irmã de Ayesha
Jacopo	filho de Violante
Jaspis	homem de vidro de Mortimer
Jehan	filho de Roxane, enteado de Dedo Empoeirado
Lázaro	nome do Homem Forte
Leitora de Sombras	uma das Mulheres da Floresta do mal, extrai sua magia das sombras do mundo
Lilia	amiga de Jehan, cresceu com as Mulheres da Floresta do bem
Língua Encantada	ver *Mortimer*
Luca Buratti	pai de Grappa, açougueiro
Meggie	filha de Mortimer e Resa Folchart; Língua Encantada

Mia	filha de Volpe
Minerva	senhoria de Fenoglio
Mortimer Folchart	encadernador, marido de Resa, pai de Meggie; Língua Encantada, durante algum tempo, "O Gaio", também conhecido como Mo
Mulheres da Floresta	mulheres que vivem isoladas na floresta, podem mudar de forma e dominam a magia. Há boas e más
Mulheres-musgo	curandeiras
Nardo	primeiro nome de Dedo Empoeirado
Nyame	primeiro nome do Príncipe Negro
Olho Duplo	ver *Orfeu*
Ombra	castelo e cidade: um dos lugares principais em que se passa a história
Orfeu Gemelli	escritor e leitor
Príncipe Negro	rei dos menestréis, chefe dos ladrões, tem um urso domesticado como companheiro
Quartzo Rosa	homem de vidro de Fenoglio
Rabbia	nome da Leitora de Sombras
Resa	Theresa Folchart: esposa de Mo, mãe de Meggie
Rosetta	camareira de Violante
Rospo	uma das Mulheres da Floresta do bem, pode assumir a forma de uma rã
Roxane	esposa de Dedo Empoeirado; antes menestrel; curandeira
Rudolf	criado de Orfeu
Serafina Cavole	aluna de Orfeu, filha de um comerciante de tecidos
Taddeo	bibliotecário de Violante
Tecelão de Tinta	ver *Fenoglio*
Urso	companheiro assíduo do Príncipe Negro
Violante, a Valente	antes, a Feia; princesa de Ombra, filha do Cabeça de Víbora, viúva de Cosme, mãe de Jacopo
Volpe	uma das Mulheres da Floresta do bem, pode assumir a forma de uma raposa

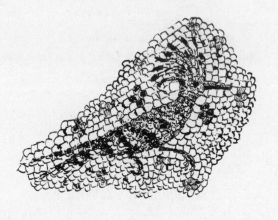

Entrevista com a autora

❦

Por que você escreveu um novo volume da série Mundo de Tinta depois de tanto tempo?

Nunca consigo prever se uma história vai querer ser contada de novo em algum momento ou não. É sempre uma surpresa. Na verdade, eu só pretendia escrever um único livro da série Mundo de Tinta.

Algumas coisas me levaram a este novo livro: o fato de Orfeu ter escapado no último volume, embora minha intenção tivesse sido desde o começo, de verdade, escrever um final sombrio para ele; meu trabalho como ilustradora e a questão de se as imagens são mais poderosas que as palavras; e meu amor pelo Príncipe Negro, sobre quem sempre quis saber mais.

Como foi, para você, imergir de novo no Mundo de Tinta depois de todos esses anos?

Como se eu nunca tivesse me afastado. Foi uma sensação maravilhosa. Senti o mesmo com as novas aventuras de *O cavaleiro do dragão* — como se estivesse reencontrando velhos e bons amigos. Acontece a mesma coisa com lugares reais, onde vivemos por muito tempo. Eles continuam sendo nosso lar. Mas quando voltamos a visitá-los, também é bastante divertido redescobri-los e explorar novas ruas. Foi isso que fiz com este livro.

Dedo Empoeirado é o personagem central deste quarto livro. Por quê?

Para mim, Dedo Empoeirado e Nyame, o Príncipe Negro, são os

dois personagens centrais. A amizade deles é o coração da história. Quanto a Dedo Empoeirado, sempre foi estranho o fato de ele ser um personagem secundário em alguns aspectos, quando no coração dos leitores sempre foi o personagem mais querido. É por isso que fazia muito tempo que eu queria contar uma história do ponto de vista dele. Nos três primeiros livros, isso acontece às vezes, mas eles contam sobretudo a história de Meggie e Mo.

Pela primeira vez, ficamos sabendo os nomes "verdadeiros" de Dedo Empoeirado e de seu melhor amigo, o Príncipe Negro: Nardo e Nyame. Isso mudou os dois ou a sua relação com esses personagens?

Eu já sabia o primeiro nome de Dedo Empoeirado há muito tempo, embora nunca o tivesse revelado. Mas, sim, logo que soube o nome de Nyame, de repente ele se materializou bem na minha frente e deixou de ser apenas o líder e herói nobre dos outros livros. Esse personagem sempre foi muito próximo a mim, e acho que é possível perceber isso mesmo quando aparece como coadjuvante.

Você parece ter um carinho especial por uma nova personagem, Lilia. Talvez seja possível descrevê-la como uma "encantadora de plantas". O que você associa a ela?

Sim, Lilia foi a maior e mais inesperada surpresa desta história. Quando comecei a entrar no labirinto que toda história é para mim — cheio de enigmas, aberrações, mistérios —, pensei que o tema era: quem tem mais poder, a imagem ou a palavra? Esse ainda é um dos assuntos que ela aborda, e a resposta a essa pergunta me pegou de surpresa. Mas quanto mais me aprofundava no labirinto deste livro, outro tema se revelava. Talvez tenha sido inspirado no fato de que estou cercada de vários jovens artistas aqui em Volterra e tenho muita consciência do peso do mundo que vamos entregar a eles. Quando eu era jovem, ainda acreditava que poderia melhorar e mudar este mundo. O mundo, para os jovens de hoje, está desmoronando, falindo e sufocando. Não introduzi conscientemente o tema da juventude na história. Foi a própria história que decidiu reivindicar a juventude dessa maneira — e a crença de que, para salvar este mundo, a esperança virá dos jovens, com o apoio dos mais velhos.

Quanto a Lilia — sim, acho que é assim que ela se refere a si mesma, uma "encantadora de plantas". Fiquei muito feliz por ter uma heroína como ela, que não vem com as armas de sempre e usa violência contra a violência do mundo. Lilia entende o mundo natural, não o criado pelo ser humano, e seu poder vem daí. Ela está interessada em crescer, florescer e dar frutos. Sua adversária também busca conhecimento no mundo natural, mas tem outros objetivos. O fato de que nossa fome de conhecimento pode ser uma coisa terrível, mesmo que gostemos de retratá-la como algo muito positivo, está refletido na Leitora de Sombras.

Os três primeiros volumes estão centrados na magia da leitura e no poder da palavra escrita. O novo livro também trata da importância das imagens. Você, enquanto escritora e ilustradora, pode criar ambas. O que é mais importante, na sua opinião?

Mais importante... eu não usaria exatamente essas palavras. As imagens em geral capturam a complexidade do mundo com mais facilidade. Já as palavras podem nos ensinar a encontrar nossas próprias imagens, telas têm o poder de pintar quadros. As imagens, por outro lado, têm o poder de capturar muito do que achamos difícil ou impossível de expressar em palavras. A resposta que a história dá à pergunta sobre quem é mais poderosa, imagem ou palavra, me surpreendeu. Mas, em minha opinião, é a única possível.

Referências bibliográficas

ANDERSEN, Hans Christian. *A pequena sereia*. Rio de Janeiro: Zahar, 2010.

ATWOOD, Margaret. *Transtorno moral*. Rio de Janeiro: Rocco, 2010.

AUDEN, W.H. "Blues fúnebre". In: ASCHER, Nelson (Org. e trad.). *Poesia alheia: 124 poemas traduzidos*. Rio de Janeiro: Imago, 1998.

BAUM, Lyman Frank. *O Mágico de Oz: Edição bolso de luxo*. Rio de Janeiro: Zahar, 2013.

CONRAD, Joseph. *Sob os olhos do Ocidente*. São Paulo: Brasiliense, 1984.

DICKENS, Charles. *David Copperfield*. São Paulo: Penguin-Companhia, 2018.

FROST, Robert. "Perto do bosque, numa noite de neve". In: WANDERLEY, Jorge (Org., trad. e notas). *Antologia da nova poesia norte-americana*. Rio de Janeiro: Civilização Brasileira, 1992. p. 69.

FUNKE, Cornelia. *Sangue de tinta*. São Paulo: Companhia das Letras, 2009.

GOLDMAN, William. *A princesa prometida*. Rio de Janeiro: Intrínseca, 2018.

HEINE, Heinrich. *Thoughts and Ideas*. Publicação independente, 2023.

IVANOV, Vyacheslav. "Winter Sonnets: XI", [189-].

KASTAN, David; FARTHING, Stephen. *On color*. New Haven: Yale University Press, 2018.

LAI, Larissa. *When Fox is a Thousand*. Vancouver: Arsenal Pulp Press, 2004.

LARRABEITI, Michael de. "The Borribles Go for Broke". In: *The Borrible Trilogy*. Nova York: Macmillan, 2014.

LE GUIN, Ursula K. *The Language of the Night: Essays on Writing, Science Fiction, and Fantasy*. Nova York: Scribner, 2024.

LONGFELLOW, Henry Wadsworth. "The Day is Done", 1844.

MEDICI, Lorenzo de. "Canção de Baco". In: SENA, Jorge de (Org., trad. e notas). *Poesia do Século XX: De Thomas Hardy a C. V. Cattaneo*. Porto: Editorial Inova, 1978.

MELOY, Ellen. *The Last Cheater's Waltz: Beauty and Violence in the Desert Southwest*. Tucson: University of Arizona Press, 2000.

MURDOCH, Iris. *The Green Knight*. Nova York: Penguin, 1995.

O mágico de Oz. Direção: Victor Fleming e King Vidor. Los Angeles: Warner Brothers, 1939.

PAMUK, Orhan. *Meu nome é vermelho*. São Paulo: Companhia das Letras, 2013.

ROSSETTI, Christina. "Remember". In: BANDEIRA, Manuel. *Poemas traduzidos*. 3. ed. Rio de Janeiro: José Olympio, 1956.

SCHILLER, Friedrich von. "The Picolomini". In: *Wallenstein: A Dramatic Poem*. Cambridge: Open Book, 2017.

SHAKESPEARE, William. *Macbeth*. Trad. de Manuel Bandeira. São Paulo: Cosac Naify, 2009.

_____. "Antônio e Cleópatra". In: *Teatro completo*. Org. e trad. de Bárbara Heliodora. São Paulo: Nova Aguilar, 2022.

SHELDRAKE, Merlin. *A trama da vida: Como os fungos constroem o mundo*. São Paulo: Fósforo; Ubu, 2021.

STEINBECK, John. *O inverno da nossa desesperança*. São Paulo: L&PM, 2006.

STEVENSON, Robert Louis. *A ilha do tesouro: Edição comentada e ilustrada*. Rio de Janeiro: Zahar, 2020.

_____. *O médico e o monstro*. São Paulo: Penguin-Companhia, 2015.

THOMAS, Dylan. *A Child's Christmas in Wales*. Nova York: New Directions, 2022.

TOLKIEN, J.R.R. "A sociedade do anel". In: *O Senhor dos Anéis: Volume úni-*

co. Trad. de Lenita Maria Rimoli Esteves. São Paulo: Martins Fontes, 2000. p. 285.

WILDE, Oscar. *O retrato de Dorian Gray*. São Paulo: Penguin-Companhia, 2012.

WILLIAMS, Tennessee. *Camino Real*. Nova York: New Directions, 2008.

WISH, P. *The Doppelgänger: A Psychological Thriller*. Publicação independente, 2016.

WHITE, T. H. *A rainha do ar e das sombras*. Rio de Janeiro: W11, 2004.

_____. *O cavaleiro imperfeito*. Rio de Janeiro: W11, 2004.

ZAFÓN, Carlos R. *A sombra do vento*. Rio de Janeiro: Suma, 2017.

ESTA OBRA FOI COMPOSTA PELO ESTÚDIO O.L.M./ FLAVIO PERALTA EM PERPETUA
E IMPRESSA EM OFSETE PELA GRÁFICA BARTIRA SOBRE PAPEL PÓLEN NATURAL
DA SUZANO S.A. PARA A EDITORA SCHWARCZ EM JUNHO DE 2025

A marca FSC® é a garantia de que a madeira utilizada na fabricação do papel deste livro provém de florestas que foram gerenciadas de maneira ambientalmente correta, socialmente justa e economicamente viável, além de outras fontes de origem controlada.